Alison Leonard
Tinas Verdacht

Alison Leonard

Tinas Verdacht

Aus dem Englischen übertragen von
Hannes Riffel

Herder Freiburg · Basel · Wien

Gedruckt auf umweltfreundlichem,
chlorfrei gebleichtem Papier

Einbandgestaltung: Dirk Görtler
Der Übersetzer dankt Christiane Schoppmann
für ihre Unterstützung

Herstellung: Freiburger Graphische Betriebe 1994
ISBN 3-541-23003-8

Erstes Kapitel

Es dauert einige Zeit, bis du es schaffst, einen Blick in die Vergangenheit zu riskieren und den Augenblick festzumachen, als alles mit einem fast hörbaren *Klick* die richtige Tiefenschärfe bekam. Mit dem *Klick* dieses Augenblicks läuft alles – ob es nun davor oder danach geschah – wie in einer Film-Schnulze vor dir ab, scharf, klar und bewegend. Jedes Geräusch, jeder Geruch und jede Berührung haben in diesem Streifen ihren Platz, fügen sich exakt in das Puzzle der Erinnerungen ein, anstatt in die Vergessenheit zu treiben.

Genau dies erlebte Tina in jenem Augenblick, als sie mit einer Hand auf der kalten Klinke der Hintertür innehielt und Liz schreien hörte. Die Tür hatte eine ganz normale silbrige Metallklinke, ganz im Gegensatz zu dem alten, braunen Bakelitknauf, der die Türen des Hauses der Großeltern zierte. Doch Liz drängte Paps immer wieder, die Klinke der Hintertür gegen einen Knauf auszutauschen, damit Georgie sie nicht mehr alleine öffnen und sich im Garten schmutzig machen konnte. (Zumindest nicht ohne ihre ausdrückliche Erlaubnis.) Tina hatte an jenem Morgen ihre Handschuhe vergessen, und so spürte sie das kalte Aluminium auf ihrer Haut im selben Augenblick, als Liz zu schreien begann.

Ihre Hand erstarrte. Der Schwung ihrer Vorwärtsbewegung, der sie durch die Tür und in die Küche hätte hineintragen sollen, gefror wie das Standbild am Ende eines Fernsehwerbespots: *Aber Liz schreit doch nie.* Sie mochte an Tina herumnörgeln und mit Georgie schimpfen. Aber dies war weder ein Nörgeln noch ein Schimpfen – sie schrie wirklich jemanden an; und zwar einen Erwachsenen. Es klang nicht gereizt oder müde. Es klang hart und sicher, wie wenn sie unbedingt etwas loswerden wollte, loswerden *mußte*, etwas, das eine ganz bestimmte Person nicht hören wollte.

Und das konnte nur Paps sein; sonst gab es niemanden, der etwas ganz bestimmt nicht hören wollte. Aber weshalb war er nicht bei der Arbeit? Tina konnte die schwarzen Schatten

durch das matte Glas hindurch erkennen, und sie wäre ebenfalls von ihnen entdeckt worden, wenn die beiden nicht so sehr damit beschäftigt gewesen wären, sich anzubrüllen und angebrüllt zu werden.
Tina konnte einige der Worte verstehen, die Liz geschrien hatte und die in ihrem Kopf widerhallten: Zuerst „...Janet" und schließlich „...Tinkers Zukunft".
Normalerweise kam sie immer durch den Vordereingang herein, den Liz stets unverschlossen ließ, ganz zu Paps' Leidwesen. Doch heute war sie hintenrum gegangen, weil sie auf dem Heimweg eine Tafel Schokolade gekauft hatte (halb verhungert nach einem langen Hockeynachmittag) und das Papier in den Mülleimer neben der Hintertür werfen wollte, damit sie es nicht mit hineinnehmen mußte. Dann wurde ihr bewußt, daß es nicht Liz, sondern Oma war, die beim Rascheln von Schokopapier den Mund verzog. Wirklich, man sollte meinen, der Unterschied zwischen Oma und Liz wäre ihr inzwischen klargeworden; nach achtzehn Monaten! Sie warf das Papier trotzdem in den Mülleimer, drehte sich um, legte eine Hand auf die Türklinke – und erstarrte.
Nur wenige Sekunden später – oder war es eine einzige Sekunde oder gar eine ganze Minute? – drückte sie die Türklinke herunter, die Schultasche rutschte ihr von der Schulter, schlug gegen die Tür und schob sie auf. Ihr fiel wieder ein, daß Paps heute morgen nicht zum Frühstück heruntergekommen war. Liz hatte gesagt, er schwitze wie ein Wildschwein, und sie würde ihm eine Tasse Tee hinaufbringen und in seinem Büro bei der Post anrufen, denn er hatte sich wohl bei Fred Sumption von nebenan die Grippe geholt, als dieser am Montagabend vorbeigekommen war, um Paps' Schlagbohrer auszuleihen. Und laut Mavis Sumption war Fred mitten in der Nacht mit 102° Fahrenheit Fieber aufgewacht. „Und laß mich bloß mit diesem neumodischen Celsius in Ruhe, Tina, in meinem Alter lerne ich das nicht mehr" (in „ihrem" Alter: Mavis war siebenundzwanzig!).
Tina betrat die Küche. Paps saß im Morgenmantel am Tisch, schweißgebadet und bleich. Liz saß ihm gegenüber, beide Hände um eine große Tasse Tee gefaltet – wie zur Sicherheit

und Beruhigung. Ihre weißen Gesichter wandten sich Tina zu, und die ganze Wucht ihrer Überraschung schlug Tina entgegen. Liz' Augen glichen zwei riesigen Kugeln in ihrem blassen Gesicht, umrahmt von einem Wust blonder Haare. Paps' Augen waren ebenfalls dunkel, aber sie versanken in seinem unrasierten Gesicht und glitten übergangslos von Tina zu der Tür, die in den hinteren Teil der Küche führte, wo Georgie zwei Topfdeckel aus dem Schrank unter der Spüle geholt hatte und sie wie zwei Becken gegeneinander schlug.
Liz blinzelte und stellte ihre Tasse auf den Tisch zurück. „Georgie! Komm her und hol dir einen Keks! Hallo Schatz, wie war's beim Hockey? Geh du besser wieder ins Bett, Stan, sonst steckst du Tina noch an, und sie verpaßt am Freitag ihr Spiel." Georgie erschien in der Tür und knallte seine Becken rhythmisch gegeneinander. „Tinker! Tinker! Tinker!" Tina, die froh war, daß dieser Augenblick vorüber war (was auch immer das alles zu bedeuten hatte), ließ ihren Vater an sich vorbei nach oben gehen und brachte Georgie dazu, sich einen Deckel auf den Kopf zu legen und den anderen auf ihren eigenen – wie ein paar Fastnachtshüte. Dann tanzte sie mit ihm einen verrückten Kriegstanz, bis ihm einfiel, was seine Mutter gesagt hatte, und er mit seinem Deckel gegen Liz' Knie polterte und seinen Keks verlangte.

* * *

LOUISE Ich muß vorab gestehen, daß ich Stan Pearson, so wenig ich ihn auch zu sehen bekommen hatte, nicht mochte – was wohl auf Gegenseitigkeit beruhte: Selbst bevor er Grund dazu hatte, mich zu hassen, war er mir instinktiv aus dem Weg gegangen. Aber ich werde zumindest versuchen, ihm gegenüber fair zu bleiben, denn für Tina ist er schließlich ihr Paps. Lob oder Tadel gehören nicht in ihr Weltbild; sie nimmt ihn, wie er ist.
Das ist eine ihrer Eigenschaften, die mich an Janet erinnern. Ich bin nicht selten auf sie losgegangen: „Das *kannst* du doch nicht glauben, das ist doch *Quatsch*!" Oder: „Das ist absolut *entscheidend*, Jan." („Entscheidend" war mein Lieblingswort,

als ich so um die elf war.) Aber Janet hob einfach die Schultern und legte ihre Stirn in Falten, als ob sie sagen wollte: „Woher willst du das wissen? Du kannst nie sicher sein.“

Als sie sich in Stan Pearson verliebte – ausgerechnet in den, bei all den Männer, die ihr nachliefen! –, habe ich mich vor ihr aufgebaut und gefragt „Woher willst du das wissen?“ Und sie lächelte ihr entrücktes Lächeln und antwortete: „Ich weiß es einfach.“ Die beiden waren wie Kinder, ganz in ihrer eigenen Welt, und selbst ich konnte sehen, daß sie bei Stan Pearson etwas ausgelöst hatte.

* * *

Tina lag in der Badewanne und zwang sich, nachzudenken. „Janet ... dieses oder jenes ... Tinkers Zukunft.“

„Janet“ war ihre Mutter. Es war selten, daß irgend jemand von ihr als Janet sprach – es war selten, daß überhaupt jemand von ihr sprach. Nichtsdestotrotz: sie war ihre Mutter. „Tinker“: Damit war sie selbst gemeint. Georgie hatte sie so getauft (mit seinen zweieinhalb lernte er gerade richtig sprechen), nach einem Spiel, das Tinker Tailor Soldier Sailor hieß. Oder so ähnlich. „Tinkers Zukunft“ spielte wohl auf ihren zukünftigen Job an, auf ihre Entscheidungen bezüglich ihrer Prüfungsfächer und ihres ganzen weiteren Lebens.

Das Badewasser war heiß und die Wanne randvoll. Liz hatte das Feuer geschürt, damit der Boiler genug heißes Wasser speicherte, denn sie wußte, daß Tina es liebte, mittwochs nach dem Hockey ausgiebigst zu baden.

Aber Janet, ihre Mutter, war doch gestorben, als Tina zwei gewesen war. Janet konnte keine Ahnung haben von Tinas gegenwärtiger Situation, geschweige denn von ihrer zukünftigen. Janet hatte sie auch nie Tinker genannt, das tat nur Georgie und manchmal Liz, aus Spaß; sonst niemand.

Oder *hatte* sie vielleicht Tinker zu ihr gesagt? Tina schloß ihre Augen und beschwor ihre Mutter herauf. In ihrer Vorstellung saß sie aufrecht im Bett, einen Berg Kissen im Rücken, die weißen Spitzen ihres Umstandsnachthemdes mit einem blauen Band um ihre Schultern zusammengehalten, ihren dunklen Kopf leicht zur Seite geneigt, während ihre Augen auf ihrer erstgeborenen und einzigen Tochter ruhten.

„Wir werden sie Christina nennen,“ sagte sie zu ihrem schweigenden Mann. *„Nach...“* Nach wem? Cousine, Tante, Großmutter? Hodnet, so hießen sie. Tina konnte sich nicht einmal mehr daran erinnern, woher sie wußte, daß der Mädchenname ihrer Mutter Hodnet lautete. Mr. Lambourn hatte ihnen in der Schule etwas Genealogie beigebracht. Nach einem Blick auf Christinas Versuch, einen Stammbaum zu zeichnen, hatte er gefragt: „Was ist mit dieser Hälfte, Christina – der deiner Mutter? Was, nichts?“

Dann hatte er tief und beschämt durchgeatmet und war steifen Schrittes zum nächsten Tisch hinübergegangen. Mr. Lambourn war ihr Klassenlehrer, also hatte er sicherlich etwas in den Akten über Pearson, Christina stehen, das in etwa lauten mußte: „natürliche Mutter verstorben; Eltern/Vormundschaft: Vater und ~~Großeltern~~ Stiefmutter“.

Weshalb konnte sie Paps nicht einfach nach ihrer Mutter fragen? Es gab keinen besonderen Grund. Sie konnte es nicht. Es war schlicht unmöglich. Sie bewegte ihre Füße hin und her und ließ das warme Wasser ihren Körper umspülen. Dann nahm sie zwei Waschlappen von der Ablage, tauchte sie ins Wasser und legte jeweils einen auf ihre Brüste, die nicht vollständig vom Wasser bedeckt waren. Das würde sie, zumindest für ein paar Minuten, warm halten. Sie schloß ihre Augen und sah wieder ihre Mutter vor sich.

„Wir nennen sie Christina. So wird sie heißen, wenn sie erwachsen ist. Bis dahin rufen wir sie Tina. Tina – Tinker – meine geliebte kleine Tinker.“ „Nenn sie nicht so“, protestierte ihr Vater. „In der Schule rufen sie dann nur noch...“

Und ihre Mutter: „Stinker. Stimmt. Nun, ich werde es für mich behalten. Meine geliebte kleine Tinker.“

Sie zog an der blassen, blauen Schleife, öffnete drei Knöpfe am Ausschnitt ihres Nachthemdes, brachte eine volle Brust zum Vorschein und zog das Baby zu sich heran.

Tina öffnete ihre Augen. Sie nahm einen der Waschlappen herunter, sah einen Moment lang an sich herab, tauchte ihn

wieder ein und legte ihn an seinen Platz zurück. Vielleicht war ihre Mutter bereits krank gewesen und hatte sie einer Frau gegeben, die sie mit der Flasche fütterte.
Das Gräßlichste an dem Augenblick, als sie an der Küchentüre gestanden hatte, war die Tatsache, daß Liz verärgert gewesen war. Die geliebte Liz, die sie aus Sycamore Gardens herausgeholt hatte, unter der Bedingung, daß sie alle vierzehn Tag auf einen Besuch zurückkommen würde – nur alle vierzehn Tage, wo sie damit gerechnet hatte, den Rest ihres Lebens dort zu verbringen! Tina hatte einen Vorsatz gefaßt, als sie auf dem Rücksitz des Wagens saß und den einrastenden Gängen lauschte, während sie, das Gepäck im Kofferraum, Sycamore Gardens verließen: Sie würde Liz nie ärgern. Daß Oma nicht geärgert werden durfte, war Hausregel Nummer Eins in Sycamore Gardens, aber Liz nicht zu ärgern, hatte einen völlig anderen Stellenwert. Liz sollte glücklich darüber sein, daß Tina sich in ihrer Nähe befand, Liz sollte von Tina ebenso glücklich gemacht werden, wie Tina von Liz glücklich gemacht worden war. Zwar hatte sich herausgestellt, daß es ein Ding der Unmöglichkeit war, jeglichen Ärger von Liz fernzuhalten: Liz ärgerte sich über Georgies Mandeln, über Mrs. Plumbs roten Setter, der jeden Morgen auf den Bürgersteig kackte, über Hungersnöte, Bombenangriffe und Klimakatastrophen im Fernsehen – aber all das dauerte nie besonders lange, und wenn man sie später fragte, ob es ihr besser ginge, hatte sie bereits vergessen, worüber sie sich überhaupt geärgert hatte.
Aber Liz' übergroße Augen in ihrem kreideweißen Gesicht heute waren etwas anderes gewesen. Sie war wütend gewesen, hatte sogar Angst gehabt. Angst? Nicht um sich selbst – sondern um Tina. Und Paps hatte ebenso verängstigt ausgesehen.
Tina setzte sich in der Wanne auf, schnappte sich Seife und Rückenbürste und fing an zu schrubben. Alles Quatsch. Liz und Paps hatten sich gestritten und waren darüber erschrocken, unterbrochen zu werden. Liz war eifersüchtig auf Tinas Mutter und hatte Angst, daß Paps sie mehr geliebt hatte, als er Liz liebte. Manchmal kommen die Menschen auf sol-

che Gedanken, besonders wenn die andere Person tot ist und somit irgendwie heilig. Deshalb sprachen sie wohl auch nie darüber, um Liz nicht zu verletzen. Das war nur vernünftig. Aber auch ziemlich dämlich. Liz war nicht so leicht zu verletzen. Schließlich war sie es gewesen, die an dem Tag, an dem sie hier eingezogen war, einen Blick auf Tinas Gesicht geworfen und gesagt hatte: „Das ist doch lächerlich, Stan. Sie kann nicht ‚Mama' zu mir sagen, ich bin keine zwölf Jahre älter als sie. Es ist besser, wir bleiben weiterhin bei Liz." Und sie hatte Recht behalten.

Sie mußte aufhören, sich darüber den Kopf zu zerbrechen. Sie seifte sich ein, duschte, untersuchte ihre Füße auf Warzen und Fußpilz, sprang aus der Wanne, trocknete sich ab und zog sich an. Der Duft von Liz' Obstkuchen, der sich im Ofen befand, kam die Treppe heraufgeweht.

* * *

LOUISE Die ganze Geschichte kam Stück für Stück ans Tageslicht, immer klarer und deutlicher. Genaugenommen war es eher ein Bild als eine Geschichte. Es klang fast schon nach Agatha Christie, was Tina mir da erzählte: wie sie die ersten Hinweise erhielt und dann die einzelnen Puzzleteile zusammenfügte, bis sich genügend Angst und Neugier in ihr aufgestaut hatten, so daß sie wie eine auf gut Glück abgefeuerte Kanonenkugel in meine Richtung losschoß. Aber sie zählte die Ereignisse nicht nacheinander auf, „und dann passierte dies, ... und dann passierte jenes", sondern malte sie aus einer Palette voller leuchtender und düsterer Farben auf die Leinwand meiner Vorstellungskraft: hier mein Paps, schweigsam und grau, dort meine Freundin Theresa mit einer Unmenge von Haaren auf dem Kopf und Augen wie Hyazinthen, die sich im Sommerwind wiegen. Dort sind Oma und Opa (schwarz – nun, *sie* jedenfalls), dort drüben Georgie, der wie eine winzige Sonne in seinem gelben Strampelanzug hin und her rast – und am hellsten und schönsten, silbrig-weiß: Liz. Liz war die Glorreiche, die gesalbte Retterin. Obwohl Liz, wenn ich sie da richtig einschätze, nur getan hat, was in ihren Augen jede andere auch getan hätte. Und sie hätte Tina die ganze Sache erklärt, wenn Stan sie nur gelassen hätte.

* * *

Liz bereitete zwei Hochzeiten und einen einundzwanzigsten Geburtstag vor. „Sie feiern immer noch den Einundzwanzigsten“, sagte sie immer, „obwohl es jetzt der Achtzehnte ist. Und den feiern sie natürlich auch. Was nur gut für's Geschäft ist.“

„Wie sehen eigentlich Freesien aus? Zeichne mir doch bitte eine, Tina, sei so lieb“, sagte sie, als Tina hereinkam. „Die Evans haben gesagt, ihnen genügt eine Einstöckige. Aber sie hat Freesien in ihrem Brautstrauß, und deshalb möchten sie eine obendrauf gesprüht haben.“

Tina blickte Liz von der Seite her an, wie sie es bei Oma gelernt hatte, um herauszufinden, in welcher Stimmung sie sich befand. Liz legte ihre Stirn in Falten, während sie den großen Kuchen aus der Form wuchtete. Das war ihr kritischer Geschäftsblick: Hatte sie den Rand der Form genug eingefettet, fragte sie sich, oder würde die eine oder andere Rosine daran hängen bleiben und die glatte Oberfläche verderben; war der Kuchen in sich zusammengesunken oder aufgegangen; war er flach wie eine Tischplatte und fertig für den Guß? Das bedeutete allerdings nicht, daß diese frisch aus dem Ofen genommenen Kuchen jetzt mit Guß überzogen werden sollten. Sie würden erst mal ein paar Monate zum Reifen weggestellt werden. Drüben in den Regalen standen die Formen, in denen sie aufbewahrt werden würden, nachdem Liz diejenigen Kuchen herausgenommen hatte, die heute dran waren.

„Du könntest jederzeit bei mir ins Geschäft einsteigen, weißt du, wenn du es nicht aufs College schaffst,“ sagte Liz, nicht zum ersten Mal. „Du machst die Entwürfe und entsprechend fertige ich den Guß. Ich habe gestern bei Matheson eine Torte gesehen, die aussah wie eine Holzhütte mit Rosen um die Eingangstüre gewunden – und eine glich aufs Haar einem Computer, sogar die Buchstaben auf den winzigen Tasten waren zu

erkennen. Wahrscheinlich hat der Bräutigam etwas mit Mikrochips zu tun oder so."
Nicht die geringste Spur. Es war, als hätte jener Augenblick an der Küchentüre nie stattgefunden. Vielleicht war der Name „Janet" gar nicht gefallen, und Liz hatte nur versucht, Paps davon zu überzeugen, daß Tina nicht auf das College gehen, sondern mit ihr zusammenarbeiten solle? Aber Paps weigerte sich stets, ernsthaft über dieses Thema zu sprechen: Sie sollten erst einmal abwarten, wie Tina in Kunst und Technischem Zeichnen weiterkäme. Tina war erleichtert gewesen. Sie hatte keine Lust, bis an ihr Lebensende Blumen zu zeichnen oder Häuser und Computer. Liz ermüdete nie über den einhundertundfünfzig Zuckerveilchen und neunzig bortenartigen Rundbögen um den Tortenrand herum, aber Tina wußte, daß sie selbst das ziemlich bald satt haben würde, und das wollte sie Liz nicht ins Gesicht sagen müssen.
Liz trat einen Schritt vom Kuchen zurück, schob mit einer Hand eine widerspenstige Haarsträhne aus dem Gesicht und betrachtete ihr Werk zufrieden. „Jetzt muß nur noch das Pergamentpapier vom Boden runter. Könntest du das machen, während ich deinem Vater etwas Tee hinaufbringe? Nun, keinen richtigen Tee, sondern so eine Päckchenmischung gegen Erkältung, einfach heißes Wasser drüber und umrühren. Ich hab ihm ein paar Sandwiches gerichtet – er hat darum gebeten, es scheint ihm besser zu gehen."
„Kann ich den Tee hinaufbringen, und du machst den Kuchen fertig?" fragte Tina. „Ich habe Angst, den Boden zu verderben."
„Aber du könntest dich anstecken, und was ist dann mit deinem Hockeyspiel? Du weißt, wie es dir mit einem entzündeten Rachen geht."
Tina kämpfte einen Moment lang mit der Aussicht auf einen normalerweise erbärmlich brennenden Hals, aber sie wollte mit Paps sprechen. „Ich habe am Montag Mr. Sumption die Haustür geöffnet und bisher auch noch nichts ausgebrütet."
„In Ordnung", antwortete Liz. „Das Tablett steht in der hinteren Küche."

Sie trug das Tablett hinauf und überlegte, wie Paps sich verhalten würde – aber sie wußte sowieso nie, was Paps dachte. Letztes Jahr, auf dem Weg nach Rhyl, hatten sie mit dem Auto ein Kaninchen überfahren, und Paps war ausgestiegen, um nachzuschauen, was passiert war. Als er den blutigen, zerfetzten Körper des Kaninchens sah, hatte er ihn mit bloßen Händen vorsichtig hochgehoben und ins Gras am Straßenrand gelegt; dann hatte er seine Hände an einem Büschel Gras abgewischt und war weitergefahren, als ob nichts geschehen wäre. Aber beim Abendessen in jener Pension hatte er vor seiner Hühnchensuppe und seinem Auflauf gesessen und keinen Bissen heruntergebracht. Wie mochte er sich verhalten haben, als ihre Mutter krank geworden und gestorben war? Hatte er geschwiegen, weitergemacht wie immer und ein paar Kilo abgenommen?
Und da stand sie nun mit dem Tablett, ein paar Stufen vom obersten Treppenabsatz entfernt, und dachte schon wieder darüber nach. Sie wußte, daß sie nicht daran denken durfte, wenn sie die Schlafzimmertüre öffnete, sonst würde es Paps ihrem Gesicht ansehen. Hatte er hohes Fieber? Ebenso wie Fred Sumption, 102° Fahrenheit? Wieviel war das in Celsius? Und würde sie sich doch bei ihm anstecken? Und woran war Janet gestorben? „Eine dieser furchtbaren Krankheiten – du weißt schon“, hatte Opa gesagt. Tina hatte ihn danach gefragt, als sie zusammen im Wartezimmer gesessen und auf Oma gewartet hatten, die irgendein Rezept abholte – einer der seltenen Momente, in denen sie mit ihm alleine war. Damals war Tina davon ausgegangen, daß ihre Mutter Krebs gehabt hatte. Aber es gab noch andere Dinge, die ebenso schlimm waren wie Krebs – jedenfalls fast so schlimm. Nach einem Herz- oder Gehirnschlag kannst du dich nicht mehr bewegen, von übermäßigem Trinken bekommst du eine Leberzirrhose, und dann gibt es da noch Multiple Sklerose, Mitrale Stenosen, Tuberkulose, und und und ...
„Komm herein, Mädchen“, sagte Paps. „Du brauchst keine Angst haben, ich liege nicht im Sterben. Sie macht viel zu viel Wind um alles. Was ist da drauf?“ Er klappte jede Sandwichhälfte auf und blickte darunter. „Honig – Käse.“

„Hast du Fieber?"
„Weiß nicht. Ich laß sie nicht messen." Paps nippte an dem Glas und biß in einen Honigsandwich. „Morgen geh ich wieder arbeiten."
„Paps! Das läßt sie nicht zu. Da kommt sie auch schon."
Liz' Schritte waren auf der Treppe zu hören gewesen, und sie erschien im Türrahmen mit Georgie auf dem Arm.
„Ich glaub nicht an Krankheiten", grummelte Paps.
„Was machst du dann bitte gerade – simulieren? Du bist ein alter Sturkopf. Du bleibst mindestens noch zwei Tage zu Hause."
Tina sah völlig erstaunt zu Liz hinüber. Woher nahm sie den Mut, so mit ihm zu sprechen? Sie behandelte ihn manchmal wie ein Baby, als wäre er noch jünger als Georgie. Paps sah zufrieden aus. „Ich geh wieder arbeiten, ich sag's dir."
„Du gehst nicht, und dabei bleibt's. Tina, sei ein mutiges Mädchen, und zieh mir das Backpapier vom Kuchen, ja? Georgie ist voller Zucker, er hat die Schüssel umgeworfen, und ich muß ihn schnellstens in die Wanne stecken. Hast du ihm noch heißes Wasser übriggelassen?"
„Ich glaube schon. In Ordnung, ich versuche es. Aber mach mir nachher keine Vorwürfe, wenn –"
„... es nicht perfekt wird. Das geht schon in Ordnung." Liz und Georgie verschwanden.
Tina zögerte. Paps war guter Stimmung, von Liz bemuttert und in sein Honigsandwich versunken. Bevor sie es sich anders überlegen konnte, sagte sie: „Paps – du kennst doch meine Mutter?"
Sein Kopf fuhr herum. Derselbe Gesichtsausdruck. Der Schock. Angst.
„Ich hab mich nur gefragt – hatte sie nicht irgendwelche Sachen? Ich meine, die ihr gehört haben? Manchmal denke ich, ich hätte gern etwas von ihr, weißt du. Ein Taschentuch oder so, ein Schmuckstück, ein kleiner Spiegel. Theresa hat ein Armband von ihrer Urgroßmutter, die eine Woche vor ihrer Geburt gestorben ist und gesagt hat: ‚Gebt das dem Neuankömmling, wenn es ein Mädchen ist.' Theresa liebt es wirklich, und da dachte ich ..."

Paps setzte sich auf und zog das Tablett auf den Knien zu sich heran. „Ich weiß nicht genau... möglich wär's schon.“ Seine Gesichtszüge entspannten sich etwas, aus Schrecken wurde Nachdenklichkeit. „Ich seh mal nach, ob ich etwas finde... Ich denke, ich weiß, was du meinst. Ein Andenken. Als Erinnerung. Ich werd mal sehen, was sich machen läßt.“

Zweites Kapitel

LOUISE Ich habe gesagt, daß Tina wie eine Kanonenkugel auf mich zuschoß – aber es war Theresa gewesen, die die Lunte an das Schießpulver gelegt, ihr den Mut dazu gegeben oder sie einfach entsprechend aus der Fassung gebracht hatte, so daß Tina etwas tun *mußte*.

Wenn *ich* die Geschichte erfunden hätte, wäre Theresa wahrscheinlich nie darin vorgekommen. Ich hatte nie eine „beste Freundin“: Ich war Mitglied in einer Bande, und wir sprachen nicht miteinander, wir handelten. Bauten eine Baumhütte in den Eichen neben der Eisenbahnlinie, kletterten in den Dachsparren der halbausgebrannten Spielzeugfabrik im Industriegebiet herum. Dann verdrängte Sex unseren kreativen Vandalismus und wurde zum Dreh- und Angelpunkt unseres Denkens; ab da gingen wir in dieses Fliegenloch bei Stratford East und sahen uns Softpornofilme an. Aber Tina ist nicht wie ich, sie hatte eine „beste Freundin“, und das war Theresa.

* * *

Die beiden saßen mit ihrer Cola da, schielten auf anderer Leute Hamburger und wünschten, sie könnten sich selbst welche leisten. „Drei Cola und mein Taschengeld für eine ganze Woche ist flötengegangen. Acht Tage Taschengeld für einen Viertelpfünder“, beschwerte sich Theresa. Ein verführerischer Duft von heißem Fleisch und Ketchup umgab sie. „Ich werde mir noch ein paar Ohrringe kaufen.“

„Eine Cola für einen Ohrring“, sagte Tina und starrte auf die kastanienbraunen Tupfer auf dem Boden ihres Bechers. Sie versuchte, sie zu einem Tropfen zusammenrinnen zu lassen, der so groß war, daß sie ihn trinken konnte. Sie saßen ein Weilchen da und brüteten über dieser seltsamen Gleichung.

„Wahrscheinlich gibt es auch Plastikohrringe in der Form von kleinen Colabechern, einschließlich Schaum“, grübelte Theresa. „Aber die sind dann noch teurer.“

„Sie erwischen dich immer, wie du dich auch drehst und wendest“, kommentierte Tina, kippte ihren Becher gegen die Zähne und klopfte dagegen. Nicht ein einziger Tropfen.
„Und, hast du irgend etwas herausbekommen?“ wollte Theresa wissen. „Über deine Mutter?“
Tina beugte sich hinunter und kramte in ihrer Plastiktüte. „Ich hab gedacht, du fragst überhaupt nicht mehr.“
„Du kannst es kaum erwarten, mir etwas zu erzählen, und ich muß erst fragen?“
„Na ja, ich weiß ja nicht, vielleicht langweilt dich das Thema.“
„Langweilt? *Das Geheimnis der verschollenen Mutter?* Komm schon, gib her.“
„Ich hab alles mitgebracht“, sagte Tina und richtete sich auf. „Das Taschentuch, die Brosche und dies hier.“
„Heilige Maria! Wahrscheinlich hat er eine ganze Kiste voll unterm Bett stehen! Zeig mal, was ist das?“
Tina legte die drei Gegenstände auf die glänzend weiße Oberfläche des Tisches. Zuallererst das mit Seidengarn eingefaßte Taschentuch mit aufgestickten Bildern von alten Damen mit breitrandigen Hüten und Regenschirmen; dann die Zinnbrosche mit dem eingravierten tanzenden Eichhörnchen und „Grüße aus dem Epping Forest“ („Mach schon, mach schon“, drängte Theresa, „die kenn ich bereits“) und schließlich das scharlachrote, samtüberzogene Kästchen. Es hatte ungefähr die Größe eines kleinen Eierkartons, und der Samtbezug war völlig glatt, als ob das Kästchen seit seinem Erwerb nur an den sichersten Orten aufbewahrt worden war.
Theresa drehte es mit zwei spitzen Fingern herum. „Wie hast du es aufbekommen?“
Um die Mitte der Seitenwände lief ein kleiner Spalt, aber nirgends war ein Scharnier oder ein Häkchen zu sehen.
„Ich wußte es zuerst auch nicht. Paps hat es mir nicht gezeigt, er hat es mir einfach in die Hand gedrückt, als ich ins Bett ging. Irgendwo muß ein kleiner Magnet sein – sieh her.“ Tina drückte mit dem Daumen auf die Mitte einer der Längsseiten, und das Kästchen sprang auf. „Schmuck. Dieses Schlangenteil ist für deine Ohrringe. Das Pölsterchen ist für deine Broschen und das Reißverschlußtäschchen ist für eine Halskette. Aber

was das hier soll, verstehe ich nicht ganz.“ Sie öffnete zwei Druckknöpfe an der Innenseite der oberen Kästchenhälfte und eine Reihe transparenter Täschchen wurde sichtbar.
„Ich kapiere nicht, was für Schmuck da reinpassen soll. Taschentücher vielleicht – dies hier paßt immerhin hinein – aber wenn man eines in jedes Täschchen stopfen würde, bliebe kein Platz mehr für den Schmuck. Strumpfhosen wären noch unpassender, oder Schals, oder Make-up...“
„Fotografien, du Dummerchen!“ rief Theresa. „ich hab ein paar dabei, die ich auf Tante Noras Hochzeit letzten September gemacht habe. Die gehen da rein, jede Wette.“ Sie wühlte in ihrer Segeltuchtasche, zwischen Lidschatten und Haarbürsten, angefangenen Hausaufgaben und dem Programm für einen offenen Abend an der Schule und zog schließlich einen orangenen Umschlag hervor, auf dem eine sonnenbadendene Familie plus Eimer und Spaten abgebildet war. „Hier ist eine.“
Theresas zahllose Familienmitglieder blickten Tina aus dem Foto entgegen. Sieben Brüder und Schwestern, neun Onkel und Tanten von der einen Seite der Familie und elf von der anderen, Cousinen, Großtanten, der Trupp aus Stockport und der aus Macclesfield, ein ganzer Haufen aus Stoke-on-Trent und May und Terrys Anhang, die wegen Terrys Job in einer Druckerei nach Preston abgewandert waren. Tina hatte nur ihren Vater und ihre Großeltern, Liz und Georgie nicht mitgerechnet, die neu und anders waren.
Sie steckte das Photo in eines der Täschchen, und es paßte genau hinein. Theresa sagte: „Siehst du jetzt? Da gehören Photos hinein. Es müssen auch mal welche drin gewesen sein. Fragt sich nur, wo die jetzt sind? Du mußt deinen Paps danach fragen.“
„Das kann ich nicht.“ Tinas Mut hatte sich seit dem Tag an der Küchentür verflüchtigt. Im Nachhinein wunderte sie sich, wie sie den Mut aufgebracht hatte, ihren Vater nach einem Andenken an ihre Mutter zu fragen. Wenn sie auch nur eine Sekunde darüber nachgedacht hätte, wäre es ihr nicht gelungen. Es war ihr äußerst peinlich gewesen, als er ihr das Taschentuch und die Brosche in die Hand gedrückt hatte, und als er

ihr das purpurrote Schmuckkästchen zugesteckt hatte, während sie die Treppen hinaufgegangen war. Fast wünschte sie, er hätte es nicht getan.
„Das kannst du nicht? Warum nicht, Tina? Was ist an deinem Paps so furchterregend? Mir scheint er recht harmlos zu sein."
„Nicht ich bin es, die Angst hat. Er ist es."
„*Er* hat Angst? Dann verbirgt er irgend etwas. Vielleicht ist deine Mutter überhaupt nicht gestorben! Vielleicht ist sie mit einem anderen Mann durchgebrannt!"
Tina reichte ihr das Bild zurück und dachte über Theresas Bemerkung nach. Sie betrachtete ihre Freundin über den Tisch hinweg: Sie hatte eine Menge krauses, braunes Haar auf dem Kopf, das bei jeder anderen wüst ausgesehen hätte, aber ihr gelang es immer wieder, eine eigenständige Frisur daraus zu machen. Manchmal flocht sie die Haare ineinander und steckte sie an ihrem Hinterkopf fest, ein anderes Mal band sie zwei Drittel mit einer Schleife hoch, so daß sich ein paar Locken um ihre Ohren ringelten und ihr eine ordentliche, gekämmte Haarflut den Rücken hinunterfiel. Heute hatte sie alles zusammengebunden und über ihrem linken Ohr befestigt, so daß die Mähne über ihre linke Schulter flutete. Ihre Mutter sollte nicht tot sein, sondern verschwunden? Ihre Mutter am Leben, in irgend einer Steinhütte in den Bergen versteckt oder in einer Strandvilla bei Barmouth? Oder vielleicht sogar im Ausland, in Frankreich oder Deutschland oder Saudi Arabien? Ihre Mutter mit einem anderen Mann, mit anderen Kindern? Ihre erste und älteste Tochter tagsüber gewaltsam aus ihren Gedanken verdrängt, nur um ihr in ihren Träumen wieder zu erscheinen – ihre Mutter verschwunden, jedoch mit detektivischem Spürsinn und Ausdauer wieder auffindbar?
„Das glaube ich nicht", sagte Tina. „Paps mag ein verschlossener Mensch sein, aber ich halte ihn nicht für einen Lügner."
„Woher weißt du das so genau?" fragte Theresa, stopfte die Fotos zurück und zog den Reißverschluß ihrer Tasche mit einer entschlossenen Geste zu. „Er hat dir weder erzählt, *woran* sie gestorben ist, noch *wo* sie gestorben ist. Er spricht nicht einmal über ihre Seite der Familie. Da gibt es etwas, worüber du nicht Bescheid wissen sollst."

„Das weiß ich“, antwortete Tina. Es fiel ihr schwer, die Tränen zurückzuhalten. „Geh nicht so auf mich los, Therry.“
„Nenn mich nicht Therry.“
„Ich kann einfach nicht glauben, daß sie noch lebt. Ich will es nicht glauben. Ich glaube nicht, daß ich es ertragen könnte.“
„Was kannst du dann ertragen?“ Theresa blieb unnachgiebig. „Daß sie tot und geheimnisvoll über deinem Leben schwebt, wie ein langer, schwarzer Schatten? Der Ausdruck gefällt mir – Langer Schwarzer Schatten. Hat es diese Woche auf den fünften Platz geschafft, das Lied, meine ich. Würde ich mir kaufen, wenn ich das Geld dazu hätte.“
Eine Gruppe junger Männer in Jeans stand in ihrer Nähe und klammerte sich an Papiertüten voller Fritten und an dampfende Plastikbecher. Sie starrten eine Weile auf die beiden Mädchen, bis schließlich einer zu ihnen rüberkam.
„Wird der Tisch hier bald frei? Ich meine, ihr seid doch fertig, oder? Was ich damit sagen will – verschwindet, ihr Süßen.“
Theresa blickte ihn gereizt an und antwortete: „Wir sind noch nicht fertig. Geht doch nach oben.“ Der Junge sah sie verwundert an und ging zu seinen Freunden zurück.
Theresa wandte sich wieder an Tina. „Hör zu, Tinchen, zieh jetzt nicht wieder den Schwanz ein. Willst du nun wissen, was los ist, oder nicht?“
„Natürlich will ich es wissen!“ Tina behielt die Kerle aus den Augenwinkeln heraus im Blick: Sie waren nicht nach oben gegangen. „Aber was ist, wenn ich irgend etwas Furchtbares herausfinde?“ Sie legte das Taschentuch, die Brosche und das Samtkästchen in die Plastiktüte.
„Na und? Irgend jemand weiß Bescheid. Dein Paps zum Beispiel. Ich wette, daß es noch andere Leute gibt, die wissen, was passiert ist – Verwandte deiner Mutter. Beachte sie einfach nicht“, sie deutete mit dem Kopf auf die Jungen. „Wir haben unsere Rechte, wie jeder andere auch.“ Sie lehnte sich zurück, fast beiläufig. „Dann ist es eben beängstigend. Lieber hab ich Angst, als daß ich mich anschmieren lasse.“
„Sie kommen schon wieder.“
„Dacht ich's mir.“ Provozierend langsam ließ Theresa den letzten Tropfen aus ihrem leeren Becher in ihren Mund rinnen

und zerquetschte den Becher in ihrer Hand. „Komm, verschwinden wir, o.k.? Die Herren sehen so aus, als ob sie sich vom langen Stehen erholen müßten."
Draußen in der Januarkälte stemmten sie ihre Schultern gegen den Wind. „Ich habe mich schon immer darüber gewundert", sagte Theresa, „daß dein Vater dich nicht gleich in die Sutton Road mitgenommen hat, als er wieder heiratete. Es liegt auch näher an der Schule."
„Oma hat gesagt, es wäre nur fair, ihnen etwas Zeit zu lassen, sich einzuleben. Dann kam Georgie, und es war nur fair, *ihm* etwas Zeit zu lassen, sich einzuleben." Tina wünschte, Theresa würde sich ein anderes Gesprächsthema einfallen lassen.
„Was hat denn dein Vater die ganze Zeit gemacht? Wollte er dich nicht bei sich haben, oder was?"
„Du kennst meine Großmutter, ihr widerspricht man nicht. Und überhaupt, woher soll man wissen, was die eigenen Eltern denken? Woher willst du wissen, daß deine Eltern alle acht Kinder wirklich gewollt haben?"
„Ja, das habe ich mich auch schon gefragt. Schließlich glauben sie nicht an den ganzen Kram. Ich weiß jedenfalls, daß meine Mutter ihre Eileiter hat kappen lassen."
„Das weißt du? Sie hat es dir erzählt?"
„Sie hat Kevins Windeln auseinandergerissen, weil Marianne und ich damit das Auto waschen sollten, und da sagte sie: ‚*Die* brauchen wir nicht mehr, Gott sei Dank', also hab ich sie gefragt, weshalb sie sich so sicher ist. Kriegst du noch den Bus um 12.30 Uhr nach Hause?"
Sie gingen die Eastgate Street entlang und auf die Bushaltestelle zu. „Jeder andere Vater", fuhr Theresa unverzagt fort, „hätte dich sofort mitgenommen. Liebt er dich nicht, oder was?"
Tina war bisher noch nicht auf die Idee gekommen, daß Liebe etwas damit zu tun haben könnte. „Hör auf mit dem ewigen *oder was?*, es wird langsam langweilig. Natürlich liebt er mich."
„Dann ist er ein Feigling, der gegen seine eigene alte Mutter nicht ankommt. He, schau mal, dort ist der Laden mit den tollen Ohrringen."

Sie blieben stehen und betrachteten die rotierenden knallroten Korkenzieher und die silbrigen Kreisel. Goldene Schriftzüge mit Namen wie Annabelle und Charmian und Priscilla schaukelten hinter der Glasscheibe. „Zwölf Pfund fünfzig. Sechzehn Pfund. Mein Gott. Hilfe, ich verpaß meinen Bus, wenn wir uns nicht beeilen!"
Sie rannten los, und Theresa erwischte ihren Bus nur noch, indem sie ihren Fuß zwischen die sich schließenden Türen quetschte. Ihr Bus hatte die Nummer 53; Tinas Nummer 45 kam fünf Minuten später. Während sie ihren Kragen zum Schutz vor dem Wind, der den Unterstand als Trichter benutzte, hochstellte, dachte sie, daß Theresa recht haben könnte. Nicht daß ihr Vater sie nicht liebte oder ein Feigling wäre, oder daß Janet noch am Leben sein könnte, aber daß noch irgendwelche Fotografien existieren mußten. Und es lag an ihr, sie zu finden.

* * *

LOUISE Es gibt eine Menge Dinge, von denen ich keine Ahnung habe, aber ich weiß, was es heißt, Mut zu haben, und ich weiß, was es heißt, ihn zu verlieren – meinen eigenen ebenso wie den anderer Menschen. Ich kenne den Mut, der dich einen Brief schreiben läßt und die Feigheit, die dich daran hindert, die Antwort zu öffnen. Ich kenne die Feigheit, die dich aufstehen und davonlaufen läßt, und ich kenne den Mut, der dich genauso aufstehen und davonlaufen läßt – ganz zu schweigen von den Augenblicken, in denen du nicht mehr entscheiden kannst, was dich vorantreibt, Mut oder Feigheit. Ich konnte sehen, daß es sich mit dem Mut bei Tina ebenso verhielt, wie bei mir: Er stieg in ihr auf, und er ebbte wieder ab. Aber sie war noch nicht alt genug, um dieses gezeitengleiche Muster zu erkennen. Wenn sie den Mut verlor, dachte sie gleich, er hätte sie für immer verlassen. „Warte, warte", wollte ich ihr da zurufen, „er wird wiederkehren" – aber natürlich würde sie das lernen.

* * *

Ihr Plan schien einfach: Sie würde eines Nachts so lange wach bleiben, bis alle anderen fest schliefen, ins Wohnzimmer hinunterschleichen und in der großen Kommode nachsehen, in der Liz in der obersten Schublade all ihre Bestellformulare und in der darunter die ganzen Tischtücher und Papierservietten aufbewahrte. Was sich in der untersten Schublade befand, wußte Tina nicht, also hatte sich ihre Hoffnung darauf gerichtet. Aber sie war dreimal hintereinander morgens aufgewacht, um festzustellen, daß sie eingeschlafen war, lange bevor sie Paps' und Liz' Schritte auf der Treppe gehört hatte. Also entschied sie, daß es besser wäre, den Wecker auf 6.30 Uhr zu stellen und dann nach unten zu schleichen. Aber am ersten Morgen wachte Georgie auf und holte Liz aus dem Bett, bevor Tina überhaupt aus den Federn war, und am Morgen darauf hörte sie ihn sogar, bevor der Wecker geklingelt hatte. Also stellte sie den Wecker auf 5.30 Uhr und überlegte sich, ob Georgie mit ihr Schritt halten und jede Nacht früher aufwachen würde, um ihr allmorgendlich einen Strich durch die Rechnung zu machen. Sie träumte gerade, daß sie durch einen finsteren und übelriechenden Tunnel kriechen würde und auf der Suche nach dem Ausgang des Labyrinths war, als sie plötzlich erwachte. Es war zwanzig nach Vier.
Stille. Der Traum war verflogen, und sie war sofort hellwach. Sie lag auf dem Rücken, leicht angespannt und lauschte ihrem unregelmäßigen Atem. Ihr Kopf fühlte sich an, als stünden darin lauter winzige Trampoline, auf denen dringliche Gedanken auf und ab hüpften. Vielleicht war die Schublade randvoll mit alten Rezepten und Bestellformularen? Was war, wenn Liz herunterkam, um Georgie ein Glas Orangensaft zu holen und sie erwischte? Vielleicht würde sie stapelweise alte Fotografien finden, aber auf keiner einzigen würde etwas hintendrauf stehen, das Auskunft über die Identität der aufgenommenen Personen gab? Und wenn sie Bündel alter Briefe fand, mit Band zusammengehalten (Weshalb immer Band? Weshalb nicht Bindfaden?), Briefe, die alle mit „Lieber Stan“ begannen und erklärten, warum sie es nicht mehr bei ihm aushielt und mit einem anderen fortging? Briefe mit Absender darauf... oder ohne... Hüpf, hüpf, hüpf.

In ihrem Kopf hüpfte es, und ihr Herz trommelte. Der Schlag ihres Herzens war schwer und dumpf, wie der Schlag des Preßlufthammers, den die Straßenarbeiter am anderen Ende der Sutton Road benutzten.
Langsam und ohne das Gefühl zu haben, sie hätte sich bewußt dazu durchgerungen, räkelte sie sich hoch in eine aufrechte Position, zog ihre Füße unter den Steppdecken hervor (Liz plädierte zwar für Federbetten, wie sie auf dem Kontinent üblich waren, aber Paps hatte nur gesagt, und es klang nach Oma, daß „das all diese Dinge nur ausländischer Firlefanz wären, nicht mehr und nicht weniger") und stellte ihre Füße auf den Boden. Das Kopfende des Bettes knarrte an der Stelle, wo sich ein paar Schrauben gelockert hatten; es klang gespenstisch und theatralisch. Sie stand auf – die Dielen verhielten sich verschwörerisch ruhig –, langte nach ihrem Bademantel und ging auf Zehenspitzen zur Tür. Ein erneutes Knarren hallte gegen die Wände am Treppenabsatz. Tina verknotete den Gürtel ihres Bademantels, wartete einen Moment und hielt die Luft an. Keine Geräusche aus Georgies Zimmer. Nichts.
Die Treppen waren von dem orangenen Licht der Straßenlaterne, das durch die Scheiben fiel, erstaunlich hell erleuchtet. Von der letzten Stufe bis zur Wohnzimmertür waren es nur ein paar Schritte. Sie trat hinein und schloß sanft die Tür hinter sich. Es war stockdunkel – die Vorhänge mußten geschlossen sein. Ein Schritt nach vorn, und ihr nackter Fuß trat auf die Kante eines von Georgies Plastikspielsachen. Das Wohnzimmer war immer noch eingerichtet wie ein Zimmer, das nur an Sonntagen und an Weihnachten betreten wurde, aber darin stand eine alte Truhe, die Liz von zu Hause mitgebracht hatte und die jetzt randvoll mit Georgies Spielsachen war. Der Deckel stand immer offen, und ein Großteil des Inhalts war über den ganzen Raum verstreut. Tina tastete die Wand entlang nach dem Lichtschalter, schloß ihre Augen einige Sekunden vor dem plötzlichen grellen Licht und öffnete sie dann langsam. Fast hätte sie laut losgelacht. Weshalb benahm sie sich wie eine Einbrecherin? Sie war in ihrem eigenen Zuhause – und sie konnte es jetzt wirklich ihr *Zuhause* nennen, zumal

Oma und Opa ihr am Weihnachten ihre letzten alten Spielsachen aus Sycamore Gardens mitgebracht hatten –, und sie wollte mehr über ihre Mutter herausfinden. Warum konnte sie nicht einfach in der Schublade nachsehen, während sie hier drin ihr Sandwich aß und nach der Schule mit Georgie spielte? Wieso sagte sie nicht einfach: „Fischst du uns mal ein paar alte Fotos von Mama heraus, Paps, sei so lieb, wenn du mal nichts Besseres zu tun hast?"
Theresa würde genau das tun, und ihr Vater würde antworten: „Immer quengelst du herum, Theresamädchen – quengel, quengel, quengel, immer drauf auf deinen armen, alten Vater." Und dann ginge er schnurstracks zu der Kommode und holte ihr, ohne weitere Fragen zu stellen, heraus, was sie wollte.
Sie bahnte sich den Weg durch Georgies Spielsachen hinüber zu den Vorhängen und steckte ihren Kopf hindurch. Sie hielt den groben, schweren Stoff an ihr Gesicht und blickte hinaus auf die Straße, die im künstlichen Licht der Straßenlaternen farblos vor ihr lag. Der Wind, der die ganzen letzten Tage geweht hatte, war abgeflaut, und die schwarzen Schatten des nackten Kirschbaumes im kleinen Vorgarten und des riesigen Birnbaumes im großen Garten der Sumptions waren völlig bewegungslos. Ein paar Häuser weiter in die andere Richtung brannte in einem Schlafzimmer noch Licht: Krankheit oder einfach Schlaflosigkeit? Oder ein seelenverwandter Sucher nach Geheimnissen völlig anderer Natur?
Sie wandte sich um, räumte vor der Kommode ein paar Spielsachen weg, kniete nieder und zog die unterste Schublade auf. Zielsicher griff sie nach einer braunen Papiertüte hinten links. Sie war voller Fotografien.

Drittes Kapitel

LOUISE Als sie in ihrer Erzählung bis zu der Geschichte mit den Fotografien gekommen war, wurde mir langsam klar, wie alles zusammenpaßte. Sie dagegen konnte das noch nicht erkennen: Ich war in der Lage, zurückzublicken, aber ihr blieb nur, alles nacheinander zu durchleben. Selbst während sie mir alles erzählte – manchmal schweifte sie ab oder stammelte sogar unzusammenhängendes Zeug –, erlebte sie jede Mutmaßung, jede Verwirrung, jeden plötzlichen Sturz hinab in den schwarzen Abgrund der Angst ein zweites Mal. Einmal brachte ich ihr ein Glas kalten Fruchtsaft, als sie gerade aufgewacht war. Sie blickte mich klar und direkt an, ihre Augen weitaufgerissen und ruhig in ihrem wächsernen, fiebrigen Gesicht, und sagte: „Louise, wenn ich noch einmal die Wahl hätte, nichts zu wissen, und mich entscheiden müßte, ob ich es herausfinden wollte oder nicht, wofür, denkst du, würde ich mich entscheiden?“
Dann versanken ihre Augen wieder im Fieber, sie nahm das Glas und nippte vorsichtig daran, und ich wußte, daß sie keine Antwort erwartete. Es ist sowieso eine Frage, die sich nie beantworten läßt: Erst wenn du etwas herausgefunden hast, kannst du beurteilen, ob dieses Wissen für dich zu schrecklich ist. Schlußendlich habe ich an ihrer Statt geurteilt, ebenso wie ich Janet das Urteil abgenommen habe – doch nur, weil sie mich danach gefragt hat. Das habe ich immerhin gelernt: Sage nie etwas, bevor du nicht danach gefragt worden bist.

* * *

Die Fotografien waren von leicht unterschiedlicher Form und Größe, aber alle vergleichsweise klein. Es waren also nicht die großen Hochzeits- und Atelieraufnahmen, auf die sie gehofft hatte. Sie blätterte sie durch wie eine Kartenmischerin, die nach dem Trumpf-As sucht.
Nach der Hälfte überkam sie Verzweiflung. Was waren das für

Bilder? Schwarzweiß-Aufnahmen von Flußufern. Schwarzweiße Seen mit treibenden Schwänen. Schwarzweiße Himmel, von fliegenden Vögeln durchbrochen.
Ein schwarzweißes Kanalufer mit, immerhin, einem Hinweis, weshalb die Aufnahme entstanden war: Eine herrenlose Angel, die Leine ins stille Wasser ausgeworfen. Natürlich. Heute ging Paps kaum noch zum Angeln, aber bevor Liz auf der Bildfläche erschienen war, hatte er sich jeden Sonntag mit seinem Fahrrad auf den Weg gemacht, die Rute über der Schulter und einen Weidenkorb mit Brötchen und Würmern auf dem Gepäckträger. Als die dreijährige Tina zum erstenmal jene Tausende von Würmern gesehen hatte, die sich in ihrer Dose wanden, hatte sie so laut und so lange geschrien, daß Paps sie ihr nie wieder gezeigt hatte. Seither konnte sie keine Sandwichschachtel mehr sehen, ohne sofort Visionen von Würmern zu bekommen, die durch mikroskopisch kleine Löcher aus ihrer Dose heraus und durch mikroskopisch kleine Löcher in die Sandwichschachtel hineinkrochen; und von Paps, der ahnungslos am Ufer sitzt und in ein Wurmsandwich hineinbeißt.
Diese kleinen Schwarzweißbilder schienen jedoch älteren Datums zu sein, sogar älter als sie selbst, und bald stieß sie auf eine offizielle Aufnahme der Chester-Anglervereinigung von 1967. Das war über zwei Jahrzehnte her – Paps mußte damals Mitte zwanzig gewesen sein. Sie suchte die erste Reihe ab, dann die dahinter, aber jeder einzelne Mann, glattrasiert oder mit Schnurrbart oder Vollbart, blickte ihr gleich unbekannt entgegen.
Sie verlor die Geduld, schmiß den Stapel Fotos auf den Boden und suchte in der Schublade weiter.
Es mußte doch ein Hochzeitsalbum existieren. Die Hochzeit von Liz und Paps wurde in einem dicken, grauen Album zelebriert, auf dem mit silberner Schrift „Unser Hochzeitstag" stand und das in einem Regal im Eßzimmer auf einer Bibel und einem Wörterbuch aufbewahrt wurde. Fotografien von Baby Georgie waren in eine Sammelmappe eingeklebt worden, die Liz in einem Kaufhaus gekauft und in der obersten Schublade der Eßzimmerkommode verstaut hatte. Weitere

Stapel von Georgie- Fotos harrten dort darauf, ebenfalls eingeklebt zu werden. Es mußte doch auch Babyaufnahmen von ihr, Tina, geben?
Eine Schachtel: das Hochzeitsbesteck. Die nächste: Hier war das neue Bügeleisen drin gewesen, jetzt diente sie zur Aufbewahrung von Strickmustern. In einem Eck lag ein Stapel Stanley-Gibbon-Kataloge, die Paps in der vergeblichen Hoffnung von der Post mitgebracht hatte, er würde wieder anfangen, Briefmarken zu sammeln. Darunter entdeckte sie sein altes, marmoriertes Postkartenalbum, auf dessen erster Seite in der Handschrift eines Fünfzehnjährigen zu lesen war: „Wenn Sie dieses Album finden, bitte an Stanley Pearson zurückgeben". Den restlichen Platz nahm ein Stapel Zeitschriften ein, die Liz für den Fall aufbewahrte, daß sie die Rezepte jemals gebrauchen konnte, sowie ein paar übriggebliebene Wollknäuel.
Tina lehnte sich zurück. Die Enttäuschung raubte ihr fast den Atem. War ihre ganze Kindheit fortgewischt worden, zerstört? War ihre Mutter aus der Geschichte ausradiert worden, als ob sie nie existiert hätte? Und wenn, welche schreckliche Schuld hatte sie auf sich geladen, daß sie verdient hatte, in Vergessenheit zu geraten?
Sie blickte auf die Fotos, die sie etwa so elegant auf dem Boden verteilt hatte, wie ein Zauberer seine Karten ausbreitete: „Zieh eine". Sie ließ ihre Augen über die schwarzweißen Bäume und malerischen Teiche gleiten, über die sicheren Blicke der aufrechten Angler, über weitere Teiche und Ufer, und... Andere Gesichter blickten zu ihr auf, lächelnde Gesichter, diesmal jedoch nicht in hüfthohen Gummistiefeln und wasserfesten Parkas, sondern in bodenlangen Kleidern und Handschuhen – und Hüten. Eine Hochzeit.
Sie wischte die anderen Bilder nach links und rechts und grabschte nach der hervorstechenden Aufnahme. Darunter wurden weitere Ufer und Flüsse sichtbar; es war das einzige Bild dieser Art – war es versehentlich vergessen worden, oder konnte ihr Vater es nicht ertragen, sich endgültig von Janet zu trennen?
Es war die Hochzeit ihrer Eltern, daran bestand kein Zweifel. Sie las das Kleingedruckte auf dem weißen Rand unter der

Aufnahme: *Wright, Glover & Söhne, Spezialisten für Hochzeitsphotographien, High Road, Leyton E10.* Von links nach rechts zeigte das Bild eine junge Frau in dem pinkfarbenen Kleid einer Brautjungfer, ein Mann mittleren Alters, die Braut – Tinas Augen ruhten zögernd auf ihr und glitten dann schnell weiter –, ihr Vater, die Haare ungewohnt lang und zottelig und ein Lächeln verlegener Würde auf den Lippen, ihre Oma, die ruhig und zufrieden dreinblickte, Opa, der Omas Arm beschützend festhielt, noch eine pinkfarbene Brautjungfer und ein gedrungener Mann, wohl Paps' jüngerer Bruder, der inzwischen nach Neuseeland emigriert war und dort eine Farm besaß.

Tina starrte auf ihre Mutter, die ebenso unnahbar und verschüchtert aussah, wie all die anderen Bräute auf der Hochzeitsseite der Lokalzeitung auch, als ihr aus dem oberen Stockwerk ein durchdringendes, elektronisches Geräusch ins Bewußtsein drang. Sie hielt die Luft an, sah auf und runzelte die Stirn. Es war ihr Wecker, den sie auf 5.30 Uhr gestellt hatte.

Sie steckte das Hochzeitsbild in die Tasche ihres Bademantels, stopfte die anderen Fotos in die Papiertüte und legte sie – nicht irgendwohin, sondern genau an die Stelle, an der sie sie vorgefunden hatte – in die Schublade zurück, schloß sie (ein Knarren fuhr ihr in die Knochen) und ging auf Zehenspitzen um die Spielsachen herum, löschte das Licht und mußte sich beherrschen, nicht nach oben zu rennen.

Oben tastete sie im Dunkeln nach ihrem Wecker auf dem Nachttisch, drückte den Plastikknopf nach unten, zog ihre knarrende Tür ins Schloß und ließ sich dann aufs Bett fallen, aufgeregt und zufrieden. Sie schnaufte, als hätte sie gerade einen Marathonlauf hinter sich gebracht.

* * *

LOUISE O ja, ich erinnere mich gut an ihren Hochzeitstag – einmal habe ich da meine ganz persönlichen Gründe, zum anderen war das der Tag in meinem Leben, an dem ich am wenigsten gesprochen habe. Ich weiß noch genau, wie Großtante

Mag mich gefragt hat, wann ich denn nun heiraten würde. Ich habe mich zu ihr herumgedreht und gesagt: „Du kannst das Heiraten ganz besonders empfehlen, was? Es ist ein einziges Glück, stimmt's?“ Sie wußte, daß *ich* wußte, wie es zwischen ihr und Großonkel Harry wirklich aussah, also hielt sie ihren Mund. Mein Kleid kratzte mich im Kreuz und drückte an den Hüften, und auch wenn das Essen gut war, aß ich einfach zuviel davon, so daß das Kleid um so mehr drückte. Warum heiraten alle Leute mit einem Maximum an Unbequemlichkeiten und einem Minimum an Unterhaltung? Aber an jenem Tag hatte ich beschlossen, endlich Fragen zu stellen, also waren meine Gedanken wahrscheinlich nicht so recht bei der Sache.

* * *

„Und wer sind all diese Leute?“ fragte Theresa ungeduldig. Nach der Schule saßen sie in Tinas Zimmer auf dem Bett.

„Von rechts angefangen: Das muß Onkel Philip sein, er sieht Paps ein bißchen ähnlich, findest du nicht, obwohl er etwas breiter ist – er hat das gleiche Kinn. Diese Brautjungfer kenne ich nicht. Ich finde, sie sieht keinem der anderen ähnlich, mit ihrem langen Gesicht und dieser Nase. Vielleicht ist es eine Freundin. Dann Opa, Oma –“

„Und dein Vater. Er sieht ziemlich glücklich aus, findest du nicht? Und dann sie. Deine Mutter.“

„Janet.“ Tina nannte sie gerne Janet, sie wußte nicht warum, aber irgendwie schien sie ihr dann eher eine wirkliche Person zu sein.

Theresa sah auf und untersuchte Tinas Gesicht. „Ich glaube, du hast ihre Augen – obwohl ihre etwas zusammengekniffen sind, gegen das Sonnenlicht wahrscheinlich. Oder vielleicht ist sie kurzsichtig wie unsere Amanda, nur daß sie aus Eitelkeit kein Brille aufsetzt. Auf einer Hochzeit würde man sowieso keine tragen, selbst wenn man halbblind wäre, oder? Aber *sie* trägt ihre.“ Theresa deutete auf das Foto.

Die Brautjungfer zur Rechten hatte tatsächlich eine Brille auf, eckige Gläser mit einem schwarzem Gestell, wie sie schon lange außer Mode gekommen waren. Sie trug einen Kranz aus sieben kleinen Rosen, passend zum dreiteiligen Rosenkränzchen der Braut und den prunkvollen pinkfarbenen Rosen des Brautstraußes. Sie sah ärgerlich aus und schien sich in dem anliegenden Mieder und dem aufgetürmten, mehrschichtigen Rock ihres Brautjungfernkleides unbehaglich zu fühlen. Tina konnte sich richtig vorstellen, wie sie fluchend ihre Jeans und ihren schlampigen Pulli ausgezogen hatte, um in dieses Monstrum hineinzusteigen: Es stand sicherlich selbst ohne eine Person darin kerzengerade in die Höhe, und man mußte sich hineinschlängeln wie in eine Ritterrüstung. Janet dagegen sah entspannt aus; ihre Schüchternheit hatte etwas Selbstsicheres, und sogar ihre Hände, die den Brautstrauß hielten, erweckten den Eindruck, als ob sie für immer in dieser Haltung bleiben könnten.

„Es ist schon eine komische Sache mit so einem Foto", sagte Tina langsam. „Du hast die aufgenommenen Personen, hältst sie gefangen wie in einem Netz und denkst, du kannst sie Stück für Stück auseinandernehmen, jedes einzelne Teil betrachten und sie verstehen lernen. Aber das stimmt nicht. Je länger du sie ansiehst, desto weiter scheinen sie sich von dir zu entfernen. Du kannst sie nicht irgend etwas fragen, du kannst nicht herausfinden, was in ihnen vorgeht."

„Du bist ein undankbares Huhn, weißt du das?" meckerte Theresa. „Du kannst sie dir jetzt immerhin ansehen, oder? Und das ist hundertmal mehr, als du vorher hattest."

„Was nützt mir hundertmal nichts?"

„Klopf keine schlauen Sprüche. Schließlich ist es ein Indiz! Wer sind denn die da links? Du hast recht, die eine Brautjungfer gehört nicht zur Familie, dafür ist sie zu groß. Der hier muß ihr Vater sein – wo ist ihre Mutter? Und ich gehe jede Wette ein, daß die mit der Brille ihre Schwester ist."

„Woher willst du das wissen?"

„Schau dir die Mundpartien an, die sind völlig identisch. Wo sind all diese Leute jetzt? Wo sind sie, verrat mir das."

„Du weißt genau, daß ich keine Ahnung habe!" antwortete Tina verstimmt. Dann starrte sie auf das Gedruckte am unteren Rand der Fotografie. „*Wright, Glover & Söhne... High Road, Leyton*. Hey, wo liegt Leyton?"

„Keinen Schimmer“, sagte Theresa.
Tina sprang vom Bett und rannte in die Küche hinunter. Liz rührte am Herd in einem Topf herum, und Georgie stand auf einem Stuhl neben dem Tisch mit den Fingern in einer klebrigen, roten Masse.
„Haben wir irgendwo einen Atlas, Liz? Ein Buch mit Landkarten drin?“
„Was brauchst du – England oder die ganze Erde?“ fragte Liz und wandte sich halb um. „Wir haben noch einen alten Autoatlas, den mein Vater wegschmeißen wollte. Hilft Theresa dir bei den Geographiehausaufgaben?“
Tina sagte nur „Danke“ und ging ins Eßzimmer zu dem Regal, wo der horizontale Haufen aus Wörterbuch, Bibel und Hochzeitsalbum den halben Meter verschiedenster Taschenbücher am Umfallen hinderte. Mittendrin stand der abgegriffene, alte Autoatlas. Sie zog ihn heraus und rannte nach oben.
„Leyton – Leyton – Leyton. Leamington Spa ... Leicester ... Lewes, Leyburn, Leyfield – Lichfield! Das steht gar nicht drin!“
„Laß mich mal“, sagte Theresa und grabschte sich das Buch. „Natürlich – jetzt fällt’s mir wieder ein, Leyton ist eine Vorstadt von London – deswegen auch E10!“
Tina, die kaum zuhörte, riß ihr das Buch wieder aus den Händen und blätterte wild darin herum. „Hier ist es, London. Das ist ja ewig viel ... zum Teufel, das dauert Stunden!“
„Geduld, Mädchen.“ Das Buch wanderte zurück zu Theresa. „E10 liegt im Osten. Shoreditch – Forest Gate – Hackney –“
„Leyton!“
Sie sprangen beide auf der Matratze auf und ab.
„O.k.“, haspelte Theresa. „Jetzt die Karte. Karten von London, Seite ... bitteschön. ‚London Mitte finden Sie ...‘ Osten, das liegt rechts ... Blackwall Tunnel, West Ham – he, da kommt doch diese Baseballmannschaft her – Forest Gate ...“
„Die Richtung stimmt ...“
„Dort! Leyton!“
Tina griff danach und starrte auf den Stadtplan, als erwarte sie, daß auf ihr eine Vergrößerung eben jener Straße erscheinen würde, in der ihre Mutter aufgewachsen war. „Dort muß

sie aufgewachsen sein – ganz sicher, man heiratet doch immer in der Nähe des Elternhauses der Braut."
„Nein, nicht immer. May und Terry haben in Preston geheiratet, weil Terrys Großonkel Alf nicht –"
„Wenn meine Oma nur ein Wörtchen mitzureden hatte, haben sie sich an die Regeln gehalten."
„Das glaube ich dir aufs Wort."
Sie lehnten sich wieder nach hinten, Rücken an die Wand.
„Also haben sie in Leyton gewohnt. Vielleicht liegt sie dort begraben." Theresa sah wieder in den Autoatlas. „Wo sind die Friedhöfe? Du könntest versuchen, herauszufinden, wo sie ist. Schreib an die Einwohnermeldebehörde ..."
„Ich will kein Grab! Das würde mir nicht weiterhelfen!"
„Schon gut, schon gut. Wir könnten bei dieser Firma anrufen. Wright, Glover."
„Ja? Und was sagen wir ihnen? ‚Ich hab da dieses Foto –'"
„‚Das Sie durch das Telefon hindurch leider nicht sehen können, aber vielleicht können Sie mir trotzdem sagen ...' Naja."
Theresa sank zurück, setzte sich aber gleich wieder auf. „Wir könnten schreiben."
„Jawohl, schreiben!" Tina beugte sich über Theresa und nahm die Fotografie vom Bett. „Das ist es. Ich werde ihnen schreiben. ‚Lieber Mr. Wright Glover.'"
„Nein, nicht Wright Glover, da steht ein Komma dazwischen, das bedeutet Mr. Wright und Mr. Glover."
„Die Mehrzahl von Mr. lautet Messrs., stimmt's? Muß irgendwie aus dem Französischen kommen. ‚Liebe Messrs. Wright und Glover, in meinem Besitz befindet sich ...'"
„‚Eine Fotografie, die in ihrer werten Firma aufgenommen wurde ...'"
„Ihrer werten Firma. Was will ich eigentlich *wissen*?"
„Nun, wer die abgelichteten Personen sind, wie ihre Adressen lauteten, wie man mit ihnen Kontakt aufnehmen könnte."
„Aber ich werde ihnen doch nicht mein Foto schicken! Es ist alles, was ich habe!"
Theresa nahm das Bild aus Tinas Hand, die es nur widerwillig hergab. „Eine Archivnummer. Vielleicht steht da irgendwo eine Archivnummer." Sie drehte es hin und her, untersuchte

jede Ecke und Kante, hielt es sogar gegen das Licht auf der Suche nach einem Wasserzeichen, aber sie fand nichts.
„Ich kann nicht einfach schreiben ‚Es handelt sich um ein Hochzeitsbild.' Davon haben die Millionen." Sie spürte Wut in sich aufsteigen, Wut auf einen Weg, der plötzlich einfach mitten im Nichts aufhörte, Wut über die Tatsache, daß sie diesen Weg überhaupt betreten hatte. Und was, wenn sie einer anderen Spur folgte, dort hinschrieb und Tag um Tag auf eine Antwort wartete? Sie mochte ebenso ins Leere führen. Und wenn sie auf etwas stieß und die Spur weiterführte? Würde sie dann irgendwann an einen Punkt gelangen, an dem sie ihre Neugier bereuen würde?
„Wir könnten hinfahren", sagte Theresa.
„Was? *Was?*"
„Wir könnten hinfahren. Mit manchen Zügen ist es billiger. Um Sieben oder um Acht – wir könnten früh losfahren, dann haben wir den ganzen Tag Zeit. Das Geld von deinem Konto, mein Erspartes. Wir könnten einfach hinfahren."
„Das ist nicht dein Ernst." Tina blickte suchend in Theresas Augen, jeden Moment bereit, loszulachen. Theresa erwiderte ruhig ihren Blick, als ob es nur noch um die Erarbeitung ihrer Vorgehensweise ginge.
Tina ruckte zurück. *Hinfahren?* Sie war nicht mehr mit einem Zug gefahren, seit Paps das Auto gekauft hatte und sie in die Sutton Road gezogen war. Und davor war sie nur mit Paps, Oma und Opa auf Tagestouren in Rhyl oder Anglesey gewesen. Sie waren ab und zu mit dem Bus nach ... „Mit dem Bus. Das ist billiger."
„Züge sind schneller. Also was ist, kommst du mit?"
„Nein! Ich will nur ... dräng mich nicht!" Sie hatte das Gefühl, willenlos mitgerissen zu werden, ein Jahrmarktspony, das an ein durchgehendes Fohlen gebunden war.
Theresas Tonfall war bereits beim Planungsstadium angekommen. „Wir gehen heimlich. Lassen nur eine kurze Notiz neben der Vase in der Mitte des Küchentisches zurück: ‚Sind heute den ganzen Tag unterwegs – genaueres heute Abend.'"
Das gab für Tina den Ausschlag. „Rede keinen Unsinn, Therry. Das ist doch Quatsch, das können wir nicht machen."

Sie nahm das Bild in beide Hände. „Ich muß die ganze Sache einfach wieder vergessen, das ist alles. Ich hab's jahrelang verdrängt, und das werde ich in Zukunft auch wieder tun können."

„Himmel, was bist du doch feige! Komm schon, Tinchen. Du bist langsam alt genug. Du bist fünfzehn. Du kannst auch mal etwas tun, womit dein Vater nicht unbedingt einverstanden ist... O Tinchen, fang nicht an zu weinen."

Tina weinte nicht oft, und wenn es sich doch nicht vermeiden ließ, dann nur nachts in ihre Kissen hinein. Aber so hatte sie noch nie geweint: Sie schluchzte nicht, es war auch kein anderes Geräusch zu hören, die Tränen liefen ihr einfach leicht und schnell die Wangen hinunter. Sie versuchte zu sprechen – sie wollte sagen: „Kümmer dich nicht um mich, mit mir ist alles in Ordnung", aber es kam kein Ton aus ihr heraus.

Theresa stand halb vom Bett auf: „Soll ich runtergehen und...?" aber Tina ergriff eilig ihre Hand und zog sie wieder auf die Matratze. Sie ließ die Hand schnell wieder los, aber die Bewegung und die Berührung unterbrachen ihren Tränenstrom, und sie suchte in ihrer Jeans nach einem Taschentuch und putzte sich ausgiebig die Nase. Die Tränen wurden immer spärlicher.

„Ich wollte dich nicht...", begann Theresa, aber Tina schüttelte den Kopf.

„Schon in Ordnung, du kannst nichts dafür. Nur... ich hatte keine Ahnung, wieviel Angst ich habe. Therry, ich hab wirklich *Angst*! Warum redet niemand mit mir darüber? Merken sie denn nicht, daß es nichts Schlimmeres gibt, als die Unwissenheit? Wenn sie mir Lügen auftischen würden, wäre das immerhin etwas!" Die Wörter kamen jetzt im gleichen Tempo aus ihr hervorgebrochen, wie eben noch die Tränen. „Sie errichten einfach eine Wand – Kein Zutritt – sie ist tot – vergiß sie... ich weiß nicht einmal etwas über meine anderen Großeltern! Es scheint nur einen Großvater gegeben zu haben, es steht niemand neben dem Mann auf dem Bild, und wenn dieses Mädchen auf dem Photo ihre Schwester war, dann hab ich noch nie etwas von ihr gehört. Was ist so furchtbar daran, daß sie nicht einmal mit mir darüber reden? Sie könnten ja erzählen, es hätte da ‚einen Familienkrach gegeben, und sie haben deine Mutter ohne einen Pfennig vor die Tür gesetzt‘ – *alles*, nur nicht diese Leere!“

Als sie zu sprechen aufhörte, wurde ihr bewußt, daß ihre Stimme nur noch einem heiseren Flüstern glich. Sie wußte nicht, ob das von der Angst herrührte, gehört zu werden, oder weil das Weinen ihre Stimme verändert hatte. Und sie wußte auch nicht, wie ihre Stimme klingen würde, wenn sie das nächste Mal zu sprechen versuchte.

„Bestimmt...“, Theresa sprach ausgesprochen sanft, wie zu Klein-Kevin, wenn der die Rutsche auf dem Spielplatz zu schnell hinuntergesegelt und auf dem Hinterteil gelandet war, „bestimmt könntest du Liz fragen.“

„Nein, das geht nicht, sie gehört irgendwie zu Paps, verstehst du?“ Ihre Stimme setzte mit einem Quietschen ein, fiel dann jedoch wieder in ihre normale Tonlage. „Hör zu, Therry, würde es dir etwas ausmachen, jetzt zu gehen? Liz ruft mich jeden Moment zum Tee nach unten, und ich muß mir noch das Gesicht waschen und... ich bin in Ordnung, glaub mir.“

„Ehrlich?“

„Ehrlich.“ Sie spürte, wie ihre Stimme langsam fester wurde. „Wir treffen uns morgen an der Ecke, wie üblich.“

„Ich kann später nochmal vorbeikommen, wenn du möchtest?“

„Nein, echt. Therry, verschwinde.“

„O.k.“ Theresa stand auf. „Ich merke, wenn meine Anwesenheit nicht erwünscht ist.“

Tina streckte ihr die Zunge heraus, und sie grinste. „Dir geht es wirklich wieder besser. Bis morgen also. Und grübel nicht so viel, ja?“

Viertes Kapitel

LOUISE Als Tina anfing, von ihren Großeltern zu erzählen, wäre es mir fast nicht gelungen, meine Wut zurückzuhalten, und es fiel mir schwer, weiter zuzuhören. Wie hatte Stan Pearson sie nur bei ihnen lassen... sie in erster Linie überhaupt dort hinbringen können; aber er war der traditionell hilflose Mann und „Zurück zu Muttern" schien ihm die einzige Lösung. Aber sie dort zu lassen, nachdem er und Liz...

Sei es, wie es ist. Meine Toleranz mag sich ja noch auf Stan Pearson ausdehnen lassen, aber Mrs. Pearson senior schließt sie nicht mehr ein, und *daran* kann ich nichts ändern. Es gibt nur eine Person, die im Leben von Mrs. Pearson senior etwas zählt, und das ist Mrs. Pearson senior. Entsprechend ist der einzige Typ von Mann, den sie zu heiraten sich herablassen würde, eines jener Exemplare, die in grundlegenden Dingen nicht im Widerspruch zu ihr stehen, also brauchen wir über *Mr.* Pearson senior keine weiteren Worte zu verlieren. Krankheiten, Scheidungen, Arbeitslosigkeit und sonstige persönliche Tragödien aller anderen Menschen waren für das Leben von Mrs. Pearson senior nur insofern relevant, als sie *ihr* Wohlbefinden einschränken mochten. Und wenn diese Gefahr in irgendeiner Weise bestand, bekam sie einen Anfall; und es war an Mr. Pearson senior, dafür zu sorgen, daß dies unter keinen Umständen passierte.

Ob Tina sie auch so sah? Ich glaube nicht. Sie dachte schlicht, daß dies der Lauf der Dinge war, wenn die eigenen Eltern sich nicht mehr um dich kümmern konnten und du von anderen Leuten aufgenommen wurdest, deren einziges Motiv der Zwang der Umstände war. Sie hatte genug von Janet geerbt, um ihre Großmutter so zu nehmen, wie sie war, ihr Hauptaugenmerk auf ihre wunderschönen Häkeleien zu richten und zu hoffen, daß auch sie mit einundsiebzig noch ein so faltenloses Gesicht haben würde. Wahrscheinlich werde ich wütend, weil Janet und ich mit unserer Tante Chris unvergleichlich mehr Glück gehabt hatten, so daß ich mir fast nicht vorstellen kann, wie es ist, in einem Haus eingesperrt zu sein, in dem die Vorhänge prinzipiell halb zugezogen sind aus Angst, die Sonne könnte den Wohnzimmerteppich ausbleichen.

* * *

Gleich rechts im Flur stand ein Hutständer.

„Ein *Hutständer?* Was um Himmels willen ist das?“ fragte Theresa. „Ein Ständer eben – aus Holz, mit vier geschwungenen Zapfen ganz oben, vier weiteren etwas weiter unten und einigen Haken in Greifhöhe für die Regenschirme.“

„Das ist vielleicht seltsam.“

Seltsam oder nicht, er stand in der Diele und daran hingen Opas Wanderhut, Opas Gartenhut und Omas sechs Filz- und Fell- und Federhüte, an denen sie genau den gesellschaftlichen Status des jeweiligen Anlasses ablesen konnte. Im oberen Stockwerk auf dem Schrank hausten noch ungefähr ein Dutzend weitere Hüte, Hüte für die Morgenandachten und für die Abendgottesdienste (bei den Morgenandachten war es in der Kirche immer kälter, der Küster heizte nie früh genug), Hüte für Beerdigungen und Hochzeiten, für Weihnachten und Ostern, für Morgenkaffees und den Verkauf ihrer Häkelarbeiten. Oma verließ das Haus nie ohne einen Hut.

Paps und Tina gingen jeden zweiten Sonntag zum Mittagessen nach Sycamore Gardens. Liz und Georgie begleiteten sie nicht, da sich Oma und Georgie an einem Tisch nicht miteinander vereinbaren ließen. Liz fuhr manchmal unter der Woche auf dem Weg zum Supermarkt dort vorbei, aber sie blieb nie länger als ein paar Minuten aus Angst, Georgie könnte etwas kaputt machen. Nicht daß Oma Liz nicht mochte. „Sie ist eine gute Ergänzung für unseren Stan“, pflegte sie zu Opa zu sagen, wenn Paps außer Hörweite war, „wenn auch der Zustand ihres Haushaltes einiges zu wünschen übrig läßt.“

Tina brauchte nur über die Schwelle von Sycamore Gardens Nummer 23 zu treten, und schon fühlte sie ihr altes Ich wieder in sich hochsteigen. In Omas Haus machte man sich keine Gedanken darüber, ob man das Gespräch jetzt auf die Top Ten bringen sollte, oder auf Ian Moody, der gestern mit einer Tüte

voller Männermagazine in die Schule gekommen war, oder auf Sharon Marchant, die ausgiebig erzählt hatte, wie sie sich auf dem Heimweg von Darren Brightings Fete auf dem Bürgersteig übergeben mußte, weil ihr irgend jemand Rum ins Bier gekippt hatte. Es war nicht verwunderlich, daß sie all dies nicht ihrer Großmutter erzählte, sondern daß sie mit Liz darüber sprach. Tinas erste, zögerliche Geschichten über Sharon Marchant und die Moody-Bande hatten Liz nur zum Lachen gebracht, und sie erzählte ihr von ihrer eigenen Schulzeit, nur manchmal sagte sie: „Paß auf, daß du da nicht zu sehr mit reinrutschst, ja?"
Wenn Oma dagegen fragte: „Wie geht es dir in der Schule, Kleines?" dann hieß das: „Wie kommst du mit den Logarithmen und Parsings zurecht?"; und selbst das konnte problematisch werden, wenn Tina es wagte, zurückzufragen, was denn Parsings seien und es trotz Omas ausführlichen Erklärungen immer noch nicht verstand.
Sie war davon ausgegangen, daß es ihr immer gelingen würde, in ihren Oma-bestimmten Urzustand zurückzufallen. Hinterher brauchte sie dann nur wieder von der anderen Tina Besitz zu ergreifen, die sie wie einen Haufen Klamotten auf der Türschwelle zurückgelassen hatte. Aber es fiel ihr von Mal zu Mal schwerer, den Rückwärtsgang einzulegen. Bei ihren letzten Besuchen waren ein oder zwei unbedeutende Dinge aufgetaucht. Zum Beispiel hatte Oma gesehen, wie Tina mit dem Fahrrad die Hauptstraße auf die alte Eisenbahnbrücke zugefahren war, und Oma war der Meinung, daß es in Anbetracht der heutigen Fahrweise für ein junges Mädchen wirklich nicht sicher war, dort entlang zu fahren. Paps hatte sie bei dieser Gelegenheit verteidigt, ebenso wie damals, als es um den Jugendclub ging, und er gemeint hatte, daß man die jungen Leute nicht in Watte einwickeln könne, sie würden sonst nie lernen, auf eigenen Füßen zu stehen. Aber heute wußte sie, daß sie eine Menge Glück brauchen würde, den Tag ohne Omas Standpauke mit zusammengepreßten Lippen und hochgezogenen Stirnfalten zu überstehen. Sie würde nämlich zwangsläufig bemerken, daß sie sich die Ohren hatte durchstechen lassen.

„Ich bin die letzte in der ganzen Klasse", hatte sie zu Liz gesagt, „mit Ausnahme von Debra, und die darf rein gar nichts. Bei Felman & Saunders kostet es nur zwei Pfund fünfzig, und ich kann mir noch die Farbe des Steckers aussuchen."
„Nun, schließlich bekommst du Taschengeld", antwortete Liz, ohne von ihren herumkugelnden Glacékirschen aufzublicken. „Geh einfach an einem Samstag morgen da hin, und laß es machen. Ich glaube nicht, daß dein Vater es überhaupt bemerkt." Das war das erste Mal, daß sie die leiseste verschwörerische Andeutung gegen Paps hatte fallenlassen.
Jedenfalls ging Tina am folgenden Samstag mit Theresa zum Juwelier. Und es tat überhaupt nicht weh, Löcher in die Ohren gestochen zu bekommen! Erstaunlich. Sie entschied sich für Amethyststecker, damit Oma sie unter ihren dunklen Haaren nicht entdecken würde. Das war vor fünf Wochen – fünf der sechs Wochen, die es dauerte, bis die Löcher nicht mehr zuwuchsen –, also war es fast an der Zeit, die Stecker herauszunehmen und durch ein paar schicke Ohrringe zu ersetzen. Aber letzten Samstag war sie beim Friseur gewesen. Ihre Haare waren jetzt modisch kurz, und obwohl sie darum gebeten hatte, ein paar längere Locken um die Ohren herum zu lassen, sah man beim leichtesten Windhauch etwas Amethyst und Gold an ihren blassen Ohrläppchen aufblitzen.
Bei Oma bemühte sie sich nun, so zu gehen und zu sitzen, als ob sie einen steifen Nacken hätte, so daß ihre Haare nicht zur Seite rutschten. Aber es half alles nichts, sie drehte den Kopf zu schnell herum, als sie Paps den Rosenkohl reichte, und Oma schoß wie ein Pfeil von der Armbrust. „Was *hast* du mit deinen Ohren gemacht, Christina?"
Hätte Tina schnell genug reagiert, wäre ihr vielleicht ein lockeres „Oh, das sind welche von der Sorte, die man einfach dranklemmt" gelungen, aber dann hätte Oma eine Hand nach ihren Ohrläppchen ausgestreckt, um auf Nummer Sicher zu gehen. Also saß sie nur da und fand sich schon halb damit ab, während Oma Vergleiche zwischen Tina und „Mädchen, bei denen man sich über gar nichts mehr wundern braucht", anstellte. Sie wechselte dazu über, einen allgemeinen Vortrag

über die falschen Werte zu halten, die in den heutigen Jugendzeitschriften verbreitet würden.
„Stanley", fragte Oma abschließend, wie auf der Suche nach einem neuen Ziel ihrer Entrüstung, „wie konntest du diese Entgleisung nur zulassen?"
Tina hatte eben eine Kartoffel mit ihrer Gabel aufgespießt und diese zitterte leicht, als Paps seine Antwort formulierte.
„Ich weiß nicht, Mutter, es scheint mir kein so schlimmes Verbrechen zu sein. Schließlich besteht kein großer Unterschied zu meinetwegen einer Brosche oder einer Halskette. So sehe zumindest ich die Sache." Er gab die Schüssel mit dem Rosenkohl an Opa weiter, der sich, da war Tina ganz sicher, jeglichen Kommentars enthalten würde.
„Ich kann es nicht gutheißen, ein Loch in das Fleisch zu bohren, das Gott uns gegeben hat, Stan! Auf jeden Fall kommt es nicht darauf an, wie du aussiehst, sondern wie die Leute von dir denken!"
Der Rosenkohl hatte seine Runde beendet, und Opa stellte ihn in die Mitte des Tisches zurück und sagte ruhig: „Nun, ich weiß nicht so recht, Greta."
Tina war gerade damit beschäftigt, ein Stück Kartoffel herunter zuschlucken, als sie diese vage Andeutung einer Palastrevolution hörte: Die Kartoffel geriet in den falschen Hals, und sie hustete und spuckte und kam erst nach einigen Schlucken Wasser zur Ruhe. Als ihre Augen endlich zu tränen aufgehört und ihre Ohren wieder ihre Arbeit aufgenommen hatten, hörte sie, wie Oma sagte: „... mit Hilfe von etwas Jod morgens und abends heilen sie wieder zu, und vielleicht bekommst du sogar das Geld zurück, wenn du diese Dinger wieder in der dazugehörigen Verpackung zurückbringst und den Verkäufer nett darum bittest."
Tina warf einen Blick auf Opa. Er war ein wenig rot geworden und schien über sich selbst überrascht zu sein. Sie hakte sofort nach: „Was meinst du, Opa, sollte ich meine Ohren durchstochen lassen, oder nicht?"
Opa schien endgültig verwirrt. „Nun, ich weiß nicht so recht, Schatz, wirklich. Was die Mädchen heutzutage alles machen, da ist es für uns ältere Menschen nicht leicht, mitzukommen."

Omas Augen ruhten auf ihm, und darin lag fast so etwas wie Interesse. „Was machen die anderen Mädchen in deinem Alter, die netten, weißt du, die hart auf ihre Prüfung zuarbeiten – dieses irische Mädchen zum Beispiel, mit dem du befreundet bist, diese Art von Mädchen eben?"
„Wirklich jedes Mädchen in meiner Klasse hat es sich machen lassen", antwortete Tina fest und zwang sich dann, ehrlich zu sein, „mit Ausnahme von Debra Haliburton, und die ist sowieso etwas seltsam."
„Nun!" sagte Oma. „Zu meiner Zeit hielt man das für ausgesprochen schädlich. Man bekam davon eine Blutvergiftung. Und damit ist noch rein gar nichts über den moralischen Aspekt gesagt."
Aber sie sah ein, daß sie verloren hatte, und wandte sich wieder ihrem Schweinebraten in Apfelsauce zu. Sie schien beunruhigt, als ob ihr plötzlich eingefallen wäre, daß sie vergessen hatte, einen ihrer Anfälle zu bekommen.

* * *

LOUISE „Aber warum haben sie dich dort gelassen, nachdem sie verheiratet waren?" Ich mußte einige Zeit warten, bis ich sie das fragen konnte, bis ihr Fieber entsprechend gefallen war und sie wieder klar denken konnte. Selbst dann gab ich mir noch Mühe, nicht so scharf zu klingen. „Oder genauer, warum hat *er* es getan, schließlich war es nicht Liz' Entscheidung, sondern die deines Vaters."
Sie saß da in dem großen Sessel in meinem karierten Morgenmantel, nippte an dem heißen Zimt-und-Apfel-Tee und sah sehr klein und blaß aus.
„Vielleicht dachte er, er würde mit allem besser fertig werden können, wenn ich dort bliebe. Ich war das einzige, was ihn noch daran erinnerte."
„Aber du kamst Paps und Liz doch jeden Samstag und Sonntag besuchen. Vielleicht wollte deine Großmutter dich behalten? Schließlich warst du alles, was *sie* hatten, bevor Georgie geboren wurde."
Das schien für sie eine völlig neue Vorstellung zu sein, daß

ihre Großeltern sie hatten behalten wollen. Ein unheimlicher Schwebezustand umgab sie – die Krankheit brachte das vielleicht noch mehr zum Tragen –, sie konnte sich des Gefühls nicht erwehren, daß sie nicht einfach *sein* konnte, sondern ihre Existenz rechtfertigen mußte, wo sie ging und stand. Es dauerte Wochen, bis ich ihr die ewigen Entschuldigungen abgewöhnt hatte.

* * *

Es war schon komisch, daß die ganze Geschichte mit Großvater und den Ohrringen schließlich den Ausschlag gab, daß sie nach London wollte.
Theresa war völlig überrascht. Sie befanden sich auf dem Weg zur Schule. „Ich dachte, du... Naja! Du hast einfach... losgeheult!“
„Ich weiß, ich weiß. Aber ich halte diese Unwissenheit nicht mehr aus.“
„Und du fährst lieber nach London, als daß du deinen Vater fragst?“
„Lieber alles andere als das.“
„Und Liz?“
„Auch.“ Tina hatte sich ihre Gedanken gemacht. „Wenn ich alles selbst herausfinde, kann ich auch entscheiden, was ich dann tue, wem ich was erzähle, ob es mich überhaupt kümmert, die ganze Latte. Ich komm schon mit dem zurecht, was in mir abläuft, aber das Theater mit anderen Leuten macht mich immer so fertig.“
„Puh. Die neue, selbstbewußte Tina. Woher die plötzliche Kehrtwendung?“
„Es hat wohl etwas mit dem zu tun, was mein Großvater gesagt hat. Du weißt, wie er immer wie ein kleines Hundchen hinter Oma hertrottet? Tja...“
„Er hat ihr nicht plötzlich gesagt, wo's langgeht?“
„Nicht direkt. Er hat nur gesagt: ‚Ich glaube nicht, daß ich da mit dir einer Meinung bin, Greta‘, oder etwas in der Art. Nein – ‚Ich weiß nicht so recht, Greta‘, das war es.“
„Wow, ganz schön mutig. Hundert Punkte, Großväterchen.“

„Nein, ehrlich. Das zu ihr zu sagen, ist für ihn wie ein tausend Meter Hürdenlauf." Sie lachte über Theresas Verwunderung. „Jedenfalls hab ich mir gedacht, wenn er das kann, kann ich es auch. Und ich war noch nie in London. Wie ist London, Therry?"
„Groß."
„Was du nicht sagst!"
„Ich war eben erst zweimal dort. Einmal in Wimbledon zur Hochzeit von Tante Lizzies Bernard, und das andere Mal war ich gerade sechs. Tante Lizzie hat zwei von uns unter ihre Fittiche genommen und uns drei Tage lang herumgeführt, während Irene auf die Welt kam."
„Große, rote Doppeldeckerbusse."
„Oxford Street."
„Der Tower. Der Prinz. Würg."
„Er soll es ja gar nicht gewesen sein. Soho. Covent Garden."
„Buckingham Palace. Die ganze Meute stand mit offenen Mäulern da und winkte."
„Taxis. Wer kann sich das nur leisten? Big Ben und jede Menge Brücken."
„Baker Street."
Ihr gesammeltes Wissen über London hing zwischen ihnen in der Luft. Es schien nicht unbeträchtlich, aber es war nicht groß genug.
„Ich kann mich nicht einmal daran erinnern, an welchem Bahnhof man ankommt", sagte Theresa. „Ich weiß, daß ich Waterloo gesehen habe, aber das heißt nicht, daß wir dort auch angekommen sind."
„Willst du damit sagen ... *welcher* Bahnhof? Gibt es denn mehrere Bahnhö ...?"
„Wie zum Beispiel Liverpool Süd und Liverpool Hauptbahnhof. Du kommst aus unterschiedlichen Richtungen an unterschiedlichen Bahnhöfen an."
„Oh!" Wenn bereits die Ankunft derart kompliziert war, wie war dann erst der Rest? „Ich dachte, du kennst dich mit Zügen aus, Therry. Ganz zu schweigen von U-Bahnen."
„Ich find das schon raus, keine Sorge."
Sie waren inzwischen fast am Schultor angekommen, und

überall erschienen marineblaue Uniformen auf der Bildfläche. „Bitte sag niemandem etwas, ja?“ bat Tina plötzlich. „Ich kann nicht gehen, wenn irgend jemand davon erfährt.“
„Für wen hältst du mich eigentlich?“ Theresa beschleunigte ihre Schritte. „Französisch – ich muß meine Hausaufgaben noch ins Reine schreiben, bevor sie kommt. Was hast du?“
„Chemie.“ Sie befanden sich in verschiedenen Unterrichtsstufen. Theresa war besser in der Schule als Tina.
„Dann bis nachher.“
„Bis nachher.“
Am nächsten Tag hatte Theresa ein kleines Taschenbuch mit dem Titel „A bis Z der Londoner Straßen“ sowie einen zusammengefalteten, festen Bogen, auf dem „Der Junior-Tourist in der Metropole“ zu lesen stand, in ihrer Schultasche. Sie ließ Tina in der Pause einen kurzen Blick darauf werfen und flüsterte: „Ich habe meiner Mutter gesagt, daß ich nach der Schule bei dir bin.“
„In Ordnung. Was ist eine Metropole?“
„Die meinen sicher London. Weiß auch nicht, was das soll.“
Kurz nach vier Uhr saßen sie wieder auf Tinas Bett, mit den Resten einer Packung Schokokekse. Theresa blätterte in dem „A bis Z der Londoner Straßen“, während Tina den „Junior-Touristen“ auffaltete.
„Die Themse. Wie sie sich windet! Ich kann Leyton nicht finden. Wollten sie nicht wissen, wofür du das brauchst?“
„Bei uns zu Hause fragt keiner nach dem *Warum,* dafür ist zu wenig Zeit. Ich versuch mal, Leyton im Straßenverzeichnis zu finden. – Da gibt es jede Menge L-e-i-g-h-t-o-n-s. Leyton ...“
„Da ist es!“ Tinas suchender Finger kam in der rechten Hälfte des Stadtplans zur Ruhe.
„He, du hast recht! Ich schau mal unter High Road Leyton ... ich hab's!“
Da lag sie – die Hauptstraße von Leyton mündete in der einen Richtung in die Highroad Leytonstone, in der anderen verzweigte sie sich in lauter kleine Seitenstraßen. Tina ließ ihre Augen auf und ab wanderen, bis ihr bewußt wurde, daß sie erwartete, die Worte *„Wright, Glover & Söhne, Spezialisten für Hochzeitsphotographien“* auf dem Stadtplan zu finden.

„Nun“, sagte Theresa, „immerhin gibt es da eine U-Bahnhaltestelle.“
„Hast du herausbekommen, wie wir von hier aus hinkommen? Nach London, meine ich? An welchem Bahnhof wir ankommen würden?“
„Nein. Vielleicht steht das in dem „Junior-Touristen“.“
Junior-Touristen wollten offensichtlich in allen Einzelheiten wissen, woher und wohin die Züge kamen und fuhren.
„Euston“, lasen sie. „Züge aus Alt-London, Schottland und den Midlands. Von hier gehen Züge nach Rugby und Birmingham und weiter nach Carlisle, Edinburgh und Glasgow, Liverpool und Manchester, an die nordwalisische Küste nach Holyhead auf die Fähren in die Irische Republik.“
„Also.“ Theresa lehnte sich zurück. „Wir kommen in Euston an. Was machen wir dann?“

* * *

LOUISE Was sie sich nicht alles für Gedanken gemacht haben! Aber immerhin habe ich mein ganzes Leben lang in London gewohnt, mit Ausnahme der Zeit meiner Ausbildung in Edinburgh und einem Jahr, das ich mehr schlecht als recht in Europa zubrachte. Ich habe mich mit 27.50 Francs und einer Inter-Railkarte auf den Weg gemacht und wußte nicht mal richtig, was Gare-du-Nord bedeutet. Die Panik ließ mich den Kopf verlieren, Tina dagegen brachte sie dazu, Pläne zu schmieden. Mir gefällt jedenfalls, was ich bisher von Theresa gehört habe. Hoffentlich lerne ich sie eines Tages kennen.
Diana sagte zu mir: „Tinas Welt war an einem Tag noch sicher und übersichtlich, am nächsten plötzlich riesig und gefährlich.“
„Naja“, habe ich ihr geantwortet, „so sicher kann sie sich nicht gefühlt haben, sonst wäre sie nicht hierher gekommen.“ Aber sie hatte recht.

Fünftes Kapitel

Sie beschlossen, am folgenden Samstag zu fahren.
„Es ist besser, wir beeilen uns“, sagte Theresa, „oder du überlegst es dir noch anders.“
Aber dann mußten sie es doch noch eine Woche verschieben, da es einige Zeit dauerte, alles zu organisieren. Zuerst fuhren sie mit den Rädern nach der Schule zum Bahnhof, um herauszufinden, was die Fahrscheine kosten würden. Wieder zu Hause rechneten sie hin und her und stellten fest, daß sie zusammen genügend Geld hatten; es würde sogar noch etwas für die U-Bahnfahrt und kleinere Notfälle übrigbleiben. Dann stellten sie fest, daß sie vergessen hatten, nach den Abfahrtszeiten zu fragen, und sie wollten gleich wieder zurückradeln, aber inzwischen hatte es derart angefangen zu regnen, daß sie nicht mehr nach draußen konnten. Als es am nächsten Tag noch stärker regnete, beschlossen sie am dritten Tag, mit dem Rad zur Schule zu fahren, ihre Mittagsbrote hinunterzuschlingen und in der Pause nachzufragen. Der Mann am Schalter drückte ihnen ein Faltblatt in die Hand, und sie entschlossen sich, um 8.02 Uhr hin- und um 18.00 Uhr ab Euston zurückzufahren.
„Die denken nicht im Traum daran, daß ich am Samstag vor neun aufstehen könnte“, sagte Tina.
„Neun! Vor halb zwölf läuft bei mir nichts“, antwortete Theresa. „Ich verpasse immer das komplette Frühstück. Maureen und Jimmy ebenso.“
Es war kein Problem, an Tinas Geld heranzukommen, denn das Postamt lag nahe genug, um während der Mittagspause dorthin zu radeln, aber Theresas Bank war zu weit weg und nach der Schule bereits geschlossen, so daß sie bis zum Samstag morgen warten mußten und um eine Woche zurückgeworfen wurden.
Tina bekam am Sonntag ihre Periode; sie fühlte sich aufgeregt, gereizt und unruhig. Nach dem Abendessen spielte sie mit Georgie, bis er auf dem Boden einschlief, während sie für

ihn einen Legoturm baute. Sie spazierte aus dem Eßzimmer hinaus und wieder hinein und wußte nicht so recht, was sie mit sich anfangen sollte.
„Du bringst einen alten Mann mit deiner Rumrennerei noch zum Nervenzusammenbruch, Tina."
„Tut mir leid, Paps."
„Du könntest mit ein paar Freundinnen schwimmen gehen", schlug Liz vor. Sie strickte für Tina einen schreiend bunten Pullover auf einer großen und einer kleinen Nadel.
„Ich weiß nicht mit wem – Theresa ist mit ihrem Paps und zwei ihrer Schwestern nach Stoke-on-Trent gefahren."
„Was ist mit Sheila, und wie-heißt-sie-doch-gleich, von hier um die Ecke?"
„Mir ist nicht nach Schwimmen zumute."
Liz verstand den Wink, und Paps sagte: „Du könntest dich ja schon mal auf die Bügelwäsche stürzen, wenn du nichts besseres zu tun hast."
Bis Montag hatten Tina und Theresa ihr Geld abgehoben und die Abfahrtszeiten festgelegt, und so blieb ihnen noch fast eine Woche, um sich zu überlegen, was sie zu essen mitnehmen wollten, ob sie den Weg zum Bahnhof zu Fuß oder mit dem Rad zurücklegen, und was sie auf ihre Zettel schreiben sollten.
Theresa war immer noch der Meinung, daß es am besten wäre, einfach „Sind heute den ganzen Tag unterwegs" hinzuschreiben – nach dem Motto: Je weniger du erzählst, desto weniger mußt du nachher erklären. Aber Tina, die jede Nacht länger wach lag und in den grauen Morgenstunden Katastrophen herbeiträumte, die Theresas Vorstellungsvermögen überstiegen, sagte: „Wir müssen ‚in London' hinzufügen. Sonst weiß keiner, wo wir zu erreichen sind, wenn zu Hause irgend jemand krank wird und sie uns suchen!"
Bis Mittwoch, nachdem sie Kekse und Schokoriegel gekauft und versteckt hatten und sich entschieden hatten, sich im Zug ein Sandwich und eine Cola zu leisten, tauchte Tina aus ihren Reiseüberlegungen wieder auf und machte sich gruselige Gedanken darüber, was sie tatsächlich tun würden, wenn sie die U-Bahnstation in Leyton verließen.

„Ganz einfach“, sagte Theresa, „wir spazieren die High Road rauf und runter und –.“
„Aber wir wissen nicht mal die Hausnummer! Und was sagen wir, wenn wir den Laden gefunden haben?“
„Hör mir doch mal zu, ich erzähl dir schon die ganze Zeit, daß wir einfach hineingehen, ihnen das Foto zeigen und sie bitten, in ihrem Archiv nach genaueren Angaben zu suchen.“
„Und wenn sie nur den Kopf schütteln? Seither sind siebzehn Jahre vergangen, Therry!“
„Dann gehen wir in die Bibliothek oder zur Polizei oder sonstwohin und fragen, ob irgend jemand diese Personen kennt. Tinchen, dieses Foto ist die einzige Spur, die wir haben. Wir dürfen nichts unversucht lassen.“
Freitag mittag radelten sie zum Bahnhof und kauften ihre Fahrkarten. Es war bitter kalt.
„Was machen wir, wenn es heute nacht einen Wirbelsturm gibt und die ganzen Bahnverbindungen zusammenbrechen?“ fragte Tina, während sie ihre Fahrräder abschlossen.
„Das passiert schon nicht“, antwortete Theresa ungeduldig. „Sag mal, willst du nun fahren oder nicht?“
Tina holte tief Luft und kam sich plötzlich sehr dumm vor. „Natürlich will ich.“ Kaum hatte sie das ausgesprochen, kam ihr auf dem Weg zum Fahrkartenschalter ein Gedanke, den weder sie noch Theresa bisher angesprochen hatten: Was werden unsere Eltern sagen, wenn wir wieder zu Hause sind? Aber ihre Beine schritten weiter, und der Mann am Schalter fand ihren Kartenkauf ebenso langweilig und selbstverständlich, wie all die anderen Verkäufe, die er heute bereits durchgeführt hatte. Ein paar Minuten später standen sie draußen im windigen Eingangsbereich des Bahnhofes, hielten ihre rotgelben Fahrkarten umklammert und grinsten einander an, als ob sie soeben den ersten Preis im Lotto gewonnen hätten.
Nach dem Mittagessen hatte Tina Französisch. Mr. Fisher war jung und sehr eifrig und mußte sowohl Drama als auch Sprachen studiert haben, denn er hatte eine Methode eingeführt, die er „Sprache in Aktion“ nannte: Er erfand kleine Szenen, die sie dann auf französisch nachspielen mußten. Heute hatte

er sie in einen heißen Hochsommertag versetzt, in einen Ausflug ins Schwimmbad.
„Ah – le ciel est bleu, le soleil brille. C'est un jour parfait pour aller nager, n'est-ce pas, mes amis? Qui veut aller avec moi à la piscine?"
Mit äußerster Anstrengung gelang es ihm, zwei oder drei Schwimmer aus der Reserve zu locken und weitere wurden zwangsverpflichtet, aber glücklicherweise blieb Tina verschont. Sie beobachtete die Schauspieler, die verzweifelt nach den französischen Wörtern für Eintrittskarte und Umkleidekabine suchten, und ihr gelang es tatsächlich, mit dem Rest der Klasse zusammen zu lachen, als Mr. Fisher elegant die Notwendigkeit umging, sich ausziehen zu müssen, indem er die Schüler aufforderte, an dieser Stelle doch bitte ihre Phantasie einzusetzen. Aber während die Beteiligten sich gegenseitig auf Franzenglisch über ihre Springkünste lustig machten, fühlte sie ein Unwohlsein in sich aufsteigen. In ihrem Kopf begann es zu pochen. Auch der letzte Rest von Begeisterung, morgen einen Intercity nach London zu besteigen, erlosch. Sie spürte, wie in ihr eine fast unüberwindliche Sehnsucht aufstieg, es möge etwas ausgesprochen Furchtbares geschehen: ein Brand – Krieg – ein Erdbeben – Mr. Fischer könnte einen Herzinfarkt bekommen – irgend etwas... Doch nein, sie mußte nicht erst auf einen externen Auslöser warten – das konnte sie selbst übernehmen –, sie könnte einfach aufstehen und losschreien, laut und grell, sie könnte mit den Armen um sich schlagen, die Augen verdrehen und schreien – sie könnte brüllen, stöhnen, kreischen, fluchen –, die schlimmsten Worte, die ihr einfielen – *Fuck! Kacke! Fotze!*
Eine plötzliche Lachsalve fuhr zwischen ihre Gedanken. Sie hörte sich mitlachen: Sie fühlte sich befreit. Sie schwitzte und mußte sich die Oberlippe abwischen, aber sie biß die Zähne zusammen und konzentrierte sich auf die Gruppe, die sich vor der Tafel befand. Mr. Fisher sagte eben: „Ta bikini a – quoi, Judith? Was willst du sagen?"
„Ist verrutscht, Mr. Fisher. S'il vous plaît, aidez-moi, m'sieur. Je suis très embarrassée."
„Bien, Judith, très bien – embarrassée, c'est le mot juste!" Mr.

Fisher war das Blut ins Gesicht geschossen. Niemand achtete auf Tina. Es war alles gut.

* * *

LOUISE Wie schwer es ihr gefallen ist, diese Worte in meiner Gegenwart auszusprechen. Nicht daß sie völlig beschützt und abgeriegelt aufgewachsen wäre – an ihrer Schule gab es sicher Kinder, die dauernd *fuck* sagten –, aber es wirklich auszusprechen, war für Tina ebenso außergewöhnlich, wie sich die Haare grellgrün zu färben oder einen schwarzen, ledernen Nietengürtel anzuziehen. Sie war ein braves Mädchen; bisher war immer von ihr erwartet worden, sich wie ein braves Mädchen zu benehmen. Bis heute.

Wahrscheinlich ist das eine der Möglichkeiten, sich etwas vorzumachen: wenn ich brav bin, werde ich nicht krank, ich lande nicht auf der Straße, es wird keinen Krieg geben, ich werde nicht von einem Tanklastzug überfahren, *mir* wird das alles nicht passieren. Eben dieser Ausweg hatte mir nie offengestanden, denn ich war immer ein ungezogenes Mädchen gewesen; brav zu sein schien mir nie eine besonders attraktive Möglichkeit, und selbst der Spruch „Brave Mädchen werden nicht schwanger" hatte sich für verschiedene meiner Freundinnen als falsch herausgestellt. Es war mir gelungen, mir auf eine ganz andere Art und Weise etwas vorzumachen: Es *würde* mir passieren, aber ich würde in der Lage sein, es zu ertragen – ich würde daran wachsen –, durch das Feuer des Leidens und der Entbehrung würde ich den Sinn des Lebens finden und was einem sonst noch für ein Mist im Kopf herumspukt.

Tja, wir haben eben alle unsere Illusionen, und auf jeden Fall nahm Tina mir eine fort, die größte und die lebhafteste von allen: Daß ich nämlich in dem Moment, in dem ich meine Christina wiederfinden würde, meine kleine Nichte, Fleisch von meinem Fleische und Blut von meinem Blute, das Kind meiner langverstorbenen Schwester, ihre Seelen- und Geistesverwandtschaft spüren würde, und wir uns nur kurz in die Augen blicken müßten, um sofort festzustellen, daß wir uns vollständig verstünden. Manchmal – zum Beispiel wenn sie nicht einmal *fuck* sagen konnte, ohne auszusehen, als ob sie gleich der Blitz träfe – machte mich meine Verständnislosigkeit völlig hilflos. Und ich konnte die gleiche Verblüffung in ihren Augen erkennen, wenn sie mich und Diana gemeinsam auf dem Sofa sitzen sah, oder wenn Red und Jess ohne anzuklopfen hereingepoltert kamen, die Arme übervoll mit Artischocken, die sie soeben der gefrorenen Erde entrissen hatten, und Diana und ich „Artischocken, furzetrocken!“ brüllten, und wir dann gemeinsam auf dem Wohnzimmerboden niederknieten und die Früchte auf Zeitungspapier sauberschrubbten. Tina und ich mußten um unser wechselseitiges Verständnis ringen – naja, den größten Teil haben uns die Umstände aufgezwungen. Ich denke, schlußendlich hat sie angefangen, mich so zu sehen, wie ich bin. Es sei denn, auch das ist nur eine Illusion.

* * *

Sie saßen im Zug, total außer Atem. Sie hätten überhaupt nicht rennen müssen, im Gegenteil, sie hätten sich viel Zeit lassen können. Die Atemlosigkeit war eher eine Folge von Aufregung und Anspannung.

Den vorherigen Abend hatte Tina mit Georgie irgendwelche dämlichen Fernsehsendungen angesehen, bis er schlafen gehen mußte. Dann war sie auf ihr Zimmer gegangen und hatte ihre Hausaufgaben gemacht. Dann hatte sie, um noch mehr Fernsehen und der Unterhaltung mit Paps und Liz zu entgehen, bekanntgegeben, daß sie beabsichtige, zu baden und früh ins Bett zu gehen. Sie hatte die Frage erwartet, weshalb sie so früh ins Bett wolle, sie könne doch am nächsten Morgen ausschlafen, aber Paps hatte bei der Post Ärger mit der Gewerkschaft und Liz' Zuckerguß für eine dringende Hochzeitstorte war an einer Seite abgeblättert, also waren beide mit ihren eigenen Gedanken beschäftigt. Ein anderer Grund, Liz aus dem Weg zu gehen, hatte damit zu tun, daß sie Tina manchmal im letzten Moment fragte, ob sie ihr am nächsten Morgen nicht während der Fahrt zum Hotel, in dem die Hochzeit stattfand, eine Torte halten könne, und Tina wußte, daß sie Liz nicht mit vier weißen Seidenbögen, acht Kuchenstützen aus Silberfolie und drei winzigen roten Seidenröschen hätte allein lassen können. Sie hatten sich bezüglich der zurückzulassenden Nachricht darauf geeinigt, daß Tina schreiben würde: „Bin den ganzen Tag mit Theresa unterwegs – erzähl Euch heute abend mehr.“ Auf Theresas Zettel sollte stehen: „Bin mit Tina mit dem Zug nach London gefahren – äußerst wichtig, aber *macht Euch keine Sorgen.*“ Dann fiel ihnen ein, daß das sicher Telefongespräche zwischen den jeweiligen Eltern zur Folge haben würde, also fügte Theresa hinzu: „P.S.: Sagt Pearsons, daß ihr vermutet, wir wären zu Tante Nora gefahren, um eine Überraschung für Euren Hochzeitstag auszutüfteln.“ Ihre Eltern hatten in absehbarer Zeit keinen Hochzeitstag und würden daraus ersehen, daß es gegenüber Paps und Liz Stillschweigen zu bewahren galt.

Sie hatten sich um sieben Uhr aus ihren Häusern geschlichen und trafen sich an der Ecke. Sie liefen zum Bahnhof, da es zu viel Krach gemacht hätte, die Fahrräder aus den Garagen zu holen. Theresa hatte ein paar Zwiebäcke von zu Hause mitgebracht, die sie aßen, während sie die frostigen Bürgersteige entlangtrabten. Nach ein paar Bissen brachte Tina nichts mehr hinunter, und sie gab Theresa den Rest.

„Hast du das Foto?“ wollte Theresa wissen.

Tina öffnete den Reißverschluß ihrer Umhängetasche und suchte darin herum. „Da ist es.“

Im Zug setzten sie sich in ein leeres Raucherabteil.

„Du wirst doch wohl nicht rauchen, Therry?“

„Nein, nein, aber es erinnert mich an Zuhause.“ Sie machten es sich mit einem Kreuzworträtselbuch gemütlich. Tina bewunderte immer wieder, wie Theresa jedem hoffnungsvollen Fahrgast in die Augen sah, der sich ihrem Tisch mit den zwei freien Plätzen näherte; ihr Blick war keineswegs abweisend, aber irgendwie vermittelte er die Überzeugung, daß sie und ihre Freundin eben diesen Tisch ausschließlich für sich in Anspruch genommen hatten. Theresa hatte ihre Haare heute morgen nicht hochgebunden, wahrscheinlich hatte ihr die Zeit gefehlt, und in ihrem dicken, blaurotquergestreiften Pullover und den geschwungenen Plastikohrringen gelang es ihr, wie eine arbeitslose Schauspielerin auszusehen, die einen guten

Tag erwischt hatte. Tina hatte nicht gewußt, was sie anziehen sollte: Aus dem rostfarbenen Pullover mit dem Zickzackmuster, den Liz während ihrer Schwangerschaft gestrickt hatte, war sie rausgewachsen, und der neue, bunte würde erst in ein paar Wochen fertig sein. Also mußte sie sich mit ihrem verwaschenen, blaugrauen Pulli zufrieden geben, und ihre ganze Hoffnung konzentrierte sich auf ihren neuen, wattierten Anorak und die roten Ohrstecker, die Theresa ihr zum Geburtstag geschenkt hatte. Im Zug schließlich wurde es ihr zu heiß, und sie zog den Anorak aus. Ganz plötzlich wurde sie wütend auf Theresa.
„Weshalb willst du eigentlich unbedingt nach London, Therry?"
„Wie bitte?"
„Ich habe dich gefragt, warum du nach London willst."
„Warum? Was denkst du denn? Wegen deiner Mutter und den anderen Personen auf dem Foto, oder?"
„Ja, ich weiß. Aber was versprichst *du* dir davon?"
Der Zug setzte sich ganz langsam in Bewegung. „Du klingst, als ob du sauer auf mich wärst. Wir sind unterwegs."
Tina schämte sich sofort, und als die Bewegung des Zuges ihren Körper erreichte, hatte sie plötzlich furchtbare Angst.
„Ich wollte dich nicht... O Gott, Therry, mir ist schlecht."
„Du hättest den Apfel aufessen sollen. Im Zug wird es einem nicht schlecht, höchstens im Auto, auf einem Schiff oder im Flugzeug. Iß etwas von dem getrockneten Obst."
Tina hatte Angst, und jetzt schämte sie sich auch noch. Sie war undankbar zu Theresa und fiel ihr zur Last. Es war dumm gewesen, nach London fahren zu wollen, und sie war schon wieder wütend auf Theresa, weil sie es vorgeschlagen hatte. Tina starrte aus dem Fenster und zwinkerte immer wieder, in der Hoffnung, daß sich das Prickeln in ihren Augen nicht in Tränen verwandeln würde. Durch die Scheibe, die dreckig und vom Regen besprenkelt war, betrachtete sie die Gebäudereihen und freistehenden Häuser der Vorstädte, die in der Morgendämmerung an ihr vorbeihuschten. Bald folgten Felder mit stachligen Hecken und schwarzen Bäumen, die nackt und einsam inmitten wuchernder Wiesen standen. Von Zeit zu

Zeit entdeckte sie ein Baggerloch mit graugefrorener Oberfläche, dessen Ränder nur von einzelnen Schilfbüschen aufgelockert wurden. Der Himmel wurde heller und heller, und während sie hinausblickte, überzogen sich die Spitzen der Bäume mit einem sanften Rosa. Sie blinzelte, dieses Mal aus schierer Überraschung: Sie hatte noch nie zuvor einen Sonnenaufgang beobachtet. Die Bewegung des Zuges schien den Ablauf des Vorgangs noch zu beschleunigen. Bald erreichte das Licht die obersten Zweige der Büsche, dann die groben Ränder der gradlinigen Ackerfurchen und das gefrorene Gras der winterlichen Weiden. Schließlich tauchte die Sonne am Horizont auf, erst eine dünne Linie grellsten Lichtes, dann ein Bogen und schließlich eine Scheibe von rotgoldenem Glanz. Nach einer langgezogenen Kurve tauchte plötzlich die massive Felswand des Burghügels von Beeston Castle wie ein riesiger Bierbauch in der Ebene von Cheshire auf und ... ups! verschluckte die gerade erst zum Leben erwachte Sonne. Aber während der Zug seine Fahrt beschleunigte und Beeston immer näher rückte und größer wurde, sammelte die Sonne ihre ganze Kraft und Energie hinter dem Felsen und brach so wild dahinter hervor, daß sie den ganzen Himmel und das ganze Land mit ihrem Licht, ihrer Farbe und ihrer Wärme durchflutete, abgesehen von der undurchdringlichen schwarzen Silhouette des einsamen Hügels selbst.
Tina bemerkte, daß Theresa in die andere Richtung blickte.
„He“, rief sie, „schau dir das an. Die Sonne. Und Beeston.“
Theresa drehte sich um. „Mensch, völlig genial!“ Sie blickte zu Tina und grinste. „Das baut dich wieder auf, was? Vielleicht ist es ein Omen. Oder vielleicht auch nicht. Sieht auf jeden Fall phantastisch aus. Gibst du mir eine von der Sonne verwöhnte getrocknete Feige?“

Sechstes Kapitel

Die Fahrt schien mindestens sieben Stunden zu dauern. Der Zug wurde mit jedem Halt voller, und ab Birmingham saßen sie in ihren Sitzen eingezwängt zwischen zwei muskulösen australischen Mädchen, die ihre Rucksäcke auf die Gepäckgitter hievten und ihrer Unterhaltung nach zu urteilen eine Untersuchung über das internationale Bahn- und Verkehrswesen durchführten. Nach einiger Zeit wandte sich die größere an Theresa und fragte: „Entschuldigung, aber wißt ihr, ob dieser Zug bis Heathrow durchfährt?“ Theresa antwortete kichernd: „Tut mir leid, aber ich bin auch nicht von hier.“ Endlich sahen sie ein Schild: „Euston – 1 Meile“, die Australierinnen stöhnten unter ihren Rucksäcken, und alles bewegte sich auf die Türen zu. Nacheinander stiegen die Fahrgäste aus dem Zug, und Tina und Theresa fanden sich auf dem Bahnsteig wieder. Sie streckten hilfesuchend die Hände nacheinander aus, wie um sich rückzuversichern, daß sie angekommen und immer noch zusammen waren.

Sie gingen an den Schaltern vorbei und standen plötzlich in einer riesigen, glasgedeckten, von Menschen wimmelnden Halle: Vorbeihastende Geschäftsleute; reiche Frauen, die neben ihren mit Lederkoffern überladenen Gepäckwagen standen; heruntergekommene alte Männer – naja, der eine hatte zwar viele Falten und wildes Haar, aber er schien doch erst fünfundvierzig zu sein, vielleicht sogar fünfunddreißig – in mehreren Schichten abgetragener Mäntel, mit drei oder vier zerissenen, überquellenden Plastiktüten in den Händen; eine Familie mit teiggesichtigen Kindern mit geschlitzten Augen – Japaner? Chinesen? – und ihren kleinen, ängstlich blickenden Eltern; eine Gruppe sehr schwarzer junger Männer in buntbemalten Hemden, die in unterschiedlichen Winkeln an einem Geländer lehnten und aus glasigen Augen in die Welt stierten; eine große Gruppe aufgeregter dunkelhäutiger Teenager, die sich um einen großen, wütenden Lehrer drängten... Theresa zupfte an Tinas Arm. „Hier entlang“, hörte Tina sie sagen, während sie halb durch die Menschenmenge gezerrt und halb vorwärtsgestoßen wurde.

* * *

LOUISE An dieser Stelle wurde alles äußerst verwirrend. Ich weiß, daß sie entweder die Nothern Line bis zur Tottenham Court Road und dann die Central, oder ab Euston Square die Circle oder Metropolitan Line hätten nehmen sollen... Tina versicherte mir, daß sie sich an die Bakerloo Line erinnern konnte, ungefähr die einzige Linie des ganzen Netzes, mit der sie nun wirklich nicht gefahren sein konnten; am Ende legte sie sich erschöpft in ihre Kissen und sagte, daß ihr der Name wahrscheinlich grundlos im Gedächtnis geblieben war. Ich forderte sie auf, den Mund und die Augen zu schließen und sagte, ich würde die Musik leise drehen, und sie könne jetzt bei Bedarf bis zu zwei Wochen schlafen. Am Stück.
Also schlief sie, döste, las, sah fern und schlief und döste wieder. Aber zwischendurch war sie immer wieder hellwach und gesprächig, und ich setzte mich mit einem Teller Rührei oder einer Schüssel Müsli zu ihr und hörte zu, was sie redete und redete und redete und redete. Mehr wollte ich sowieso nicht. Schließlich hatte ich dreizehn Jahre lang genau darauf gewartet.

* * *

Tina hatte es aufgegeben, die Gründe für Theresas Rufen und Deuten, Ziehen und Drücken nachvollziehen zu wollen und konzentrierte sich in der Hauptsache darauf, niemanden zu treten und nicht getreten zu werden. Sie versuchte herauszufinden, ob das Schwindelgefühl, das sie einmal in ihrem Hals und im nächsten Moment in ihrem Kopf spürte, seine Ursache in Hunger, Unwohlsein oder Angst hatte. Sie orientierte sich an Theresas wehenden Haaren, die entweder wie die Mähne eines Pferdes hinter ihr her flatterten (Tinas hatte einmal nach ihnen gegriffen wie nach Zügeln) oder Tinas Wangen streiften, wenn sie von der Masse der Körper in den Zügen aneinandergedrückt wurden. Sie waren bereits mindestens dreimal, wenn nicht viermal, nach oben und wieder hinunter gerannt. Jetzt waren sie in der Liverpool Station, und Theresa erklärte, daß sie jetzt besser hoch in die Haupthalle gehen und etwas essen sollten. Sie stiegen hinauf, und Theresa sagte, daß sie nach der Central Line Ausschau halten müßten und jawohl, dort drüben, unter dem „Arschlecken ist Trumpf"- und „Papst ist Marionette des CIA"-Gekritzel entdeckten sie das lustige U-Bahn-Zeichen mit dem rot-weißen Schild: *Central Line*.

„Wieviel Geld haben wir?" wollte Theresa wissen. „Ich hab ein riesiges Loch im Bauch."

Sie öffneten ihre Geldbörsen und zählten. „Ein Pfund zweiundachtzig, die ausdrückliche Reserve nicht mitgerechnet", murmelte Tina. „Ich weiß nicht, ob ich etwas essen möchte."

„Zwei Pfund und fünf Pence. Du stirbst mir, wenn du nichts ißt. Ich eß jedenfalls was. Es ist wirklich komisch, aber das ganze Zeug, das wir im Zug in uns hineingestopft haben, hält überhaupt nicht vor."

Sie trotteten zu einem Erfrischungsstand hinüber, froh, nicht mehr Rolltreppen hinauf und hinunter zu hetzen und durch trostlose Gänge, durch die der Gesang wehmütiger Straßenmusikanten hallte, rasen zu müssen.

„Was hältst du davon: Ich kauf' mir eine Wurstschnitte für vierundvierzig Pence, und wenn du Hunger hast, gebe ich dir für zehn Pence ein Viertel davon ab? Du machst noch ein Geschäft dabei, rechne nur nach."

Ein Viertel der Schnitte war kaum mehr als ein Bissen, aber Tina mußte feststellen, daß ihr Rachen nichts durchzulassen gedachte. Wunderbarerweise stand ein älteres Paar mit raschelnden Einkaufstaschen auf, als die beiden Mädchen sich der Bank näherten. Sie setzten sich.

„Ich fühl mich schrecklich", sagte Tina.

„So siehst du auch aus. Na los, sag ‚Vielen Dank'."

„Vielen Dank."

„Wir können zurückfahren. Dann könntest du zu deinem Vater sagen: ‚Wir sind nach London gefahren, um etwas über meine Mutter herauszufinden – wir haben nichts entdeckt, erklärst du es mir jetzt?' Was hältst du davon?"

„Das hätte ich ihn auch fragen können, ohne hierher zu kommen."
„Ich weiß. Also? Wir können trotzdem zurückfahren. Wir erzählen ihnen, wir wären mal eben in Liverpool gewesen."
„Nein." Tina blickte auf, und die Masse vorbeihastender Menschen zerfloß vor ihren Augen zu einer Mischung, die aussah, wie ein dunkles, windbewegtes Maisfeld. „Jetzt sind wir schon mal hier, und wir werden es auch noch bis Leyton schaffen." Sie spürte Theresas besorgten Blick auf sich ruhen.
„Ich glaube, ich sollte doch etwas essen. Ich hol mir einen Schokoriegel."
Der Erfrischungsstand schien plötzlich dreimal so weit weg zu sein wie vorher, und sie versuchte, sich auf das rote Tuch um den glänzenden, schwarzen Kopf der Verkäuferin zu konzentrieren. Sie bezahlte den Riegel, drehte sich um und riß die Verpackung auf, als eine Stimme hinter ihr „Dein Wechselgeld, Mädchen!" rief. Sie konnte nichts damit anfangen und lief weiter. „Dein Wechselgeld!" Sie fuhr herum: „Oh, mein *Wechselgeld*", und taumelte weiter.
Theresa hatte ihre Schnitte aufgegessen, studierte den U-Bahnplan und zählte die Haltestellen. „Nur noch vier Stationen, Tinchen! In zehn Minuten sind wir dort, vielleicht eher. Komm, gehn wir!"
„Laß mich erst noch aufessen. Nein, iß du das lieber, ich will es nicht."
„Tina..." Theresas Stimme glitt übergangslos von Hektik in Sanftheit. „Tinchen, es wird schon gutgehen. Wirklich. Vielleicht finden wir etwas heraus, vielleicht nicht. Immerhin haben wir es versucht, oder? Tinchen?"
„Jaja. Immerhin. O.k., gehn wir." Sie stand auf und fühlte sich ein bißchen weniger wackelig. „Welche Linie müssen wir nehmen? Circle?"
„Central. Hier lang. Hier ist dein letzter Biß – sei ein braves Mädchen und iß."
Bemuttert werden war in diesem Moment genau das, was Tina brauchte. Langsam ließ sie sich die süße, klebrige Masse auf der Zunge zergehen, während sie zur Central Line hinabstiegen. Die Menschen schienen inzwischen weniger geworden zu

sein, und sie hatte sich auch an die Rolltreppen gewöhnt und trat ganz selbstverständlich aus ihnen heraus, anstatt wie eine aufgeschreckte Katze herunterzuspringen. Am Ende des Tunnels spürten sie einen Luftzug, hörten das Rauschen eines entfernten Zuges, und Theresa rief „Lauf!“. Also rannten sie die letzten Meter, und als sie am Bahnsteig ankamen, spuckten die Zugtüren gerade die letzten Fahrgäste aus, während andere bereits darauf warteten, einsteigen zu können. Theresa und Tina blickten suchend nach der am wenigsten belagerten Tür und rannten ein Stück weiter, aber dort hielt ein Punk mit Krücken den Fluß auf. Also liefen sie zur nächsten Tür und sprangen wie Zwillinge mit einem gemeinsamen ‚Puh!‘ in das Abteil. Sie hatten es geschafft.
„Die Türe schließen gar nicht“, bemerkte Tina.
„Ich glaube, an den größeren Bahnhöfen warten sie etwas länger.“ Dann krächzte sie plötzlich „Tina!“ und „Ich glaube, wir fahren in die falsche Richtung!“
„O nein! Sollen wir aussteigen?“
„Nein, vielleicht... Wir haben nicht aufgepaßt! Wir hätten nachsehen... Doch! Raus!“
Theresa hechtete mit einem Riesenschritt an die Doppeltür. Sie schloß sich gerade, aber als sie mit einem Bein dazwischenfuhr, ging sie wie durch Zauberei wieder auf, und sie sprang auf den Bahnsteig. „Tina. Spring!“ Doch die Schiebetür hatte nur den Bruchteil einer Sekunde gezögert, um Theresa aussteigen zu lassen, und nun schloß sie sich wieder mit beängstigender Wucht. „Mach doch!“ rief Theresa aufgeregt, aber Tina war wie erstarrt, und als sich der Zug in Bewegung setzte, sah sie Theresas verblüfftes Gesicht langsam zur Seite weichen, als ob es mit einem zarten Lichtschein in das Reich der unterirdischen Königin der Feen entführt würde.

Siebtes Kapitel

Von dem automatischen und fast gespenstisch regelmäßigen Geräusch des Zuges einmal abgesehen, war es in dem Abteil um Tina herum völlig ruhig. Niemand stand in ihrer unmittelbaren Nähe, und niemand schien die Katastrophe der Trennung von ihrer Freundin bemerkt zu haben. Sie umklammerte den angenehm kühlen Haltegriff, der sich ihr am nächsten befand und spürte nichts, als den schweren Schlag ihres Herzens in ihrer Brust. Ihr Kopf war frei von jeglichen Gedanken; er fühlte sich leicht und leer an, als würde er jeden Moment abheben und ein Eigenleben entwickeln. Sie hielt sich fest und betrachtete die schwarzen Wände des Tunnels, die an dem Zug vorbeirasten. In der Scheibe der Tür spiegelte sich ihr Körper von der Schulter an abwärts. Sie schwitzte in ihrem wattierten Anorak, vom Rennen, der beheizten U-Bahn, der Angst und – nun, sie schwitzte eben. Sie starrte auf die Tür: Ihr Anorak war marineblau und weiß, der Tunnel draußen schwarz. Der Tunnel draußen war schwarz, ihr wattierter Anorak marineblau und weiß.

Der Zug hielt an. Die Tür glitt auf, und ein Windstoß fuhr ihr ins Gesicht. Sollte sie aussteigen? (Wo war Theresa?) Am besten blieb sie drin, bis sie sich überlegt hatte, was zu tun war. Am besten stieg sie aus und überlegte dann – aber wie -? Die Türen schlossen sich, und der Zug fuhr weiter.

Aber da draußen hatte sie Schilder gesehen, die sie darüber informierten, welche Station das gewesen war – ja, sie hatte Bretter gesehen, auf denen der Name der Station stand. Green – irgendwas Green. Privatdetektiv Pinkerton aus Paddington Green? Nein, es fing mit einem... draußen raste der schwarze Tunnel vorbei. Sie sah nach rechts, über das Spiegelbild der anderen Fahrgäste im nächsten Fenster und nickte zufrieden. Dort hing eine U-Bahnkarte über dem Fenster, die genauso aussah, wie die U-Bahnkarten, die Theresa ihr in den anderen Zügen gezeigt hatte. Ihr Kopf begann wieder zu funktionieren, und ihr Herzschlag hatte sich wieder etwas beruhigt. Sie betrachtete die Karte, fand die Central Line, bewegte ihre Augen nach rechts und entdeckte die Haltestelle Liverpool Street. Wenn man von dort nach links fuhr – in die falsche Richtung –, kam man nach Bank. (Bank? Ja, einfach nur Bank.) Und nach rechts – in die richtige Richtung – kam man nach... Bethnal Green! Genau, sie erinnerte sich, wie Theresas Zeigefinger (wo war Theresa?) von dort noch drei Stationen weitergeglitten war. Danach kam Mile End, Stratford (hatte dort nicht Shakespeare gelebt?) und dann Leyton. Und dann Leyton. Dann Leyton. Sie war im richtigen Zug. Leyton war das Ziel ihrer Reise. Da würde sie hinfahren. Mit Theresa? Ohne Theresa? War Theresa bereits dort?

Sie waren eben an der Haltestelle Mile End angekommen. Die Fahrt zwischen den einzelnen Stationen schien jetzt länger zu dauern, oder spielte ihr Zeitgefühl wieder verrückt? Ein paar Leute stiegen aus, ein paar stiegen ein – Theresa war nicht dabei –, die Türen schlossen sich, und sie fuhren weiter. Es waren einige Plätze frei: Sie würde sich hinsetzen.

Sie nahm ihre Umhängetasche auf den Schoß, öffnete mit der Hand, die nicht ihren Fahrschein umklammert hielt, ihren Anorak und starrte aus dem Fenster. Sie fuhren leicht bergauf – der Zug tauchte aus dem finsteren Untergrundnetz empor. Sie kamen ans Tageslicht und hielten an: Stratford Station. Auf dem Bahnsteig sah sie einen Kiosk, der fast identisch mit demjenigen war, an dem sie heute morgen einen heißen Tee getrunken hatten, bevor sie in den Zug eingestiegen waren – in einem anderen Leben.

Nächste Haltestelle: Leyton. Nächste Haltestelle Leyton. Tinas Magen fuhr Karussell, als der Zug wieder in den Untergrund raste. Weshalb dieses dauernde Rauf und Runter? Wie auf der Fähre bei Mersey an einem stürmischen Tag. Das Karussell drehte sich andersherum, und sie fuhren wieder nach oben. Aus der Dunkelheit übergangslos in ungedämpften Sonnenschein.

Auf der einen Seite standen riesige Wohnblocks, auf der anderen braune und beige Reihenhäuser, die auf den ersten Blick Tinas Bild der Londoner Vorstädte entsprachen. Der Zug wurde langsamer. Leyton. Hier mußte sie aussteigen.

Sie nahm ihre Tasche über die Schulter, stand auf und sah den Bahnsteig auf sie zugleiten, als der Zug einfuhr. Es kam ihr wie ein Wunder vor, daß die Stationen in der gleichen Reihenfolge an der Strecke lagen, wie die Karte es vorgab. Vielleicht wartete Theresa auf dem Bahnsteig. Die Tür ging auf, und sie stieg aus.

Keine Theresa. Ein Schwindelgefühl überkam Tina. Sie war unter ihren Kleidern schweißgebadet, und ihre Wangen versteiften sich in dem beißend kalten Wind. Der Zug fuhr weiter.

Sie stand da und wußte nicht so recht, worauf sie wartete. Sie fröstelte, blickte nach links, blickte nach rechts: keine Theresa. Ein weiterer Zug fuhr ein. Genau – Theresa kam in diesem Zug bestimmt nach.

Leute stiegen aus. Eine – zwei – drei Personen. Keine Theresa. Wenn sie nicht bald losging, würde sie ohnmächtig umfallen. Sie wandte sich um und sah eine Treppe mit einem Schild: „Ausgang. High Road". High Road! Sie würde einmal nachsehen gehen.

Draußen schmerzten ihr die Augen in der grellen Wintersonne. Sie stand auf einer Brücke, der Brücke über die Gleise. War dies die High Road? Sie sah in beide Richtungen – rechts sah es eher wie High Road aus. Ihre Knie zitterten. Sie ging die Straße hinunter bis zu einer Kreuzung mit Ampeln. Auf der anderen Straßenseite, über einem Laden an der Ecke, hing ein Schild: High Road Leyton.

Ihre Gedanken wurden etwas klarer. Sie hatte es gefunden! Was nun? Wo war ihr Photo? Sie suchte in der Tasche nach dem groben braunen Umschlag. Er war noch da. Aber auf dem Rand des Bildes stand nur High Road – keine Hausnummer. Ihr blieb nichts anderes, als so lange hin und her zu laufen, bis sie den Laden entdeckte.

Sie ging los, aber dann fiel ihr Blick auf eine Nummer über einer Ladentür. 224! Sie würde Stunden brauchen! Sie blieb stehen und sah sich um. Auf der gegenüberliegenden Seite befand sich ein großes Gebäude. Ein Schriftzug über dem Torbogen lautete: Waltham Forest, Gemeinde London – Bibliothek Leyton. Theresa hatte doch gesagt ... (wo war Theresa?

Stand sie immer noch wie eine Statue auf dem Bahnsteig? Sie blickte zur Brücke zurück: keine Theresa)... gesagt: „Wir gehen in die Bibliothek oder zur Polizei oder sonstwohin und fragen dort nach.“ Sie ging über die Straße und in das Gebäude hinein.
Am Schwarzen Brett vorbei – *Wie überlebe ich den Atomkrieg – Steuerabschreibungen beim Hauskauf* – und durch eine Drehtür: eine Bibliothek, fast wie die zu Hause. Zwei schwarze Bibliotheksgehilfinnen standen von ihr abgewandt, drückten einem Jungen einen Stempel auf die Karte von *Flugzeuge der Welt* und beantworten die Fragen eines alten Mannes in sein Hörgerät. Tinas Herz fing wieder an zu klopfen, sie schwitzte und wollte eben den Rückzug antreten, als eine der Mitarbeiterinnen zu ihr herüber kam. „Kann ich dir helfen?“ Die Haare des Mädchens war zu unzähligen kleinen Zöpfchen geflochten, mit einer bunten Perle an jedem Zopfende.
„Ich suche etwas“, krächzte Tina und schluckte. „Einen Laden – nun, einen Fotografen – so ein Atelier.. High Road Leyton, Wright & Glover. Ich weiß nur keine Hausnummer.“
„Wie war der Name? Wright – Glover?“ Die beperlten Zöpfchen tanzten hin und her. „Daise, kennst du einen Fotografen, *Wright & Glover* – an der High Road?“
Das andere Mädchen blickte nicht von ihrem Stempelkissen auf. „Ja, irgendwo am anderen Ende. Die Nummer steht sicher im Telefonbuch.“
Das Perlenmädchen langte nach unten und brachte einen dicken, blauen Band mit den Buchstaben S-Z auf Vorderseite und Rücken zum Vorschein. „Wright. Watson... Winkley... Womble, hee, da heißt jemand Womble! ... Wright. Wright A, Wright F, Wright Glover. Da ist es, siehst du?“ Sie schob das Buch zu Tina hinüber. „Wright, Glover & Söhne, 376 High Road. Möchtest du die Telefonnummer?“
„Nein, danke. Ich gehe gleich dort vorbei. Drei sieben sechs. Danke – vielen Dank.“
Das Mädchen legte den Wälzer wieder an seinen Platz zurück. „Aber denk daran, das Ding ist drei Jahre alt. Die nächste Lieferung haben wir irgendwie nicht bekommen. Wahrscheinlich hat sie jemand geklaut.“

Drei sieben sechs, drei sieben sechs, sagte Tina vor sich hin, während sie durch die Drehtüre in die Kälte schritt. Sie ging zur 224 zurück und entdeckte kurz darauf die 230. Das war die Richtung, in die sie gehen mußte, und sie war auf der richtigen Staßenseite. Sie zitterte, schlug den Kragen ihres Anoraks nach oben und lief los. War es die Anspannung oder der Wind? Ihr Hals schmerzte.

Videoläden, Schreibwarengeschäfte, Pfandleihanstalten, Obst- und Gemüseläden mit kleinen Ständen auf dem Gehsteig, eine Eisen- und Haushaltswarenhandlung mit Trittleitern und Holzplatten im Fenster... 292, 336, 354. Bei 368 hörten die kleinen Läden auf. Ein kleine Straße bog rechts ab und auf der anderen Seite stand ein großer Supermarkt: „KWIK-STORE – hier können Sie SPAREN – SPAREN – SPAREN“. Sie ging langsam an den großen Schaufenstern mit den Aufklebern „5p billiger, 10p billiger, 20p billiger“ vorbei, bis sie auf der anderen Seite wieder auf weitere Läden stieß. Sie sah sich den nächsten Laden an. Über dem Eingang stand: Suzanne's Hair Care. 380. Drei acht null. Nummer drei sieben sechs war irgendwo unter den Sonderangebotsaufklebern verschwunden.

Sie drehte sich der Straße und dann wieder dem Friseurgeschäft zu. 3-8-0.

Ihr Kopf schien aus Blei zu sein, ihr Hals brannte, und sie war unwahrscheinlich müde.

„Hast du dich verlaufen, Liebes?“ Eine kleine, flinke Frau um die sechzig mit einer blaßblauen Dauerwelle war aus Suzanne's getreten. Ihre Stimme war rauh, und sie sprach mit einem deutlichen Akzent, wie die Männer an den Fahrkartenschaltern und in manchen Fernsehserien, aber sie machte einen sicheren und netten Eindruck. „Ich wohn mein ganzes Leben schon hier, Mann und Kinder überstanden, ich find dir jede Straße.“

„Naja, der Laden, den ich suche, ist nicht mehr da. In der Bibliothek haben sie mir gesagt, die Nummer wäre drei sieben sechs.“

„Drei sieben sechs, was war das? Wolltest du zu Schnäppchen-Jeanie oder zu Freds Autoland? *Land*, du glaubst es nicht. So

groß wie meine Besenkammer. Ich darf gar nicht daran denken, es war rammelvoll – das Zeug hing sogar von der Decke."
„Wright, Glover und Söhne. Fotografen."
„Mr. Glover? Du willst zu Mr. Glover? Meine beiden Töchter waren bei ihm." Das runde Gesicht der Frau war bereits voller Leben gewesen, und jetzt kam noch eine ausgesprochene Zielstrebigkeit hinzu. Sie nahm Tina am Arm. „Hör zu, Liebes, du gehst zwei Minuten die Hauptstraße hinunter, und dann ist es auf der rechten Seite. Diese Supermarktkette hat hier alles aufgekauft, und da mußten sie umziehen. Ziemlich schade – es ist zwar jetzt größer, eleganter könnte man sagen, aber an der Hauptstraße war es irgendwie praktischer. Ich würde dich hinbringen, aber ich komm schon zu spät zu meiner Tochter, der zweiten, die bei Mr. Glover gewesen ist. Es ist zwar die ältere, hat aber erst als zweite geheiratet, verstehst du? Er ist jedoch nicht mehr dort, unser Mr. Glover. Im Ruhestand, oder ist er gestorben? Hier hinunter, die zweite rechts, Lyndhurst Road glaube ich. Geh dort entlang, und du kannst es nicht übersehen. Alles in Ordnung mit dir, Liebes? Du zitterst ja fürchterlich."
„Nein, geht schon, mir ist nur k-kalt."
„Dann mal los mit dir. Gib Gas, dann wird dir warm. Ta-ta."
Die Frau hatte recht. Zwei Straßen weiter entdeckte Tina die Lyndhurst Road E10. Nach ein paar Schritten in die angegebene Richtung fand sie sich vor einer riesigen Schaufensterscheibe wieder. Darauf stand wie in einem riesigen Rundbogen gedruckt: Wright, Glover & Son, Spezialisten für Hochzeitsphotographien. Sie war dem Rat der Frau mit den blaßblau getönten Haaren gefolgt und schnell gelaufen, überzeugt, daß sie finden würde, wonach sie suchte, wenn sie nur tat, was man ihr aufgetragen hatte. Jetzt war sie am Ziel ihrer Reise angekommen: die einzige Möglichkeit, etwas über die Familie ihrer Mutter zu erfahren.
Dumm, dumm, dumm!
Schreie hallten in ihrem Kopf. Die Menschen in dem Geschäft würden sie auslachen, sie würde vor Scham im Erdboden versinken: „Wie lange ist das her? Ha ha ha!" Sie konnte da nicht hineingehen ... ihr ging es nicht gut ... sie fühlte sich ausgespro-

chen krank ... es mußte sich jemand um sie kümmern, sie wollte nach Hause, in ihr Zimmer, zu Liz, die sich darum kümmern sollte, daß heißes Wasser für ihr Bad da war, und die ihr ein Honigsandwich brachte. Sie wollte nichts von Janet – sie wollte nichts von Janet. Paps haßte Janet – seine Augen glitten von ihr weg, wie Schlangen ins Gebüsch –, er hatte Angst vor Janet – wollte sie vergessen. Janet war ein Loch in ihrem Kopf, das die Form eines Menschen hatte, ganz schwarz an den Rändern... Schwarz – Angst – sie hatte Angst – Janet *war* die Angst – Tina hatte Angst – Tina wollte nichts mehr wissen – wollte nichts mehr wissen...

„Ich will nichts mehr wissen!"

Sie lehnte sich gegen das Fenster mit dem gebogenen Schriftzug, und der Schrei hallte in ihrem Kopf. War der Schrei auch außerhalb ihres Kopfes zu hören gewesen? Hatte sie wirklich lauthals geschrien: „Ich will nichts mehr wissen!"? Hatten all die Leute, die in dicken Mänteln die Straße entlang eilten, sie gehört? Sie würden sich auf sie stürzen – die Polizei rufen – den Krankenwagen – sie war verrückt – verloren – böse...

Das war alles Unsinn. Sie war weder verrückt noch böse. Sie war nach London gefahren, hatte Theresa verloren und Wright & Glover gefunden. Sie mußte bei Wright & Glover eine Frage loswerden. Sie mußte von all diesen Menschen wegkommen, in den Laden hinein. Sie mußte sich vom Fenster abwenden, sich umdrehen und durch die Türe gehen.

Sie stieß sich vom Fenster ab, drehte sich um und drückte gegen die Glastür.

Eine Welle warmer Luft umfing sie. Sie spürte einen dicken Teppich unter ihren Füßen. An den Wänden um sie herum hingen überall lächelnde Pärchen, und eine elegante junge Frau mit einer großen Brille stand hinter der Theke. Tina überquerte auf wackeligen Beinen den flauschigen Teppich.

„Guten Tag. Kann ich dir weiterhelfen?"

Sie suchte in ihrer Tasche herum und zog den braunen Umschlag hervor. Sie wußte, daß das Foto zittern würde, wenn sie es in der Hand behielte, also legte sie es gleich auf den Tisch.

„Äh – ich hab da eine Fotografie – sie ist schon recht alt – sie wurde hier aufgenommen. Und da hab' ich gedacht..." Sie

sprach völlig normal – die Frau behandelte sie wie eine ganz normale Kundin.
Die Verkäuferin nahm das Bild in die Hand. „Aha. Ja, das ist eine Aufnahme von uns. Ziemlich alt, oder? Vor wie langer Zeit wurde sie aufgenommen, weißt du das?"
„Nun – es handelt sich um meine Eltern. Ich suche sie ... meine Mutter. Ich bin fünfzehn, gerade erst fünfzehn."
„O Gott, das ist aber schon lange her. Was wolltest du denn genau?" Langsam war Skepsis in ihrer Stimme zu hören.
„Ich hab mir gedacht, Sie haben vielleicht noch irgendwelche Aufzeichnungen – eine Adresse oder so."
„Die letzten zwei Jahre sind in unserem Archiv genaustens dokumentiert, seit dem Umzug, aber für die Zeit davor können wir für nichts garantieren ... Weißt du vielleicht einen Namen? Oder handelt es sich um eine Adoption?"
Tina verstand nicht. „Adoption?"
„Kannst du mir sagen, wie diese Leute heißen?"
Tina hätte fast Pearson geantwortet, aber plötzlich hörte sie sich „Hodnet" sagen, ohne daß sie nachgedacht hätte. Und plötzlich wurde ihr bewußt, daß sie während der ganzen ausgiebigen Planerei nie zu Theresa gesagt hatte und nie von Theresa gefragt worden war, wie der Geburtsname ihrer Mutter lautete. Nachdem er ihr an jenem Tag in der Badewanne wieder eingefallen war, hatte sie ihn auf den Grund ihres Gehirns zurückdriften lassen. Sie war eine völlige, totale und unwiderrufliche Idiotin. Nun ja, das traf auf sie beide zu. Sie hatten ihre ganzen Hoffnungen auf diese Gesichter gestützt, und dabei wußten sie einen Namen.
„Hodnet. Das ist ein recht außergewöhnlicher Name. Du könntest einmal im Telefonbuch nachsehen."
So einfach wäre das Ganze gewesen. Sie hätten einfach in eine öffentliche Telefonzelle gehen – am Bahnhof Euston hatte sie ganze Reihen bemerkt – und nach Hodnet suchen können.
Die Vorhänge hinter der Verkäuferin teilten sich, und eine Frau mittleren Alters in einem gegürteten Wollmantel kam hindurch, eine große Fototasche über der Schulter und ein Stativ in den Händen. „Ich mach mich auf den Weg, Kamala. Ich muß um drei bei Bell and Cricket sein. Es hieß, die Braut

trüge dunkelrot, da muß ich mit der Ausleuchtung vorsichtig sein." Sie hielt inne und blickte von einer zur anderen, freundlich, wenn auch ungeduldig. „Was ist denn los? Mein Gott –" sie sah auf Tina – „du siehst so aus, als ob du dich erst einmal hinsetzen solltest."

Die Frau nahm den Stuhl hinter der Theke hervor und stellte ihn neben Tina. „Hier. Gibt es ein Problem?" Tina setzte sich und fühlte, wie ihre Knie zu zittern aufhörten. „Was ist mit diesem Foto?"

„Eine unserer früheren Hochzeiten. Ich wollte gerade im Telefonbuch nach dem Namen suchen, den die junge Dame mir angegeben hat."

Die Frau mit der Kamera beugte sich über ihre Schulter.

„Ziemlich alt, was? Hee, einen Moment mal..." Sie lehnte das Stativ gegen die Theke, nahm das Bild in die Hand und hielt es ins Licht. „Das kann doch nicht... möglich wäre es schon, aber... wie war der Name, bitte?" Tina fühlte sich völlig befreit, als ob sie sich über etwas unterhielten, das rein gar nichts mit ihr zu tun hatte. Sie war regelrecht überrascht, daß sich die beiden Frauen zu ihr umdrehten und in ihre Richtung blickten.

„Wie war der Name doch gleich?" fragte die Jüngere. „Hogg...?"

„Oh! Hodnet. Hod-net."

„Also doch!" Die ruhige Liebenswürdigkeit der Fotografin wich ehrlicher Freude. „Ich wußte es! Es ist Schwester Hodnet!" Die Worte trafen Tina wie zwei einzelne Schläge in die Magengrube: Schwester – Hodnet. Sie atmete tief ein und schloß die Augen. Hodnet – Janet – ihre Mutter. Schwester – Schwester der Braut – Schwester – Tante – Mutter.

„...dreieinhalb Wochen her", fuhr die Stimme der Frau scheinbar zusammenhanglos fort. „Hab ich dir damals nicht erzählt, Kam, wie toll sie war? Mutter blühte dort regelrecht auf, sofern man von blühen überhaupt sprechen kann, wenn man im Sterben liegt. Das ist Louise Hodnet, ich würde sie überall wiedererkennen."

Als Tina ihre Lider hob, blickte sie in zwei überraschte und sorgenvoll geweitete Augenpaare. Kamala, die jüngere Frau,

fragte sanft: „Dir geht es wohl nicht besonders gut? Haben wir etwas gesagt, was dich erschreckt hat?“
„Kam, hol ihr ein Glas Wasser“, befahl die Fotografin, und Kamala verschwand hinter den Vorhängen. „Es tut mir leid, aber ich bin mir nicht sicher, ob ich alles verstanden habe. Laß uns versuchen, alles hintereinander zu bekommen: Du hast dieses Bild hier mitgebracht und wolltest etwas wissen. Was war das genau?“
„Das – das Bild ist von der Hochzeit meiner Eltern, aber ich ...“
„Von deinen Adoptiveltern? Oder deinen ...“
„Nein – nein – ich habe ...“
„Entschuldigung. Ich darf dich nicht unterbrechen. Du hast ...?“
„Ich habe zur Familie meiner Mutter – dankeschön -“ sie nahm Kamala das Glas Wasser aus der Hand – „den Kontakt verloren.“
„Und jetzt suchst du nach ihr?“
„Nein, nicht nach ihr, ich glaube, sie ist – sie sagen, sie ist tot, aber ich suche ...“ Sie streckte ihre freie Hand nach dem Foto aus; die Kamera-Frau gab es ihr, und sie versuchte mit der Hand, die das Glas hielt, auf die linke Brautjungfer zu zeigen und verschüttete dabei etwas Wasser auf ihre Jeans.
„... diese Frau.“
„Gut.“ Die Fotografin nahm das Bild wieder an sich. „Das ist Louise. Hier, mein Taschentuch. Sie ist Krankenschwester, sie hat meine Mutter gepflegt, als sie im Heim lag, im Epping Forest Hospiz. Sie sind wirklich wunderbar dort, absolut phantastisch, ich hab Louise da recht gut kennengelernt. Sie wohnt hier irgendwo in der Nähe, hat sie mir erzählt. Gib mir das Glas, sonst verschüttest du noch mehr. Hast du das Telefonbuch, Kam? Wenn wir die Adresse herausfinden, fahr ich dich auf dem Weg zu der Hochzeit schnell vorbei. Du läufst jetzt besser nicht mehr alleine in der Gegend herum. Es ist fast kein Umweg.“
Alles glich einem dieser Hochgeschwindigkeitsträume, wo alles weit, weit weg passiert, und du rennst und rennst und rennst, und egal wie schnell du rennst, eilen die Ereignisse

voraus wie eine vom Wind angetriebene Wolke weit außerhalb deiner Reichweite, und die Entfernung wird und wird nicht kleiner. Diese resolute Fotografin würde sie zu ihrer Tante fahren. Sie konnte es nicht glauben, aber dies war einer der Träume, die weder Widerspruch noch Rückzug zuließen. Sie mußte diese Frau begleiten.
Sie waren bereits auf dem Weg zur Tür, als die Frau über ihre Schulter zurückrief: „15A Birkett Road, stimmt das?" und Kamela sagte: „Entschuldigen Sie, Miss Glover, aber wird es für die Tante nicht ein ziemlich großer Schock sein?"
Miss Glover hielt einen Augenblick inne, legte dann aber ihre Hand auf den Türgriff und sagte: „O Gott, diese Feinheiten, die waren noch nie meine Stärke. Das Mädchen hat den ganzen Weg von ... Wo kommst du überhaupt her?"
„Chester."
„*Leicester?* Und ich dachte ... aus Walthamstow oder sonst aus der Umgebung von London. Wenn das so ist, dann muß Louise eben den Tatsachen ins Auge sehen. Ich denke, sie hat in ihrem Leben schon Schlimmeres mitgemacht!" Tina wurde an Miss Glovers Arm durch die Tür zu einem grellroten Metro gezogen, der um die Ecke parkte.
„Anschnallen", befahl Miss Glover, während sie die Fototasche und das Stativ auf dem Rücksitz verstaute. Sie fuhren los.
„Du wolltest doch mitkommen, oder? Dort wolltest du doch hin, da habe ich dich nicht falsch verstanden?"
„Nein, das stimmt, ich meine, ja. Ich habe meine Tante gesucht, ja."
„Weiß der Rest der Familie, wo du steckst? Gab es irgendeinen Familien-Krach zu Hause? Kommt in den besten Familien vor. Ich hatte immer gehofft, daß Louise irgendwo noch Verwandte hatte. Diese Krankenschwestern brauchen jemand, der sich um sie kümmert. Wie sieht es bei dir aus? Schwestern und Brüder? Es ist gut, wenn man Geschwister hat. Ich hatte nie welche." Die Pause schien eine Antwort nötig zu machen, und Tina dachte gerade, sie müsse etwas über Georgie erzählen, als sie abbogen und Miss Glover fortfuhr: „Hier muß es irgendwo sein, ich bin mir fast sicher. Schau du auf die linke Seite – ich seh nach rechts."

Tina begriff, daß sie von Straßennamen redete, klammerte sich an das Wort Birkett und suchte die Nebenstraßen ab, die an ihr vorbeiglitten. Es war jedoch Miss Glover, die ausrief: „Birkett! Ich wußte es“, und scharf nach rechts abbog. „Auf deiner Seite, meine sind gerade.“
„Was? Ach so – einundzwanzig – neunzehn – siebzehn –“
„Fünfzehn. Aha, es sind Appartments, deshalb die 15A. Hör zu, kann ich dich einfach hier rauslassen? Ich bin für meinen 3- Uhr-Termin ohnehin schon spät dran und kann mich jetzt nicht darum kümmern. Sag Louise danke für alles, was sie für meine Mutter getan hat. Nun, ich hab ihr Blumen geschickt. Glaubst du, du schaffst es bis zur Tür?“ Sie beugte sich herüber und öffnete Tina die Autotür. „Viel Glück, Mädchen. Paß auf dich auf.“
Tina schob ihre Beine nach draußen und wollte eben aussteigen, als ihr einfiel, daß sie sich noch nicht bedankt hatte. „Ich kann – wirklich, ich kann ihnen gar nicht sagen –“ begann sie, aber Miss Glover hatte bereits den Gang eingelegt und sagte: „Red keinen Unsinn – knall die Tür fest zu, sonst schließt sie wieder nicht.“ Also stieg Tina aus, knallte die Tür und blickte dem Metro nach.
Sie stand da, zitterte und versuchte verzweifelt, ihre Gedanken wieder klar zu bekommen. Sie starrte auf das Wohnhaus: ein kleines, recht modernes Gebäude in einer Straße brauner und beiger Reihenhäuser. Es mußte auf dem Gelände eines älteren Hauses gebaut worden sein, oder vielleicht hatte jemand einen zu großen Garten gehabt. Ein betonierter Weg führte durch einen kahlen Vorgarten zu zwei Türen auf der linken Seite des Gebäudes. An einer Haustüre stand 15, an der anderen 15A. Sie ging durch das offene Tor den Weg hinauf und entdeckte auf dem Ziegel-Pfeiler zwischen den beiden Türen zwei runde weiße Klingelknöpfe für 15 und 15A. Sie hob einen zitternden Finger, dirigierte ihn zur Klingel für 15A, drückte und wartete.
Es würde niemand da sein, es war mitten am Tag, sie waren einkaufen oder arbeiten, es würde niemand da sein. Dann wäre alles gut, und sie konnte nach Hause gehen.
Aber eine Stimme, eine hohe Frauenstimme in einem ihr un-

bekannten Dialekt, drang aus – wie es schien – weiter Entfernung an ihr Ohr, zuerst unverständlich, doch dann hörte sie: „Ich sagte, die Tür ist offen! Wer ist da? Ich bin am Haarewaschen!"
Vorsichtig öffnete Tina die Tür und ihre Augen trafen auf ein betoniertes Treppenhaus. Die Stimme – war es schottisch? – war die einer Frau, die ein großes, malvenfarbenenes Handtuch wie einen Turban um den Kopf gewickelt hatte und am oberen Treppenabsatz stand. Einige nasse Strähnen fielen ihr über Stirn und Wangen.
„Hallo, was gibt's? Kann ich dir helfen?"
„Hallo, ich heiße ..." Tinas Stimme klang ziemlich belegt. Sie schluckte und startete einen erneuten Versuch. Es klang klar, losgelöst. „Hallo, ich heiße Christina Pearson. Ich suche, ich glaube, sie ist meine Tante. Sie heißt Hodnet, Louise Hodnet."
„Allmächtiger." Die Frau nahm den Turban vom Kopf und schüttelte lange, braune Strähnen über ihre Schulter. „Christina Pearson. Hör zu – Louise hat Dienst, aber sie wird bald hier sein. Sie wird aus allen Wolken fallen, wenn sie dich sieht. Sie hat dir einen Brief geschrieben."
Tina wurde ohnmächtig.

Achtes Kapitel

LOUISE Ich fuhr mit dem Fahrrad vom Dienst nach Hause. Ich hatte meine Jogginghose über die weiße Dienstkleidung gezogen und dachte daran, daß es bald Zeit für Überhosen war, besonders nach dem Nachtdienst, denn der Himmel schien jetzt morgens bereits etwas gelblich, was immer auf Schnee hindeutete. Und ich war froh, daß Mr. Rosenbaums Sohn gekommen war und ihn schließlich doch besucht hatte, gerade noch rechtzeitig. Die Kurve in die Lea Bridge Road bedeutete für mich, von der Arbeit abzuschalten und das dreiminütige gefühlsmäßige Niemandsland zu betreten, bevor ich die Birkett Road ereichte. Diana hatte zwei Tage frei; vielleicht hatte sie ihre „See im Herbst"-Collage beendet, vorausgesetzt, sie hatte die letzten Fäden gefunden, die sie für das blaß-beige Schilf im Vordergrund benötigte. Vielleicht sollte ich beim Getränkehändler vorbeifahren und eine Flasche Wein kaufen, um einfach so, ohne Grund zu feiern? Reds Hausgebrannter wurde zunehmend abscheulicher, vor allem seit er zur Verdünnung von Mehlbeeren und Hagebutten auf Karotten und Rote Beete umgestiegen war. Nein, ich hatte nicht die geringste Lust auf einen Umweg, es war zu kalt, und ich war viel zu müde und hungrig – komisch, wie man nach einem guten Tag oft müder ist, als nach einem schlechten – und vielleicht hatten wir ja noch eine ordentliche Flasche in der Speisekammer stehen, wenn uns danach war.

Ich stieg vom Rad und schob es den Weg hinauf nach hinten in den Fahrradschuppen. Diana mußte ihre Ohren gespitzt haben, denn kaum hatte ich mich hinabgebeugt, um den Dynamo wegzudrücken und meine Hosenklammern abzunehmen, kam sie bereits aus der Türe gerannt und flüsterte heiser auf mich ein, wie man es tut, wenn man Angst hat, jemand zu wecken.

„Lou... Lou!"

„Was ist los?"

„Du wirst es kaum glauben, wirklich."

„Probier's. Gott, ich friere bis auf die Knochen, laß mich erstmal hinein. War der Gasmann da?“
Wir hatten Ärger mit dem Heizkörper im Flur gehabt.
„Nein – ja, war er. Warte doch! Komm ganz leise hinein.“
„Oh – ‚Folgen Sie mir unauffällig!‘, ja? Was hab ich verbrochen, Sir?“
„Himmel, Lou, hör mir doch mal zu! Christina ist da.“
„Wer?“ Ich suchte meine grauen Zellen nach Christines und Christinas ab.
„Christina Pearson. *Deine* Christina.“
Ich war an ihr vorbeigegangen und schon halb durch den dunklen Flur an der Tür. Ich blieb ruckartig stehen. „Nein. Di! Wie das? Das ist unmöglich!“
„Ist es nicht. Sie ist hier. Ich hab sie ins Nebenzimmer gelegt. Ich weiß nicht, wie sie es geschafft hat. Sie ist krank, ich glaube, sie schläft jetzt.“
Ich rannte die letzten Meter. „Krank, wie krank?“
„Nur fiebrig und müde, wahrscheinlich nichts Schlimmes – Lou, warte!“
Ich blieb stehen, die Hand auf dem Türknauf, und Di nahm meinen Arm. „Ganz ruhig, Schatz. Komm erst mal in die Küche, und ich erzähl dir, was passiert ist. Ihre Tür ist zu.“
Ich rannte nach oben, riß mir Jacke und Hose vom Leib, warf sie gegen die Schlafzimmertür, ging nach unten, lehnte mich folgsam gegen den Küchenschrank und wischte den Beschlag von meiner Brille, während Diana die Kanne auf den Herd stellte, um mir einen heißen, starken Kaffee zu machen. Ich glaube nicht, daß ich gleich ins Zimmer hätte gehen können. Ich hatte mir dieses Treffen schon so lange herbeigeträumt, hatte den Verdacht bekämpft, sie sei tot oder im Ausland oder sonstwie außerhalb meiner Reichweite, hatte versucht, nicht nur darüber nachzudenken, sondern hatte meine Gefühle daraufhin abgegrast, wie es wäre, mit ihr in aller Ruhe zusammenzusitzen und ohne Zeitdruck mit ihr reden zu können – aber ich war mir immer im klaren darüber, daß meine Vorstellungskraft nur zur Hälfte ausreichte, und ich hatte ehrlich keine Ahnung, wie es ablaufen würde, wenn der Augenblick gekommen sein würde. Und ob er überhaupt kommen würde.

„Sie stand einfach da und stellte sich vor. Todblaß, als hätte sie einen Schock erlitten. Ich hatte eben Schampoo aufgetragen, als es klingelte, und spülte es fluchend wieder heraus, wickelte mir ein Handtuch um den Kopf und brüllte, wer auch immer es sei, er möge um Gottes willen hereinkommen. Als ich nochmal brüllte, ging die Tür auf, und da war sie."
„Was hast du gesagt?"
„Ich weiß nicht mehr genau, das Wasser lief mir den Rücken hinunter, aber ich glaube, ich hab gesagt, du hättest mit ihr gerechnet, naja, zumindest auf sie gewartet. Ach ja, und daß du ihr einen Brief geschrieben hast. Dann kippte sie einfach um."
Ich nahm den Kaffee und zog ein reumütiges Gesicht. „Was nicht eben verwunderlich ist. Da findest du jemanden, den du noch nie gesehen hast und bekommst erzählt, daß sie dir einen Brief geschrieben hat."
„Nun, zumindest hab ich nicht gesagt: ‚Ach hallo, du bist also die CH-Kandidatin.' Aber sie hat Fieber, ziemlich hohes sogar."
„Hast du gemessen?"
„Nein, das können wir später nachholen. Sie kam wieder zu sich, als ich bei ihr war. Ich hab ihr raufgeholfen und gesagt, ‚Du legst dich besser mal etwas hin, ja?'. Ich glaube nicht, daß sie mehr als eine Handvoll Worte zu mir gesagt hat. Ich hab eine Decke geholt, und sie hat sich bis auf Unterhemd, BH und Slip ausgezogen und ist wie eine Stoffpuppe auf dem Bett zusammengebrochen. Ich wollte ihr etwas Wasser einflößen, aber sie hat nur den Kopf geschüttelt. Also hab ich sie zugedeckt und ihr gesagt, sie solle schlafen."
„Die Arme." Ich nahm einen Schluck Kaffee und verbrannte mir den Gaumen. „Scheiße!" Ich stellte den Becher hin und fragte zweifelnd, wie eine Schwesternschülerin, die um eine Änderung im Dienstplan bittet: „Meinst du, ich kann mal einen Blick hineinwerfen und nach ihr schauen?"
Di kam zu mir herüber, legte die Arme um mich und sagte: „Sie ist goldig. Du wirst sie mögen. Sie ist ein bißchen wie du, nur..."
„Nur eben lieb."
„Volltreffer." Sie lehnte sich zurück und sah mich an. „Ich

schleich mal zu ihr hinein und schau, ob sie noch schläft. Wenn sie wach ist, solltest du mir besser einen Moment Zeit lassen, um ihr zu sagen, daß du nach Hause gekommen bist und dich gerade umziehst."

„Himmel, ja, wenn sie mich so sieht, meint sie, sie wäre ins Krankenhaus gebracht worden und läge auf der Intensivstation."

Diana ging hinüber und öffnete vorsichtig die Tür. Ich beobachtete sie, wie sie sich vorbeugte. Dann drehte sie sich um und winkte. Ich bemerkte, wie sich ein Lächeln auf meinem Gesicht ausbreitete, ein Lächeln aus reiner Freude, daß ich endlich meine Nichte gefunden hatte, und als ich auf Zehenspitzen hineinschlich, überflutete das Lächeln meinen ganzen Körper, bis hinunter zu meinen Zehen.

Sie lag da, die Arme auf dem Federbett ausgebreitet und ein Fuß unten herausgestreckt, als ob sie Abkühlung brauche; ihr schlafendes Gesicht war uns zugewandt, ein paar Locken ihres dunklen Haares lagen über einer rotglänzenden Wange, wo sie einen Augenblick zuvor noch schweißnaß geklebt hatten, bevor sie sich umgedreht hatte. Letzte Sommersprossen waren auf der blassen Haut um ihre Nase herum noch deutlich zu sehen, doch jetzt hatte das Fieber ihre Wangen bis hinauf zum Haaransatz mit einem ungesunden Rot überzogen. Ihre ganze Figur ließ erkennen, daß sie kein Kind mehr und doch noch keine Erwachsene war; sie lag ausgestreckt da wie ein kleines Mädchen, aber die Angstfalten auf ihrer Stirn sprachen eine andere Sprache. Sobald sie aufwachte, würde ich ein paar kühle Waschlappen und eine Schüssel mit kaltem Wasser holen und ihr einen nach dem anderen auf die Stirn legen, damit sie sich wohler fühlte. Ich würde mich um sie kümmern, wie Janet sich um sie gekümmert hätte – ja; doch dann erstarb mir mein Willkommenslächeln auf den Lippen, und ich erinnerte mich wieder daran, daß sie nicht gekommen war, um Trost oder einen herzlichen Empfang, sondern um eine Auskunft zu erhalten. Und diese Auskunft würde jede Leichtigkeit für immer aus ihrem Leben verbannen.

„Ich glaube, es ist ziemlich hoch", flüsterte Diana und meinte ihr Fieber.

Ich nickte. „Vielleicht sollten wir später Ram anrufen. Vorsichtshalber." Ram Ramkelowan war unser Hausarzt. Dann schoß mir ein Gedanke durch den Kopf, und ich zog Di aus dem Zimmer und schloß leise die Tür. „Hat sie dir gesagt, wie sie hierher gekommen ist? Mit dem Zug, mit dem Bus – mit irgend jemandem – allein – und wann man sie zurückerwartet? Vielleicht müssen wir jemandem Bescheid sagen."
Wir kehrten zu unserem Kaffee in die Küche zurück.

* * *

Sie erwachte vom Klicken der Schlafzimmertür und dachte, es wäre jemand hereingekommen. Ängstlich riß sie ihre Augen auf, während der Rest des Körpers vor Schock erstarrte. Es war niemand da.
In ihrem Kopf fand sie nicht die Spur eines Hinweises, wo im Himmel oder auf Erden sie sich befinden mochte. Ihr direkt gegenüber befand sich eine Wand, und sie starrte darauf: Sie war tief rostrot gestrichen und behängt mit mehreren Häkelbildern oder Wandteppichen. Nicht solche, die man in einer Packung bekommt, die eine gemalte Vorlage und die exakte Menge an Farbe und Wolle enthält – die Ränder von diesen hier waren ausgefranst, die Wolle war unterschiedlich dick und an manchen Stellen wulstig und wirr verknotet. Das Bild verschwamm beim Hinsehen. Es kam niemand herein. Erschöpft schloß sie wieder die Augen.
Wo war sie? Jedenfalls nicht zu Hause. Ihr Hals schmerzte, und es war ihr heiß. Heiß! Sie warf das Federbett zur Seite – Federbett! Wie Liz welche wollte – fing aber sofort an zu frieren und zog es wieder hoch. Sie trug nur ihr Unterhemd, BH und Höschen! Wie konnte sie...? Einige Erinnerungsfetzen schwebten auf einer Welle der Erleichterung in ihren Kopf zurück. Der Turban, der auf die Schultern hinabfiel – die blaßblaue Dauerwelle vor Suzanne's Hair Care – die Perlenzöpfchen in der Bibliothek – ihre Reise schien von außergewöhnlichen Frisuren begleitet. Louise Hodnet... dieser Name... die Frau von Wright & Glover hatte von Schwester Hodnet und Louise gesprochen und sie dann ohne zu fragen

mit dem roten Metro zu den beiden weißen Klingelknöpfen mit der Aufschrift 15 und 15A verfrachtet.
Theresa! Sie fuhr panikerfüllt empor. Theresa war irgendwo – verloren – von einem Heiligenschein umgeben – von Orks und Elfen in die Unterwelt verschleppt...
Aber sie fing wieder an zu zittern, und die plötzliche Bewegung erinnerte sie daran, daß sie schon längere Zeit nicht mehr auf der Toilette gewesen war. Sie war fast versucht, hier und jetzt ihre Blase zu entleeren, wieder auf die Kissen zurückzusinken und die Bewohner dieser wie auch immer gearteten Welt mit ihr machen zu lassen, was sie wollten.
Dann sah sie am Bettende einen dunkel gescheckten Bademantel liegen. Er sah warm aus, wie ein Geschenk des Himmels. Sie streckte ihre Hand danach aus, wobei ihr Arm und ihre Muskeln vor Anstrengung schmerzten, und zog ihn über die Schultern. Endlich fand sie in die Ärmel, schwang ihre Beine unter dem Federbett hervor über die Bettkante und ließ sie nach unten baumeln. Die Frau mit dem Turban war nett gewesen; sie würde nicht mit ihr schimpfen, weil sie den Bademantel benutzte und auf die Toilette wollte. Sie würde Tina sogar zuhören und einsehen, daß sie sich als allererstes auf die Suche nach Theresa begeben mußte.

* * *

LOUISE Der Kaffeebecher zitterte in meinen Händen, und die Stelle an meinem Gaumen schmerzte, wo ich mich eben verbrannt hatte, aber ich brauchte den Kaffee. „Hunger hab ich auch. Was gibt es Eßbares?“
„Ich hab Linseneintopf gekocht.“
„Uh, das krieg ich jetzt nicht runter. Ein paar Käsekräcker. Ich esse später etwas Richtiges.“
Ich holte ein Päckchen vom Schrank herunter, und Diana reichte mir den Aufstrich. „Wieviel Uhr ist es? Halb sieben. Glaubst du, sie kam direkt von zu Hause, wo immer das sein mag? Oder ist Stan und wer-auch-immer im Urlaub oder so? Das müssen wir herausfinden. Es geht doch nicht an, daß Stan Pearson sich Sorgen macht, oder?“

„Paß auf, Lou. Einen Streit zwischen dir und ihrem Vater ist so ungefähr das letzte, was sie braucht.“
„O.k., ich geb mir Mühe. Himmel, Di, es kommt mir alles wieder hoch; wie sehr ich diesen Mann hasse. Schau mich nicht so an, mir geht es gut, ehrlich.“
„Der Gasmann war übrigens da und hat alles repariert. Wie war der Dienst?“
„Das Leben geht weiter, was? Soweit ganz in Ordnung. Die Rosenbaumsippe hat sich versammelt, einschließlich des verlorenen Sohnes, er ist heute aufgetaucht. Die kleine Enkelin war so süß, sie hatte eine Sammlung aufziehbarer, radschlagender Äffchen dabei und schwankende Giraffen und springende Löwen, die sie überall auf dem Gang –“
Die Schlafzimmertür öffnete sich mit einem Klicken, und wir wandten uns gleichzeitig um. Christina stand in der Tür, mit riesigen Kulleraugen in ihrem weißen, ängstlichen Gesicht und in meinen alten, gescheckten Bademantel gehüllt. „Es tut mir leid – ich bin aufgewacht – es tut mir leid ...“
Diana ging zu ihr hin. „Das braucht dir nicht leid zu tun. Also, das ist Louise. Christina, Louise. Louise, Christina.“
„Zu Hause nennen mich alle Tina.“ Sie streckte mir ihre Hand entgegen, und ich trat einen Schritt auf sie zu und nahm sie, obwohl es mir recht komisch vorkam, meiner eigenen Nichte die Hand zu schütteln. Aber ich brauchte sie nur anzusehen und wußte, daß Küssen nicht angesagt war, nicht jetzt und nicht mit Stan Pearsons Tochter. Ich sah sie an – halb lächelnd, glaube ich – und hoffte, daß sie sich nicht vor mir fürchtete, denn manchen Menschen mache ich zunächst einmal Angst – Patienten erzählten das –, und ich wollte Christina – Tina – auf keinen Fall ängstigen. Ihre Hand war feucht und zurückhaltend. Sie sah verwirrt aus und fragte: „Entschuldigung, aber könnte ich auf die Toilette gehen?“
Diana zeigte ihr das Bad, und ich flitzte nach oben ins Schlafzimmer, stolperte fast über meine Jacke, fuhr aus meiner Uniform und nahm Jeans und Pulli vom Bett. „Di – was soll ich nur zu ihr sagen? Bleib bei mir, bitte – ich werd alles falsch machen! Los, ruf Ram an, sie hat offensichtlich eine schwere –“

„Beruhige dich, Mädchen, sie wird dir nicht unter den Augen wegsterben, sie hat nur eine Erkältung oder so etwas, und sie ist übermüdet und aufgedreht.“ Diana nahm den Zipfel einer Decke, die wir in kalten Nächten über die Federbetten breiteten und zog sie vorsichtig unter meinen diversen Klamotten hervor. „Ich steck sie in den großen Sessel und mach ihr einen heißen Zimt-und-Apfel-Tee. Du kannst sie fragen, wie sie hierher gekommen ist, was mit ihrem Vater ist und so weiter.“ Wir hörten, wie die Badezimmertür quietschte. „Da kommt sie, ich bring sie rüber. Mach deinen Reißverschluß zu, das gehört sich nicht.“
Ich tat, wie mir befohlen und lief ihnen folgsam hinterher, mein Herz schlug dumpf. Di setzte sie in den großen Sessel, den wir uns letztes Jahr als Kuschel- und Lesesessel gekauft hatten und um den wir uns dauernd stritten. Dort blieb sie zitternd sitzen, ängstlich, hilflos und klein (obwohl sich später herausstellte, daß wir gleich groß waren). Ich ließ mich neben ihr auf die Knie nieder, und die Anspannung fiel von mir ab. Ich konnte ruhig mit ihr reden, ihr Gesicht verlor langsam den panischen Ausdruck, und sie wurde sich wieder all ihrer praktischen, fest umrissenen Ängste bewußt, denen wir mit etwas Geduld schon die Grundlage rauben würden.
„Hallo, Tina. Ich bin Louise. Die Schwester deiner Mutter. Ich glaube, daß ich es bin, nach der du gesucht hast, stimmt's?“
Sie schluckte fest, als ob ihr Rachen wund wäre und nickte.
„Ich wüßte wirklich zu gerne, wie du mich gefunden hast. Aber zuerst müssen wir mal abklären, ob wir jemandem Bescheid sagen sollten, daß du hier bist.“
„Paps!“ Ihre Stimme klang heiser, und sie schluckte erneut.
„Das tut sicher weh? Einen Moment, Diana holt dir etwas zu trinken.“ Ich rief in die Küche hinüber: „Kannst du es etwas abkühlen, so daß sie es gleich trinken kann?“ Dann wandte ich mich wieder Tina zu. „Ich bin so froh, daß du mich gefunden hast. Seit Jahren überlege ich mir, wie ich Kontakt zu dir aufnehmen könnte, aber ich konnte mich nie entscheiden. Hier ist dein Tee.“
Diana reichte ihr vorsichtig den Becher, und sie nippte daran, legte verwundert die Stirn in Falten und probierte erneut.

„Theresa“, krächzte sie und nippte erneut. „Paps und Theresa. Wieviel Uhr ist es?“
„Zwanzig vor sieben.“
„Sieben!“ Sie schien aufspringen zu wollen, doch ihr fehlte die Kraft. Ich streckte eine Hand nach ihrem zitternden Becher aus.
„Das geht schon in Ordnung, wir können telefonieren.“
„Nein – Theresa!“
„Wer ist Theresa?“
„Meine Freundin – wir sind an der Liverpool Street Station eingestiegen, und dann ist sie ausgestiegen, und die Tür ging zu, und wahrscheinlich ist sie ...“ Diese Sätze hatten ihre Stimme aufgebraucht, und sie lehnte sich zurück und nippte an ihrem Tee.
Diana blieb ruhig stehen, während ich die Fragen stellte. „Das war an der Liverpool Street. Wußte sie, wohin du wolltest?“
Ein Nicken. „Leyton“, flüsterte sie.
„Ist sie dir vielleicht gefolgt? Oder vielleicht ist sie auf dem gleichen Weg zurückgekehrt, den ihr gekommen seid?“
Nicken nach jeder Frage, verwirrtes Stirnrunzeln.
„Wo seid ihr hergekommen?“
„Chester.“
Ich ließ mich auf meine Absätze nieder. „Chester.“ Kein Wunder, daß ich in Teeside keine Spur von ihnen entdeckt hatte. „Ihr seid heute von dort hierhergekommen?“
„Mmm. London Extra.“
„Was? Ach so, die Fahrkarte. Wolltet ihr heute noch zurück?“
Sie nickte. „Wartet *er* auf dich?“
„Paps!“
„Kein Problem. Wir reden mit ihm und erklären ihm, daß du hier bist und krank bist.“
Sie flüsterte: „Bin ich krank?“ und Diana und ich lachten.
Sie hatte sich immerhin soweit entspannt, daß ihre Lippen ein angedeutetes Lächeln zuließen.
„Ja, du bist krank. Wahrscheinlich nur ein Infekt. Wir erklären deinem Vater, daß wir beide Krankenschwestern sind, daß wir uns um dich kümmern werden und daß er sich keine Sorgen zu machen braucht.“

„Und wenn wir bei dir zu Hause anrufen", bemerkte Diana, „weiß dein Vater vielleicht, was mit deiner Freundin Theresa los ist. Wußte jemand, dein Vater oder ihre Eltern, wo ihr hingefahren seid?"
„Theresa hat London auf ihren Zettel geschrieben. Auf meinem steht nur, daß ich heute abend wieder zurück sein werde."
Sie brachte kaum noch ein Flüstern zustande. Ich sagte zu Diana: „Hol einen alten Briefumschlag und einen Stift, damit sie ihre Telefonnummer aufschreiben kann."
Ihre Hand zitterte, aber es gelang ihr, die Nummer hinzukritzeln, und sie flüsterte: „Ich glaube, das ist die richtige Vorwahl."
Ich nickte und sagte: „Ich kann im Telefonbuch nachsehen". Erst als ich mit dem Umschlag in der Hand aufgestanden war, wurde mir klar, was ich jetzt zu tun hatte: mit Stan Pearson telefonieren. Das Beste war, es gleich zu tun, ohne erst groß darüber nachzudenken, aber Diana rief mich zurück, denn Tina wollte noch etwas sagen.
„Sprechen Sie – versuchen Sie, mit Liz zu sprechen. Das ist meine Stiefmutter."
„Liz. Geht sie vielleicht ans Telefon?" Tina zog die Schultern nach oben. „Aber sie wird weniger wütend auf dich sein als dein Vater?"
„Ja."
„Ich muß mit deinem Vater reden, wenn er abnimmt, aber ich werde versuchen, Liz an den Apparat zu bekommen. Mach dir mal keine Sorgen – er ist nicht hier, er ist dort oben in Chester, er kann dir nichts tun. Außerdem bist du krank. Und niemand, der bei Sinnen ist, legt sich mit Schwester Hodnet an."
Ich ging zum Telefon im Flur und wählte – sehr langsam, wie ich dachte, aber mittendrin wählte ich eine Sechs statt einer Fünf und mußte noch einmal von vorne anfangen. Es dauerte ewig, dann klickte es und begann zu klingeln. Nach dem ersten Klingeln wurde abgenommen, als ob er sprungbereit daneben gestanden hätte.
„Hallo", sagte er.
Ich fragte: „Ist dort Stan Pearson?"

„Ja?“
„Hier spricht Louise Hodnet.“ Ohne es zu wollen, machte ich eine dramatische Pause. „Es tut mir leid, daß wir dir jetzt einen kleinen Schock versetzen, aber es ist alles in Ordnung, Tina ist hier, und wir kümmern uns um sie.“
„Sie ist ...? Wo ist *hier*? Wie kommt sie dahin? Wieso sich um sie kümmern? Wer ist *wir*?“
Er klang wütend, doch nur, weil er angespannt war und Angst hatte, und ich stellte fest, daß ich nicht nur so tat, als täte er mir leid, erschreckt und sorgenvoll wie er war, er *tat* mir leid.
„Ich weiß nicht genau, wie sie mich gefunden hat, aber sie ist heute nachmittag in meiner Wohnung in London aufgetaucht. Sie hat sich irgendeinen Virus eingefangen, also haben wir sie ins Bett gesteckt; sie hat geschlafen, und wir kümmern uns um sie. Diana und ich sind Krankenschwestern, also ist sie in guten Händen. Diana wohnt mit mir zusammen.“ Es fiel mir leicht, umsichtig und beruhigend zu klingen, und ich war froh darüber.
Aber plötzlich kam die Stimme einer Frau, einer jungen Frau, aus dem Hörer, und mir wurde klar, daß Liz Stan den Hörer aus der Hand gerissen hatte, bei dem wahrscheinlich nicht einmal die Hälfte von dem angekommen war, was ich gesagt hatte.
„Wer ist dran? Wissen Sie, was mit Tina ist? Wo ist sie? Ist sie bei Ihnen?“
Ihre Angst war greifbar, nackt, und ich dachte: Gott sei Dank, sie lieben sie, sie lieben sie wirklich, und ich war überrascht. Ich hatte einfach angenommen, daß Stan, der sich und das Baby völlig abgekapselt hatte, Christina ins Heim oder zu irgendwelchen widerlichen Verwandten abschieben würde, sobald er wieder jemanden gefunden hätte. Aber gleichzeitig fühlte ich einen Knoten im Bauch, etwas wie Bestürzung: Wenn sie sie liebten, war sie nicht meine Christina, sondern ihre Tina; und vor meinen Augen fielen eine Anzahl Luftschlösser in sich zusammen.
„Es ist alles in Ordnung, sie ist hier. Sind Sie Liz? Tina hat mir von Ihnen erzählt. Ich bin Louise Hodnet, Tinas Tante. Janets Schwester. Tina hat irgendwie herausgefunden, wo ich in Lon-

don wohne und ist hierher gekommen. Es geht ihr wirklich gut, sie ist nur heiser und hat etwas Fieber. Und sie macht sich Sorgen um ihre Freundin Theresa."

Liz hatte immer wieder leise Töne ausgestoßen und sagte jetzt etwas zusammenhängender: „Oh, ihr Hals, das ist immer wieder ganz furchtbar – aber nein, sagen Sie ihr, sie soll sich wegen Theresa keine Sorgen machen, sie hat bei ihren Eltern angerufen... Louise? Louise ist richtig, oder? Ja, Stan hat mir erzählt... aber nicht... Haben Sie sie ins Bett gebracht, und wie hoch ist das Fieber?"

„Kein Grund zur Sorge, meine Freundin Diana und ich sind beide examinierte Krankenschwestern... Was zum Teufel –?"

Ich legte schnell meine Hand über den Hörer, denn vom unteren Treppenabsatz war ein beängstigender Krach zu hören, als ob auf der Türschwelle ein Straßenkrawall ausgebrochen wäre, und schlagartig wurde mir klar, daß unser heutiges Treffen bei uns stattfand. Zwölf bis vierzehn Leute würden hier um sieben Uhr hereinströmen. Wie um Gottes willen konnten wir verhindern, daß Christina sich zu Tode ängstigte?

Ich nahm meine Hand von der Muschel. „Einen Moment – Liz, können Sie einen Moment dranbleiben? Es ist jemand an der Türe."

Ich legte meine Hand wieder auf den Hörer. „Di!" Ich schrie, und sie war bereits unterwegs, denn sie hatte den Krach an der Haustür auch gehört. „Sie müssen woanders hingehen – es tut mir leid, aber sie sollen machen, daß sie von hier verschwinden, ich bekomme nicht jeden Tag so hohen Besuch."

„Ich weiß, ich sag ihnen, sie sollen sich verpissen." Sie öffnete die Tür, und es gelang ihr gerade noch, die Arme abwehrend auszubreiten und den Krach und die Leute daran zu hindern, sich im Flur auszubreiten. Die Hand auf der Muschel hörte ich, wie Liz' Stimme mit jedem „Hallo – hallo – hallo?" lauter wurde. Ich wartete, bis Di für Ruhe gesorgt und die Leute mit den Armen wedelnd die Stufen hinunter getrieben hatte, so daß das Gemurmel verstummt war und ich mich wieder hören konnte.

„Liz? Es tut mir leid, es sind ein paar Freunde zu einem Treffen gekommen, aber sie sind wieder gegangen."

„Sie sind noch dran! Bleibt sie bei Ihnen? Stan sagt, wir sollten sofort hinunterfahren und sie holen, aber ich weiß nicht, ob sie ...“
„Nein, machen Sie das nicht. Es wird ihr gut gehen, ich werde mich ein, zwei Tage um sie kümmern, bis es ihr wieder besser geht. Es ist auch schön, nach all der Zeit mit ihr sprechen zu können.“ Ich mußte so etwas wie einen Anspruch erheben, wie klein dieser auch immer sein mochte, um klarzustellen, daß die Fluten über Tina nicht einfach wieder zusammenschlagen würden, als ob nichts passiert wäre. „Können Sie mir noch einmal sagen, nur damit ich sie beruhigen kann, was mit Theresa ist?“
„Theresa? Ach, sie hat sich in London verirrt, wie es scheint, und Tina ist mit einem Zug weitergefahren, in den sie aus irgendeinem Grund nicht einsteigen konnte. Also hat sie eine Weile gewartet, für den Fall, daß Tina zurückkäme, doch dann hat sie Panik bekommen und einem Schaffner, der gerade vorbeilief, alles erzählt. Der hat ihr geraten, am besten ihre Eltern und Tinas Eltern anzurufen, dann würde schon alles wieder gut werden. Ihre Eltern waren natürlich überglücklich zu hören, daß es ihr gut ging und sagten ihr, sie solle mit dem nächsten Zug zurückfahren. Aber wir hingen in der Luft; wir haben die Polizei angerufen, aber die –“
„Die ...?“ Ich hörte, wie Di die Treppe heraufkam und die vordere Türe zuknallte. Sie blieb einen Augenblick neben mir stehen, bevor sie zu Tina ins Wohnzimmer zurückging.
„Aber die taugen heutzutage auch zu gar nichts mehr, sie haben nur gesagt. ‚Fünfzehn ist sie?‘ als ob jede Fünfzehnjährige samstags einfach mal so nach London fährt, und wir sollten uns doch schön wieder in unseren Sessel setzen, als sei nichts passiert ... Immerhin haben sie gesagt, wir sollen noch einmal anrufen, wenn sie bis zehn nicht zurück sei.“ Sie hielt inne, und ich wußte nicht, was, was ich als nächstes sagen sollte. Sie holte Luft und fuhr fort: „Sie haben gesagt, sie würden sich um sie kümmern? Sie sind Krankenschwester? Sie sind ihre Tante?“
„Ja, ich bin Janets Schwester.“
„Und – Sie sind – Ihnen geht es gut? Entschuldigen Sie – nein,

Stan –", sie schien um den Besitz des Hörers zu kämpfen – „Mit Ihnen ist alles in Ordnung, oder?"
Ich wußte, was sie damit sagen wollte, und ich war wütend, aber gleichzeitig verstand ich ihr Dilemma. Sie *mußte* diese Frage stellen – aber wenn sie Bescheid wußte, warum hatte sie Stan dann nicht dazu gebracht, es Tina zu erklären? Oder hatte sie – hatte er das? War Tina deshalb hier?
„Ja, ich arbeite ganztags als Krankenschwester, meine Freundin und ich werden uns um Tina kümmern, bis es ihr besser geht. Es gibt keinen Anlaß zur Sorge. Hören Sie, können wir es für jetzt dabei belassen? Ich rufe in ein paar Stunden noch einmal an, wenn sie uns etwas mehr erzählt hat. Vielleicht will sie dann auch mit Ihnen reden. Es ist alles in Ordnung, wirklich." Bevor Stan Zeit hatte, Liz den Hörer wieder abzunehmen, sagte ich: „Ich rufe dann später wieder an. Um neun rum. Auf Wiederhören." Ich legte auf und ging schnell ins Wohnzimmer.
Als ich das Zimmer betrat, streckte mir Diana ihren Arm entgegen. Sie kniete neben Tinas Stuhl auf dem Boden. Tinas Kopf hing auf ihre Brust hinab, als ob sie ihn nicht mehr aufrecht halten konnte, und ihre Augen waren fast geschlossen. Diana legte ihre Hand auf Tinas Stirn und sagte: „Da ist Louise wieder. Sie wird dir sagen, was mit Theresa los ist." Sie wandte sich an mich. „Über 39 Grad, fürchte ich. Und total durch den Wind." (Was so viel heißen sollte, wie: Delirium.) „Ich glaube, wir sollten Ram holen."

Neuntes Kapitel

Wieder und wieder erwachte sie schweißgebadet nach einem furchterregenden Traum. Sie fiel und fiel in den finstersten, feuchtesten und bodenlosesten aller Abgründe; ihr Körper war verzaubert, auf groteske Weise verzerrt – jedesmal, wenn sie sich aufsetzte, drohten ihre Eingeweide aus ihrer Haut herauszukriechen; ihre Finger und Zehen fühlten sich so aufgeweicht und angeschwollen an, daß sie sich wie gelähmt vorkam, doch konnte sie mit ihren eigenen Augen sehen, daß sie noch normal groß waren. Sie schwitzte, bis ihre Haut sich aufzulösen schien. Sie war sich vage bewußt, daß Louise oder Diana von Zeit zu Zeit die Laken und die ausgeliehenen Schlafanzüge und Nachthemden wechselten. Sie sagte: „Es tut mir leid, es tut mir leid", immer und immer wieder, und sie phantasierte, daß sie in einem waschautomatisierten Himmel lebte, die Wände voller Wäschetrockner, die unablässig frischgewaschene Laken ausspuckten.
Von Zeit zu Zeit, wenn sie sich aufgesetzt hatte und an einem Glas Fruchtsaft nippte, begann ihr Verstand wieder zu funktionieren, und es hämmerte in ihrem Kopf: Brief – Brief – Brief. Diana – mit den hellen Haare und der lustigen Stimme, die öfters lächelte (Louise hatte dunkle Haare und saß länger bei ihr am Bett) – Diana hatte gesagt, jemand hätte ihr einen Brief geschrieben. Ihre Tante schrieb ihr einen Brief. Louise war ihre Tante. Dieselbe Louise? Louise sah nicht aus, als wäre sie ein Tante. Was war eine Tante? Theresa hatte Tanten (Theresa! Nein, es war alles in Ordnung, Louise hatte gesagt, daß es Theresa gut ging), und diese wiederum hatten Babies, heirateten und gingen auf Taufen. Und Liz hatte Tanten in Stockport, die ihr die letzten beiden Jahre Talkumpuder zu Weihnachten geschickt hatten. Und Paps hatte einen Bruder in Neuseeland, der „sich eine Frau gefunden" hatte. Diese mußte also auch eine Art Tante sein.
Louise hatte ihr einen Brief geschrieben? Wie konnte man einen Brief an jemanden schreiben, den man nicht kannte? Was

könnte in einem solchen Brief stehen? Die Fragen verwandelten sich in ihrem Kopf von Hämmern in Schlagbohrer, sie brannte innerlich, und ihre Hände schwollen wieder an, aufgeschwemmt und steif und ...
Louise kam, nahm ihr das halb leergetrunkene Glas aus der Hand und sagte, sie solle sich wieder hinlegen und schlafen.

* * *

LOUISE Anfangs wußte ich nicht, wie wir es mit einem Vollzeitpatienten zu Hause schaffen sollten. Aber Diana hatte den nächsten Tag frei, und ich bat um ein paar Tage Sonderurlaub. Ab dem vierten Tag hatte ich sowieso frei, Tinas Fieber war zurückgegangen, und sie begann, etwas Festes zu essen. Ram kam am ersten Abend, und ich ließ ihn eine Blutprobe nehmen, denn die Drüsen an ihrem ganzen Körper waren geschwollen, und ihr Gesicht hatte das typische Aussehen eines Hamsters. Rams Anruf bestätigte unsere Annahme, daß es sich um Drüsenfieber handelte.
Mein Hauptziel während der ersten beiden Tage war, Stan und Liz daran zu hindern, herzufahren. War das egoistisch? Aber ich wollte unbedingt die Zeit haben, zu Tina einen Draht zu bekommen. Di stimmte mir zu, daß sie nie verstehen würden, wie verletzlich sie in diesem Zustand war, unfähig, mit ihren Ängsten und Unklarheiten zurechtzukommen. Am wichtigsten war mir, herauszufinden, wieviel sie wußte, wenn überhaupt. Und sollte sie überhaupt nichts wissen, mußte ich ihr vorsichtig die Informationen nahebringen, wegen derer sie schließlich hergekommen war. Ich wollte, daß sie lange genug blieb ... lange genug für was? Lange genug vielleicht, daß sie die Informationen und das Grauen in sich aufnehmen und beides auf ein – nun ja, erträgliches Maß bringen konnte. Ich wußte, daß ich es ihr langsam beibringen mußte, und vielleicht würde Stan auf der Schwelle stehen, bevor ich fertig war. Ich rief sie dauernd an und gab Zustandsberichte; fast immer war Liz am Apparat und das Bild, das ich mir von ihr machte, paßte zu der Art und Weise, wie Tina von ihr sprach: etwas schusselig, aber warm und herzlich. Nur gelegentlich

spürte ich etwas wie Besitzansprüche und Vorwürfe in ihr aufblitzen, aber das kam wahrscheinlich auf direktem Wege von Stan.
Über eines war ich mir im klaren: Ich mußte es Tina überlassen, die Dinge in Bewegung zu setzen, die entsprechenden Fragen zu stellen. Es bedurfte meiner ganzen Pflegeerfahrung, mich unter Kontrolle zu halten, aber ich durfte auf keinen Fall – *auf keinen Fall* – so vorpreschen, wie bei Janet.
Am nächsten Morgen rief die halbe Anti-Apartheid-Gruppe an und wollte wissen, was zum Teufel los war, und warum sie vorigen Abend derart rausgeschmissen worden waren; als sie von meiner seit langem verlorenen Nichte erfuhren, klangen sie überrascht von der Vorstellung, daß ich Familie hatte, murmelten etwas von wegen, wie sie sich für mich freuten, und erklärten mir dann die Details über die nächsten Demos vor der Botschaft, in vollster Überzeugung, daß wir trotz allem aufkreuzen würden. Nur Jess und Red verstanden, worum es wirklich ging. Sie kamen am Sonntag rüber, legten ihre Füße hoch und lasen uns aus der Wochenendausgabe vor, während wir immer wieder mit Schüsseln und nassen Handtüchern und leichtem, süßen Tee zu Tina hinübergingen. Red legte eine Woody Guthrie Platte auf, und die durchdringenden Töne von „Grand Coolie Dam“ und „This Land is your Land“ schwebten über uns wie eine Warnung und ein Segen, während wir hin und her liefen.
Montag und Dienstag nacht bemerkte ich, daß sie bedeutend leichter schlief. Als ich am Mittwoch morgen zu ihr hinein ging, sah sie bereits um einiges besser aus, und obwohl das Fieber zwangsläufig wieder kommen und gehen würde, hatte sie die erste und schlimmste Phase überstanden. Sie setzte sich auf, schaute schuldbewußt und verlegen drein und sagte:
„Oh – wieviel Uhr ist es?“
„Ungefähr acht. Hast du Lust auf Frühstück? Was ißt du morgens normalerweise?“
„Äh – Corn Flakes oder Crispies oder so etwas. Aber egal – ich esse alles, kein Problem.“
Ich hatte in weiser Voraussicht eine Packung Haferflocken für den Augenblick gekauft, an dem sie wieder essen würde und

wollte eben nach unten gehen, sie zu öffnen, als sie mich zurückrief.
„Louise ... ich kann sprechen! Ich habe die ganze Zeit keinen Ton herausgebracht, oder? Es tut mir leid, aber wie lange bin ich schon hier? War ich arg krank?"
Ich setzte mich zu ihr aufs Bett. „Es ist Mittwoch morgen, und du bist Samstag nachmittag hier angekommen."
„O nein!" Sie richtete sich erschreckt auf. „Wissen Paps und Liz, daß es mir gut geht?"
„Ja, ich habe jeden Tag mit ihnen telefoniert und erzählt, wie es dir geht. Es klingt ganz so, als ob du heute selbst mit ihnen sprechen könntest, jetzt, wo du deine Stimme wiederhast."
„Was – was ist los mit mir?"
„Du hast Drüsenfieber."
„Drüsen ...! Zwei Mädchen aus der Sechsten hatten das letztes Jahr."
„Es ist auch eine der häufigsten Krankheiten bei Mädchen in deinem Alter. Wie steht es jetzt mit deinen Drüsen?" Ich legte eine Hand auf ihren Hals. Sie zuckte und entspannte sich dann.
„Ja, besser, aber immer noch leicht geschwollen. Wenn du gefrühstückt hast, kannst du dich im Wohnzimmer in einen Sessel packen, damit du etwas anderes zu sehen bekommst."
Ram kam nach seiner morgendlichen Sprechstunde auf einen Sprung vorbei und erklärte, es ginge ihr bedeutend besser. Nach einer Scheibe Honigbrot zum Mittagessen hatte sie noch etwas geschlafen und war dann ins Wohnzimmer gekommen, wo ich gerade versuchte, einen Rundbrief zu entwerfen, der zu Spenden aufrief.
„Hast du etwas dagegen, wenn ich mich eine Weile hierher setze? Ich mag das Feuer."
„Fühl dich wie Zuhause, ich hol dir eine Decke. Möchtest du fernsehen?"
„Nein danke, ich möchte einfach nur hier sitzen."
Nachdem sie sich eingerichtet und eingepackt hatte, saß sie da und starrte in die Gasflammen. Ich saß ihr gegenüber und überlegte, was zum Teufel ich sagen sollte. Sollte ich sie fragen, wie es ihr ginge oder ob sie irgend etwas wollte? War ich

ihre Krankenschwester oder ihre Freundin oder ihre Tante oder, was dem Gefühl nach im Augenblick wahrscheinlicher war, eine völlig Fremde?

* * *

Sie schien eher zu schweben, als zu gehen, und als sie sich hinsetzte, hatte sie das Gefühl, auf einer Wolke zu sitzen und nicht in einem Sessel. Sie mußte ein paar Dinge herausfinden. Was? Dinge. „Louise, du bist die Schwester meiner Mutter, stimmt's?" Ihre Stimme schien nicht aus ihrem Kopf zu kommen – sie war weit entfernt und hallte nach.

„Ja, das bin ich."

Das war jedenfalls ein Anfang. „Und sie hieß Janet, und sie starb, als ich zwei war."

„Ja."

Was jetzt? „Hast du, hast du sie damals oft gesehen?"

„Du meinst, als sie krank war?"

„Ja – hast du sie im Krankenhaus besucht?"

„Ja, das habe ich."

In ihrem Kopf tauchten jetzt Fragen auf, wie Goldfische nach Futter. „Wo haben wir damals gewohnt – Paps und ich?"

„Ihr habt in einem Haus in Ilford gewohnt, bis Janet gestorben ist – das liegt noch etwas weiter außerhalb von London als Leytonstone. Dann nahm Stan dich mit fort, und ich wußte nicht wohin."

„Paps hat dir nicht gesagt, wohin wir gingen?"

„Nein – unsere beiden Seiten der Familie kamen nicht besonders gut miteinander aus."

Natürlich – sie mochten sich nicht.

„Also – also hast du mich überhaupt nicht gekannt? Als ich in Il... Ilford war?"

„Doch, als du noch ganz winzig warst. Aber dann bin ich viel unterwegs gewesen, hier und im Ausland."

Sie lehnte sich auf ihrer Wolke zurück. Eine sehr bequeme Wolke. Es gab Dinge, die sie herausfinden mußte. Und sie fand sie heraus.

Ein weiterer Goldfisch kam an die Oberfläche. „Habe *ich* sie

im Krankenhaus besucht, weißt du das? Bevor sie gestorben ist?"
„Ich glaube nicht. Ich denke schon, daß sie dich sehen wollte, aber sie wußte auch, daß das Krankenhaus dich aus der Fassung gebracht hätte."
Oh – oh! „Wollte sie? Sie wollte mich sehen?"
„Sie hat zu mir gesagt: ‚Ich hoffe, daß es Christina gut geht. Ich vermisse sie ganz schrecklich.'"
Gut. *Gut.* Tina fühlte sich stärker, robuster: Sie blickte auf und sah Louise an, die ihr fest und rosig und menschlich gegenübersaß, ihr Pulli eine Mischung grellster Farben und ihre Hände auf den kräftigen Oberschenkeln. „Hast du... als sie starb, haben sie dich da zu ihr gerufen, wie in den Filmen? Saßt du an ihrem Bett, als sie starb?"
„Nein. Sie starb ganz plötzlich. Es konnte niemand bei ihr sein, weder dein Vater noch ich."
„Oh." Das war rätselhaft. Sie hatte angenommen... „Ich dachte nur – ich dachte, sie hätten dich hergeholt, damit du dich um sie kümmerst. Die Frau beim Fotografen – sie hat gesagt, daß ihre Mutter gestorben ist und daß du ganz toll warst." Jetzt war Louise verwundert. Sicherlich wußte Louise, daß es die Fotografin war, die...? „Wright & Glover", fügte Tina hinzu.
„Ach!" Jetzt wußte Louise, wen sie meinte. „Miss Glover? Du hast Anne Glover getroffen?"
„Sie hat gesagt, daß du dich um ihre Mutter gekümmert hast. Sie hat mich hierher gefahren. Ich hab ein Bild in der Tasche, ein altes Foto – ich habe es dorthingebracht, um rauszufinden, ob –"
Louise sprang auf. „Deine Tasche? Soll ich sie dir holen?" Tina nickte, außer Atem. Louise war einen Augenblick später wieder da, und als Tina erneut nickte, öffnete sie die Schultertasche und nahm den braunen Umschlag heraus und dann das Foto aus dem Umschlag. Dann – Tina war völlig überrascht, sie hatte keine Ahnung, was Louise vorhatte – legte sie Tasche und Bild hin, ging zur Kommode und nahm einen eigenen großen Umschlag aus einer Schublade. Sie sah hinein und nahm ohne zu zögern ein Foto in einem Kartonrahmen heraus – wie Tinas – und reichte es ihr.

Tina las laut vor: „Wright, Glover & Söhne, Spezialisten für Hochzeitsphotographien, High Road, Leyton E10." Es war eine Hochzeitsaufnahme, völlig identisch.
„Das war deine Spur, stimmt's? So hast du hierher gefunden?" Tina nickte. Es war ebenso gut, etwas zu erklären, wie etwas erklärt zu bekommen. „Es war Theresas Idee. Wir sind nur an der Liverpool Station getrennt worden. Hab ich dir das erzählt?"
Und es brach wie ein Wasserfall aus ihr heraus – daß sie sich ohne Theresa nie getraut hätte, wie dumm sie sich vorkam, wie begriffsstutzig, daß sie nicht daran gedacht hatte, daß sie nur den Namen Hodnet aus dem Sumpf in den Tiefen ihres Gehirns hätte ziehen und in einem Telefonbuch nachsehen müssen – aber schließlich hatte sie nicht einmal gewußt, *daß* ihre Mutter eine Schwester hatte, die Brautjungfer mit der Brille hätte ebenso einfach eine Freundin sein können, wie die andere.
Dann ließ ihre Stimme nach, und sie merkte, daß ihr Hals schon die ganze Zeit brannte. Sie war so damit beschäftigt gewesen, Louise alles zu erzählen, daß sie den Schmerz gar nicht wahrgenommen hatte.

* * *

LOUISE Sie legte sich schlafen wie ein Baby, und ich ging in die Küche hinüber, um mir etwas zu essen zu machen. Doch ich stellte plötzlich fest, daß ich keinen Hunger hatte. Ich war völlig verwirrt und hatte furchtbare Angst. Tina wußte nichts über CH; sie wußte nichts, aber sie ahnte etwas, und sie wollte, daß ich es ihr erzählte ... oder?
Als Diana um sechs Uhr nach Hause kam, hörte ich die untere Türe quietschen, ging zum oberen Treppenabsatz und brach in Tränen aus. Sie führte mich zum Sofa, und ich ließ alles aus mir herausbrechen – das ganze Zeug, das sie schon so oft gehört hatte, über mich und Janet und Janets Tod, wie durcheinander ich war, weil mir Tina so bekannt vorkam und doch so fremd, aber wie sehr ich dieses seltsame, folgsame und sich ständig entschuldigende Mädchen liebte. Am schlimm-

sten war die Angst, Angst davor, Tina die Informationen zu geben, die sie so unschuldig von mir verlangte. Angst – sie durchstürmte mich wie eine Bö bei Windstärke 10, eine Wut auf Tina, daß sie überhaupt hierher gekommen war. Aber ach, wie unbeschreiblich froh war ich gleichzeitig, sie hier zu haben.
Wir saßen zusammen auf dem Sofa, Diana hielt meine Hand und hörte geduldig meinem Gefasel zu, bis sie plötzlich warnend meine Hand drückte, und wir beide aufblickten. Tina stand in der Tür. Schnell setzte ich meine Brille auf.
„Es tut mir leid –", Jesus, wenn sie nur aufhören würde, sich dauernd zu entschuldigen! –, „aber glaubt ihr nicht – wo ich doch jetzt wieder sprechen kann, daß ich meinen Vater anrufen sollte?"
Ihr Augen waren sorgenvoll geweitet und glänzten, und sie sah aus, als wäre ihr Vater der letzte Mensch, mit dem sie jetzt sprechen wollte. Diana stand auf. „Es freut mich, daß es dir besser geht, Tina. Möchtest du irgendwas?" Im selben Moment sagte ich: „Nein, es ist schon o.k., du brauchst nicht mit ihm zu reden, wenn dir nicht danach ist."
„Darf ich mich hinsetzen? Es ist nur – ich glaube, er ist wütend, daß ich hierher gefahren bin. Er wußte nichts davon – wir dachten, wir sind am Abend wieder zurück ... aber das habe ich euch schon erzählt, oder?"
„Ja."
„Entschuldigung, es fällt mir schwer, klar zu trennen, was wirklich passiert ist und was sich nur in meinem Kopf abgespielt hat. Kommt das, weil es mir nicht gut ging?"
Sie setzte sich hin und sah wieder etwas entspannter aus. Diana fragte sie, ob sie Hunger hätte und ging in die Küche. Tina blickte mich an und bemerkte, daß ich geheult hatte. „Hab ich – hab ich dich irgendwie aufgeregt –? Ich mach euch nur Arbeit und Sorgen ..."
Ich stand auf und zog die Vorhänge zu, damit sie mich nicht länger ansehen mußte. „Nein, wirklich nicht. Ich kann dir gar nicht sagen, wie froh ich bin, daß du hier bist." Ich drehte mich um und setzte mich wieder. „Janet war meine einzige Schwester, und seit sie gestorben ist, habe ich viel an dich ge-

dacht und gehofft, daß wir uns eines Tages kennenlernen würden."
„Du wolltest mich wirklich kennenlernen? Du hast nichts dagegen, daß ich hier bleibe?"
„Überhaupt nicht, es ist wunderbar. Du kannst bleiben, so lange du willst."
„Weißt du, wann es mir besser gehen wird? Du hast gesagt, ich hätte Drüsenfieber, oder?"
„Das stimmt. Das ist keine gefährliche Krankheit, aber in der Regel kommt und geht das Fieber noch eine ganze Weile, also mußt du ziemlich lange auf dich aufpassen."
„Also – Tage? Oder Wochen? Oder..."
„Wochen wahrscheinlich. Das ist sehr unterschiedlich."
„Willst du damit sagen, daß ich dann morgen noch nicht heim kann oder übermorgen?"
„Ich glaube, es ist besser, wenn du noch hierbleibst. Willst du denn unbedingt nach Hause?"
Ihre Verwirrung war nicht zu übersehen. „Ich – ich weiß nicht. Es ist so komisch, daß ich hier bin – aber wenn Paps..." Dann nahm sie sich zusammen und erinnerte sich an meinen Namen.
„Louise – klang Paps wütend, als du mit ihm telefoniert hast? Verletzt, oder irgendwas?"
„Ich glaube, er ist eher verdutzt als wütend. Und er macht sich natürlich Sorgen um dich. Meistens habe ich mit Liz gesprochen."
„Haben sie gefragt, warum ich hier bin?"
„Ich habe zu ihnen gesagt, daß ich keine Ahnung habe. Warum bist du hier?"
Die Antwort kam ohne Zögern. „Weil niemand mit mir über meine Mutter reden will."
„Mit mir hat auch niemand über meine Mutter gesprochen", antwortete ich. „Deshalb wollte ich dir schreiben."

Zehntes Kapitel

Tina hörte, was Louise gesagt hatte: „Mit mir hat auch niemand über meine Mutter gesprochen", und sie wußte nicht so recht, was sie damit anfangen sollte.
Was? Was hatte denn Louises Mutter zu tun mit...? „Deine Mutter?" Sie forschte tief in ihren Gedanken, auf der Suche nach der Frage, die sie hatte stellen wollen. „Louise... als ich hier angekommen bin, Diana – hat sie es dir erzählt? Sie hat etwas davon gesagt, daß du mir einen Brief geschrieben hättest."
„Ja, ich habe einen Brief entworfen, um ihn dir zu schicken, falls ich herausfände, wo du steckst."
„Um ‚Hallo, ich bin deine Tante...' zu sagen? Oder um mir zu erklären, warum die beiden Seiten der Familie nicht miteinander auskommen und warum Paps mich fortgenommen hat, oder..."
In der Türe bewegte sich etwas, und eine Hand näherte sich Tina mit einem Teller Rührei mit Erbsen. Dianas Hand. Tina balancierte den Teller auf ihren Knien. Eigentlich wollte sie nichts essen, aber sie gab sich Mühe und spießte ein paar Erbsen auf ihre Gabel.
Louise hatte seit einer Ewigkeit nichts mehr gesagt – oder waren es erst ein paar Sekunden?
Louises Mutter – *das* war es gewesen. „Mit deiner Mutter war es das gleiche? Ist sie auch gestorben? Warum wollten sie nicht über sie sprechen?"
Warum atmete Louise so komisch – in schnellen Stößen.
„Tina, meine Mutter starb an der gleichen Sache wie Janet. Es liegt in der Familie."
Also das war es. „Oh, ich verstehe." Eines jener namenlosen, störenden Puzzleteile, das die ganze Zeit in ihrem Kopf herumgeschwommen war, glitt an seinen Platz.
„Ich vermute", fuhr Louise schnell atmend fort, „daß sie Angst hatten, darüber zu reden, weil wir uns sonst Sorgen machen könnten, es selbst zu bekommen."

Natürlich.
„Und das könnte auch passieren?“
„Ja.“
Louise zog ihre Knie an ihre Brust und umschlang sie mit ihren Armen.
Es gelang Tina, noch ein paar Erbsen zu essen. Diana schien die Küchentür geschlossen und das Radio angestellt zu haben: Sie konnte die fröhliche Erkennungsmelodie von ‚The Archers‘ hören.
Dann wurde ihr auf einmal sehr heiß, und sie hatte das Gefühl, daß ihr Gehirn plötzlich auftaute und in Strömen herausfloß. Sie mußte ihren Teller festhalten, damit er nicht von ihren Knien rutschte. „Wie hast du es herausgefunden? Wie heißt es? Wie ist es? Wahrscheinlich bekommst du es, und ich, und dann ...“
Louise unterbrach sie. „Nein – nein, nicht unbedingt. Hör zu – es wird Chorea Huntington genannt. Ich habe einen Haufen Informationen darüber – ich werde sie dir in den nächsten Tagen zeigen, wenn es dir gut genug geht. Du wirst das wahrscheinlich ziemlich furchtbar finden. Aber du hast versucht, mich zu finden, also nehme ich an, daß du Bescheid wissen willst.“
„Ja – oh, ja! Es war schrecklich, nichts zu wissen – im ganzen Haus erinnert rein gar nichts an sie – kein Hochzeitsalbum, kein Bild auf dem Kaminsims –, sie sprechen so gut wie nie über sie. Als ob sie nie existiert hätte. Ich habe mir überlegt, vielleicht hat sie etwas Fürchterliches getan, ist mit einem Mann davongelaufen oder hat ein Verbrechen begangen – weswegen Paps sie so sehr haßte. Er schien so – verängstigt, jedesmal, wenn ihr Name fiel. Nicht Wut oder Trauer – Angst.“
„Ja.“
Tina nahm einige Bissen aus schierer Aufregung und schluckte sie unter Schmerzen hinunter. Das kostete viel Kraft und ihre Gedanken begannen wieder einzufrieren. Louise war sehr still.
„Hast du noch andere Fotos von ihr, Louise?
„Viele“.

„Als sie noch ein Baby war, und ein kleines Mädchen, und erwachsen?"
„Ja, eine ganze Tasche voll."
Sie konnte es kaum glauben. „Und du wolltest, daß ich komme?" Plötzlich stockte sie. „Wird Paps anrufen, was meinst du? Oder sollten wir ihn anrufen?"
„Vielleicht sollten wir ihn anrufen", antwortete Louise, „damit du dir vorher überlegen kannst, was du sagen willst, und ich nehme den Hörer, sobald du genug hast."
„Kann ich, kann ich einfach nur sagen, daß es mir besser geht, aber daß ich noch eine Weile hierbleiben muß, und du erklärst ihm, warum ich hierhergekommen bin? Wenn er fragt?"
„Ja. Tina, hast du genug von dem Ei? Du siehst aus, als ob du von allem genug hättest."
Sie reichte Louise ihren Teller. „Ja – aber ich muß mit ihm reden. Ich muß einfach mit ihm reden."
„Oder Liz? Würdest du lieber mit Liz sprechen?"
„Nein, ich glaube, ich rede besser mit ihm." Etwas dröhnte immer noch in ihrem Kopf. „Wie hieß sie noch? Diese Krankheit? Hun...?"
„Chorea Huntington. C-h-o-r-e-a."
„Oh."
Später, nachdem sie das Telefongespräch mit Paps hinter sich gebracht hatte – er hatte sehr steif und nett geklungen, sie sein Schneewittchen genannt und ihr gesagt, sie solle alle Anweisungen des Arztes befolgen und sich keine Gedanken über Schularbeiten machen –, lag sie im Bett, erschöpft, aber viel zu aufgedreht, um schlafen zu können. Sie fühlte sich sehr erleichtert. Sie hatte Louise zugehört, und es war, als ob ihr ein Licht aufgegangen wäre. Die Finsternis glich der Qual des vorenthaltenen Wissens: Jetzt war das Licht der Wahrheit über sie gekommen, und sie sonnte sich darin.
Also *deswegen* hatte Paps solche Angst gehabt. Also *deswegen* sprachen sie nicht über Janet. Und Louise würde ihr auch all die anderen Sachen erzählen, die sie wissen wollte. Es würde keine Angst mehr geben, denn alle Unwissenheit würde beseitigt sein. Wenn sich irgendwelche Probleme ergeben würden, würde ihr Louise helfen, sie zu lösen. Louise hatte Paps

und Liz am Telefon erklärt, daß sie gerne am Sonntag auf einen kurzen Besuch vorbeikommen könnten, daß aber Tina – laut Dr. Ram-soundso – noch mindestens zwei Wochen oder mehr hierbleiben solle. Dann war Liz ans Telefon gekommen und war so lieb und zärtlich gewesen, hatte erzählt, wie Georgie herumrannte und „Wo Tinker! Will Tinker!“ schrie, daß sie Louise den Hörer zurückgeben mußte, weil ihr die Tränen das Gesicht hinunterliefen.

Ihr kamen jedesmal wieder die Tränen, wenn sie nur daran dachte, aber mittendrin trieb sie plötzlich in den Schlaf und erwachte nicht vor dem nächsten Morgen.

Am Morgen fühlte sie sich erstaunlicherweise viel besser – fast menschlich, mit einem klaren Kopf. Ihre Arme taten kaum noch weh, als sie sich zum Sitzen hochstemmte, und die dicken Schwellungen in ihrer Leistengegend und ihren Achselhöhlen waren zurückgegangen.

Sie sah sich um. Das Zimmer war nur spärlich möbliert – ganz offensichtlich ein Gästezimmer. Wieviele Zimmer es in dieser Wohnung wohl gab? Die schweren, groben Vorhänge waren zugezogen; durch einen Spalt in der Mitte konnte sie sehen, daß es langsam hell wurde. Ob es geschneit hatte, während sie krank gewesen war? (Sie hatte Georgie versprochen, ihm dieses Jahr seinen ersten Schneemann zu bauen, auch wenn er nicht so recht verstanden hatte, worum es ging, denn er konnte sich an den Schnee im letzten Jahr nicht mehr erinnern.) Unter dem Fenster stand eine Kommode mit drei absonderlichen halbmenschlichen Gestalten aus Holz darauf, die sie an Fernsehsendungen über abgelegene Regionen Afrikas erinnerten. Dem Bett gegenüber stand ein rot angemalter Holzstuhl, auf dem ihre Jeans und ihr Pulli lagen, und auf dem Boden waren Bastmatten ausgebreitet. Als sie erneut die Webereien an den Wänden betrachtete, sah sie, daß sie einige Ähnlichkeiten mit Bildern hatten: Wenn sie ihre Augen halb geschlossen hielt, konnte das Bläuliche schneebedeckte Berge sein, und das Rotorangene ganz hinten sah aus wie ein nächtliches Freudenfeuer, das außer Kontrolle geraten war. Ihr fiel ein, daß überall im Wohnzimmer Berge von Stickgarn und Taschen voller verschiedener Wolle herumgelegen hatten, und

so nahm sie an, daß entweder Diana oder Louise diese aufgehängten Webstücke – oder wie auch immer sie genannt wurden – gestaltet hatten.
„Chorea Huntington." Sie sprach es laut aus. Es klang wie Korea, jene Gegend, in der es vor Urzeiten Krieg gegeben hatte. Und wie Karriere, Job, Zukunft. *Zukunft*! Zukunft – ihre Zukunft – Tinas Zukunft – Tinkers Zukunft!
Sie warf ihre Arme in die Luft – sie schmerzten, also ließ sie sie wieder fallen, aber sie hatte das Bedürfnis, sie über ihrem Kopf hin und her zuschleudern – Tinkers *Zukunft*! Eine halbe Minute. Janet ... Tinker, Chorea Huntington.
Janet hatte es, Janets und Louises Mutter hatten es, sie – Tina – konnte es bekommen. Oder könnte sich Sorgen machen, es zu bekommen. Wie hatte sich Louise ausgedrückt? „Sie haben Angst, wir würden uns Sorgen machen, es auch zu bekommen." – „Sie", das waren Paps und Louises Familie. „Und das könnte auch ..." passieren? Und Louise hatte „Ja" gesagt.
Wie? Wann? Wie war das? Wie groß war die Möglichkeit, es zu bekommen? Wahrscheinlichkeiten – in Mathe hatten sie Wahrscheinlichkeitsrechnen gehabt. Wider alle Erwartungen war Tina recht gut in Mathe. „Ein Mann hat in seiner Schublade fünf blaue Socken, vier braune Socken und sechs grüne Socken. Berechne die Wahrscheinlichkeit, daß die erste Socke, die er an einem düsteren Morgen auswählt (a) grün, (b) braun, (c) blau ist." Wie düster war jener Morgen? Welche Socken lagen oben auf dem Haufen, wieso fünf Blaue – war eine in der Wäsche verloren gegangen oder hatten seine Racker sie ihm geklaut, um mit ihren Puppen ‚Der Weihnachtsmann und der Nikolausstrumpf am Kamin' zu spielen?
Louises und Janets Mutter war ihre Großmutter, Oma Hodnet. Sie hatte es gehabt, Janet hatte es gehabt. Das ergab eine recht hohe Wahrscheinlichkeit.
Sie wurde unruhig und stand auf. Das Nachthemd, das sie trug, kannte sie nicht: Wieviele Nachthemden und Schlafanzüge hatte sie in den letzten paar Tagen aufgebraucht? Louise hatte gestern gesagt, es sei Mittwoch. Heute war Donnerstag. Liz und Paps würden am Sonntag zu Besuch kom-

men. Liz hatte gesagt, sie würde Mavis Sumption oder vielleicht April, Klein-Jakobs Mutter, bitten, sich um Georgie zu kümmern.

Der karierte Bademantel lag auf dem Bett, als sei er vorübergehend in Tinas Besitz übergegangen, also zog sie ihn an und ging auf den Flur hinaus. Es war niemand in der Küche, aber aus dem Wohnzimmer kamen Stimmen. Sie ging zur Tür und klopfte; die Stimmen verstummten und Diana sagte: „Herein?"

Louise war nicht da. Tina wäre fast wieder einen Schritt zurückgetreten – Diana machte sie ein klein wenig nervös, sie war freundlich und herzlich, aber irgendwie trotzdem unnahbar. Aber Diana war nicht allein. Sie saß in dem großen Lehnstuhl und wandte sich um, um Tina zu begrüßen. Zwei Männer, ein Farbiger und ein Weißer, saßen auf dem Sofa.

Diana legte ihre Näharbeiten zur Seite und stand auf. „Oh, hallo Tina, du bist aufgewacht. Ich habe Jess und Red gerade von dir erzählt. Tina – Jess – Red."

„Hallo, Tina", sagten die beiden Männer und standen auf. Der Weiße war groß und breit, der Farbige klein und schmal. Es war schwierig, festzustellen, wie alt sie waren – älter als Liz, jünger als Paps.

„Äh, hallo Jess – Red. Red wie ...?"

Der farbige Mann grinste. „Ja, ich bin Red wie rot und trotzdem schwarz." Er klang amerikanisch, wie beim *Denver Clan*. Sie setzten sich wieder.

Tina hätte fast gesagt: nicht schwarz – braun, aber sie wußte, daß das unhöflich gewesen wäre. „Ist Louise da?"

„Nein", antwortete Diana, „sie arbeitet heute. Sie hat Frühschicht, also wird sie kurz nach dem Mittagessen wieder da sein. Ich bin ab zwei Uhr dran, und Red und Jess arbeiten in einem Restaurant und fangen erst später an. Sie kommen aus den USA, ursprünglich. Möchtest du dich hinsetzen? Etwas frühstücken?"

„Oh – ich esse in der Küche, wenn ihr zu tun habt."

„Nein, das geht in Ordnung, ich hole dir eine Schüssel Cornflakes, und du kannst hier im Warmen sitzen."

„Nun, natürlich nur, wenn *wir* dich nicht stören", sagte der

Weiße, Jess. Seine Stimme klang nicht nach *Denver* – er betonte immer zwei Silben, wo man eigentlich nur eine erwartet hätte.
„Nein – nein, wirklich nicht.“
„Sind Cornflakes o.k.?“ wollte Diana wissen. „Du siehst besser aus. Hast du Hunger? Ich werde dir eine große Schüssel richten.“
Tina setzte sich und fühlte sich sehr aufgeregt. Sie wollte fragen: „Ihr kommt also aus Amerika?“, aber gleichzeitig sagte Jess: „Ich habe gehört, du hast Ziegenpeter?“, und sie mußte ihn bitten, es zu wiederholen, denn sie hatte ihn nicht verstanden. Er meckerte wie eine Ziege und drückte seine Hände zu Fäusten geballt an seinen Hals. „Hattest du solche Schwellungen?“
Sie lachte. Oh schön, er war nett. „Ich glaube schon. Ich habe nicht in den Spiegel geschaut, ich habe mich nicht getraut. Aber es hat sich so angefühlt.“
„Als ich neunzehn war, hatte ich die Windpocken“, erzählte Jess. „Es hat überall wie verrückt gejuckt, aber die Leute haben nur gelacht und mich Kindergartenbub genannt.“
„Tina, du bist Louises Nichte?“ fragte Red. „Das ist wirklich schön für sie, kann ich mir denken.“
„Habt ihr hier Verwandte, oder sind sie noch immer drüben in Amerika?“ fragte Tina und nahm eine große Schüssel mit gezuckerten Cornflakes von Diana entgegen, die sich ihr gegenübersetzte.
„Jess’ Eltern und meine Mutter sind daheim in den Staaten“, antwortete Red. „Also sehen wir sie nicht so oft.“
Jess fügte hinzu: „Wir sind seit 1967 hier, also halten wir uns für Eingeborene.“
Eingeborene hatte Oma Pearson die Schwarzen in ihren Vorträgen über den Zustand der Welt genannt, aber Tina verstand ihn. „Ihr klingt immer noch wie Amerikaner. Diana, hast du etwas dagegen, wenn ich dich frage, wo du herkommst. Woher kommt dein Akzent?“
„Ich komme aus Belfast“, antwortete Diana. „Nordirland. Ulster. Die sechs Grafschaften. Der Norden Irlands.“
Aus unerfindlichen Gründen konnten sich Red und Jess vor

Lachen nicht mehr einkriegen. „Verzeih uns, Tina“, sagte Red, als er sich beruhigt hatte. „Wir sind unhöflich. Aber jedes Wort, das Diana gesagt hat, ist eine Art politische Erklärung.“
Diana schien Tinas Verblüffung bemerkt zu haben, denn sie fügte hinzu: „Du wirst dich hier öfter mal mit Politik konfrontiert sehen, fürchte ich, aber wir werden uns bemühen, es auf ein Mindestmaß zu reduzieren.“
„Oh. Wann, hast du gesagt, kommt Louise zurück?“
„Ungefähr um halb zwei.“
„Oh.“ Verlegen mampfte sie ihre Cornflakes.
„Hör zu, Red“, bemerkte Jess und stand auf, „vielleicht sollten wir uns lieber auf die Socken machen. Diana und Christina werden einiges zu bereden haben.“
Einen Augenblick lang hatte Tina gehofft, sie – und auch Diana – würden gehen, und Louise würde bald zurückkommen. Aber als Jess *Christina* sagte ... „Du hast ‚Christina‘ gesagt! So nennt mich sonst fast niemand. Das ist nett. Hat Louise euch erzählt, daß ich so heiße?“
„Ja“, sagte Jess und setzte sich wieder. „Sie hat erzählt, daß ihre Schwester ein kleines Mädchen gehabt hätte, aber sie wisse nicht, wo das kleine Mädchen lebt, und sie würde sich total freuen, sie eines Tages kennenzulernen. Und dann stehst du plötzlich hier vor der Tür.“
Tina aß ihre Schüssel leer und lehnte sich zurück. „Sie hat über mich gesprochen?“ Sie hatte das Gefühl, der Umfang ihrer Existenz hätte sich von einem Augenblick auf den anderen verdoppelt.
„Ich wußte nicht einmal, daß ich eine Tante habe, bis ich eine Frau auf einem Foto entdeckte, die meine Tante hätte sein können – das Hochzeitsfoto meiner Eltern. Natürlich habe ich auch von Diana nichts gewußt.“ Es war unhöflich, so viel von sich selbst zu reden, also fragte sie: „Geht ihr zwei manchmal nach Amerika zurück, um eure Verwandten zu besuchen, oder kommen sie hierher?“
„Nun, eigentlich nicht“, sagte Red. „Wir haben sozusagen den Kontakt zu ihnen verloren.“
„Das ist furchtbar, den Kontakt zu der eigenen Familie zu ver-

lieren, oder?“ bemerkte Tina. „Vielleicht findet ihr sie ja wieder?“
„So wie du Lou gefunden hast? Nun, ich weiß nicht. Aber vielleicht doch.“
„Aus welcher Gegend Amerikas kommt ihr? Ich kenn mich da nicht so besonders gut aus – ich weiß nur die Sachen, die ich im Fernsehen gesehen hab.“
„Red kommt aus Brooklyn – das ist ein ärmerer Stadtteil von New York, verstehst du?“ antwortete Jess. „Und ich komme von weiter südlich, aus der Gegend von North Carolina.“
„Oh – *Carolina moon, keep shine…*“ Tina versuchte zu singen, aber ihre Stimme brach, und sie mußte schlucken. „Mein Vater singt manchmal, wenn er gute Laune hat.“
Diana bemerkte: „Ich habe mir deinen Vater nicht als einen Mann vorgestellt, der singt“, und wieder hatte Tina das Gefühl, daß es in dieser Wohnung seit Jahren um ihr Leben gegangen war. „Los, Red, erzähl Tina von dir und der Bande, und was ihr damals, als ihr jung wart, auf dem Parkplatz für ein Chaos angestellt habt. Sie wird Augen machen.“

* * *

LOUISE Im Dienst hat mich Kieran nach Tina gefragt, und ich habe ihn etwas ins Bild gesetzt; ich klang fast so, als würde ich eine Fallgeschichte beschreiben, aber als ich bei Janets Tod anlangte, bin ich ausgerastet. Er hat mit gesagt, ich solle mir Zeit lassen. Laß dir Zeit. Später bekam er mit, wie mir eine Flasche Desinfektionsmittel runterfiel und in klebrige, scharfe Teile zerschmetterte. Er kam zu mir herüber und brachte mich dazu, mich hinzusetzen und eine Tasse Kaffee mit ihm zu trinken.
„Ich werde ungeschickt“, habe ich geheult.
„Du bist zittrig von Kopf bis Fuß“, war seine Antwort. „Hast du gestern etwas fallenlassen? Oder vorgestern?“ Ich gab zu, daß ich das nicht hatte. „Na also“, sagte er. „Jeder schmeißt mal eine Flasche um.“
Als ich nach Hause kam, fand ich zu meinem Erstaunen alle vier schwatzend vor. Tina hatte zu Mittag etwas Käsebrot mit

ihnen gegessen, und die Atmosphäre hatte mehr von einer Party als von einem Genesungsheim. Ich hatte den Eindruck, daß sich Tinas Gesichtszüge für einen Augenblick zusammengezogen hatten, als sie mich sah – als ob ich für sie die Überbringerin schlechter Nachrichten sei, aber das kann ich mir auch eingebildet haben.

Für Di war es Zeit, direkt in ihre Uniform zu schlüpfen und zum Dienst zu gehen, und auch Jess und Red verabschiedeten sich; sie würden am Samstag wiederkommen, um den restlichen Text für den Rundbrief abzuholen. Ich schmierte mir ein Brot und setzte mich zu Tina.

„Geht es dir gut? Überhaupt nicht müde? Klasse. Aber denk bloß nicht, du wärst schon über den Berg, denn das bist du noch nicht."

„Red und Jess sind nett", sagte Tina. „Das waren die ersten Amerikaner, die ich kennengelernt habe. Geht ihr miteinander, oder so?"

„Nein – Red und Jess leben zusammen, so wie Diana und ich zusammenleben."

Tina fragte: „Hast du die Fotos von Janet? Einen ganzen Haufen davon, hast du gesagt."

Ich holte den Umschlag, kniete mich neben sie, und wir sahen die Fotos gemeinsam durch.

„Das ist sie als Baby."

„Oh, ist sie nicht...! Sie sieht ein bißchen aus wie Georgie am Anfang. Nur daß sie überhaupt nicht miteinander verwandt sind. Bist du das? Wieviel jünger als sie bist du?"

„Fast zwei Jahre."

„Wie alt bist du jetzt?"

„Achtunddreißig."

„Also wäre sie jetzt vierzig. Paps ist sechsundvierzig."

„Weißt du eigentlich", fragte ich sie, „warum dein Paps dich nicht nach Teesside mitgenommen hat, als er London verlassen hat?"

„Teesside? Ah, jetzt weiß ich, was du meinst – dort haben Oma und Opa gewohnt, bevor ich geboren wurde. Aber Opa ist mit sechzig pensioniert worden, und sie sind nach Chester zurückgegangen, wo Oma aufgewachsen ist."

„Ah, ich verstehe! Ich war in Teesside und habe versucht, dich zu finden, vor acht Jahren."
Sie sah von den Bildern auf, den Bildern der vierjährigen, sechsjährigen, achtjährigen Janet, Janet beim Picknick und Janet am Strand. Sie schien erstaunt und verwirrt.
„Ich wünschte, du hättest mich gefunden. Warum hat Paps – war es nur die – hatte er Angst, du würdest..." Tina schwieg einen Augenblick lang, seufzte und wandte sich wieder den Fotos zu.
„Ich werde dich das alles später fragen. Wer ist diese Frau hier?"
„Das ist unsere Tante Chris. Sie hat sich um Janet und mich gekümmert, nachdem unsere Mutter ins Krankenhaus mußte."
„War sie nett? Hat Janet mich nach ihr benannt, was meinst du?"
„Ja", sagte ich, „Tante Chris war klasse. Ihr voller Name lautete Christine, also hat Janet deinem ein ‚a' hinzugefügt, damit euch niemand verwechselt."
„Lebt sie noch? Hat sie es auch bekommen?"
„Nein, sie ist nach einem Schlaganfall gestorben, und sie war die Schwester meines Vaters, nicht meiner Mutter. Mein Vater ist vor zehn Jahren gestorben. Ich glaube, es gab mütterlicherseits eine ganze Reihe von Verwandten, aber mit ihnen hatten wir nie etwas zu tun. Einmal habe ich jemanden getroffen, der – der sie gekannt hatte."
Ich hielt inne, bevor ich aussprechen konnte, was ich eigentlich hatte sagen wollen, aber ich glaube nicht, daß sie es bemerkt hat.

* * *

Tina setzte sich in ihrem Bett auf und sah sich das kleine grünweiße Faltblatt an, das Louise ihr gegeben hatte. Auf der Vorderseite war ein großes, grünes Fragezeichen; in großen schwarzen Buchstaben stand darübergedruckt: ‚Was ist CH?' Sie öffnete es und fand vier kleine Seiten voller Fragen und Antworten. Was ist CH? Warum heißt es Chorea Huntington?

Ist es heilbar? Ist es ansteckend? Wie wird es verursacht? Woran ist es zu erkennen?
Sie überging die letzte Frage und arbeitete sich in umgekehrter Reihenfolge durch die anderen nach vorn. „Vom genetischen Aspekt abgesehen, ist die genaue Ursache der Krankheit unbekannt." Weiter oben auf der gleichen Seite: „CH ist eine Familienkrankheit. Wenn das fehlerhafte Gen in einer Familie vorkommt, kann jede Person (männlich oder weiblich gleichermaßen) in der direkten Vererbungslinie mit der Wahrscheinlichkeit 1 von 2 betroffen sein." Das war die Wahrscheinlichkeit. 1 von 2. 50 zu 50. „Gibt es Heilverfahren? Es werden riesige Fortschritte gemacht..., aber bis zum jetzigen Zeitpunkt läßt sich das Problem der Ursache, Eindämmung und Heilung von CH nicht lösen. Was ist CH? Chorea Huntington ist eine sich dominant vererbende Störung des Nervensystems. Dieser komplexe und ungeklärte Zustand endet mit dem Tod der Betroffenen ungefähr 10 bis 15 Jahre nach Ausbruch der Krankheit – die im allgemeinen (aber nicht immer) im mittleren Alter einsetzt.
Sie sah auf. 10 bis 15 Jahre? Janet konnte unmöglich zehn bis fünfzehn Jahre lang so krank gewesen sein, bevor sie starb: Sonst hätte sie nie geheiratet oder ein Kind bekommen. „Ausbruch der Krankheit, die – im allgemeinen (jedoch nicht immer) im mittleren Alter einsetzt." Janet mußte zu den „nicht immer" gehören. Ob die rapide Verschlechterung ihres Zustandes und ihr Tod noch durch das „durchschnittlich" in der Zeile darüber abgedeckt war?
Tina zwang ihre Augen, zu dem ersten Abschnitt mit dem Titel „Woran ist es zu erkennen?" hinüberzugleiten. Sie las: „Die offensichtlichsten Symptome sind unkontrollierte, ruckartige Körperbewegungen (der „Veitstanz"), ein Verlust motorischer" (motorischer?) „Kontrolle, eine veränderte Gangart, Konzentrations- und teilweise Erinnerungsschwierigkeiten. Der Ausbruch der Krankheit ist jedoch gradueller und schleichender Natur. Oft werden frühe Symptome falsch interpretiert (z.B. als Alkoholismus). Parallel zu den physischen Anzeichen und diesen manchmal sogar vorausgehend, kann es zu Persönlichkeitsveränderungen kommen; eine lebhafte

Person verfällt in Lethargie, eine ruhige Person neigt plötzlich zu aggressiven Ausbrüchen. Es kann die Tendenz zu mangelnder Orientierungsfähigkeit bestehen, wie auch zu unmotiviertem Herumlaufen oder einer Mißachtung der Gefühle oder der Sicherheit anderer Menschen. Wenn die Krankheit ausgebrochen ist, ist ihr Fortschreiten unaufhaltsam und ..."

Das Faltblatt fiel aus Tinas zitternden Händen und blieb auf der Decke liegen. Janet war so gewesen – einst ruhig oder lebhaft, aber dann lethargisch und aggressiv, sie war aufs Geratewohl umhergelaufen, wie Julia Staincrafts Großmutter, die mitten in der Nacht aus der Altenpflegestation des großen Krankenhauses weggelaufen und den Bahndamm hinuntergefallen und von einer Diesellok überfahren worden war. Janets und Louises Mutter hatten sich so verhalten; die ganze Verwandtschaft ihrer Mutter (nein, die *halbe* Verwandtschaft ihrer Mutter) hatte sich so verhalten. Louise mochte – nein, würde sie nicht; wenn Janet es gehabt hatte, würde Louise davonkommen. Aber sie, Tina – sie war alleine. Es konnte ihr passieren, oder auch nicht. Ihre Kinder mochten ... Ein halbe Minute. Sie wischte sich die Augen und nahm das Flugblatt wieder in die Hand. „CH ‚überspringt' keine Generation, das heißt, die Tatsache, daß Großmutter oder -vater die Krankheit hatten, bedeutet keine unmittelbare Gefahr für die Enkel, wenn das Gen nicht durch eines der Eltern vererbt wurde."

„Louise!" rief sie. Ihre Stimme klang so heiser, wie sie es vor einigen Tagen gewesen war.

Louise war sofort an der Tür und öffnete sie schnell. „Hast du mich gerufen? Ich bin in der Küche am Teigkneten. Einen kleinen Moment, ich wasche mir die Hände." Sie ging wieder und kam einige Augenblicke später zurück. „Oh, du hast es gelesen. Ich dachte, du sparst dir das bis morgen früh auf."

„Nein, ich wollte es mir einfach mal anschauen. Diese Sache mit den Großeltern und den Enkeln, das verstehe ich nicht. *CH ‚überspringt' keine ...*"

Louise setzte sich auf das Bett. „Das heißt, wenn ich es nicht bekomme, würden meine Kinder, falls ich welche hätte, es

auch nicht bekommen, selbst wenn eines meiner Elternteile es hatte."
„Aber du bekommst es doch nicht, weil Janet es gehabt hat, und es bekommt immer nur einer von zweien."
„Nein, deswegen kann ich mir noch nicht sicher sein. Es ist nicht einer von zweien innerhalb einer Familie, der es bekommt, sondern jede einzelne Person bekommt es mit einer Wahrscheinlichkeit von 50 zu 50. Wenn einer der Eltern es gehabt hat."
„Oh!" Tina überlegte, ob sie das ganze Mathe-Kapitel über Wahrscheinlichkeiten mißverstanden hatte.
„Eine der großen Schwierigkeiten ist, daß die Leute in der Regel erst herausfinden, ob sie CH haben oder nicht, wenn ihre Kinder bereits auf der Welt sind."
„Ja, die Sache mit dem mittleren ‚Lebensalter'. Aber Janet..."
„Janet hat es ungewöhnlich früh bekommen. Sie... Aber ja, das war etwas, worüber ich mit dir reden wollte. Es gibt da einen Hoffnungsschimmer."
Tinas Herz machte einen Satz: Vielleicht zeichnete sich ein Heilverfahren am Horizont ab, eine magische Therapie, die dafür sorgte, daß sie es nicht bekam?
Louise fuhr fort: „Die Wissenschaftler sind fast soweit, daß sie mit einem Test herausfinden können, ob jemand CH hat oder nicht. Wenn ihnen das gelingt, werden sie dir raten können, ob du Kinder bekommen solltest oder nicht."
„Ja. Das wäre ein Fortschritt, ist mir klar." Ihr Herz rutschte ihr wieder in die Knie – sie verspürte wirklich ein körperliches Gefühl der Schwere in sich. Sie wollte Louise noch eine weitere Frage stellen, um zu zeigen, daß sie nicht aus der Fassung geraten war, aber ihr fiel nichts Passendes ein.
Louise nahm ihre Hand. „Es tut mir leid, Tina. Ich wünschte, ich könnte dir noch etwas anderes sagen, alles, nur das nicht. Aber es ist die Wahrheit, und wir wissen beide, wie es ist, wenn uns die Leute nicht die Wahrheit sagen. Wenn ich nach meiner Mutter fragte, wurde ich ohne Tee in mein Zimmer gesperrt."
„Ehrlich?" Sie konnte sich nicht vorstellen, daß Paps das tun würde, von Liz ganz zu schweigen. Ihr fiel noch eine Frage ein.

„Kann es sein, daß sie es heilen können, irgendwann – bevor ich so alt bin wie Janet?"
„Vielleicht. Sie arbeiten sehr hart daran. Sie können alles Mögliche heilen: TB, Diphterie, Scharlach ... – früher sind die Menschen zu Tausenden daran gestorben."
„Aber Krebs nicht. Du pflegst Leute, die das haben, oder?"
„Oh, eine ganze Reihe von Menschen, die Krebs haben, sterben nicht daran. Manche, andererseits, schon."
„Warum hast du so einen schrecklichen Beruf?"
Louise lachte. Tina wußte nicht so recht, warum. „Oh, das ist eine Art Versicherung, denke ich. Ich hoffe, daß sich jemand um mich kümmern wird, wenn ich mich in einem solchen Zustand befinde oder noch schlimmer dran bin."
„Du sollst nicht solche Dinge sagen! Ich finde dich wunderbar. Ich weiß, daß ich Menschen nicht so pflegen könnte – ich würde sie heilen wollen."
Erneut öffnete Louise ihren Mund, um etwas zu sagen, und schien es sich dann anders zu überlegen. Sie sagte: „Glaub ja nicht, daß ich so wunderbar bin. Ich kann manchmal ziemlich beschissen sein."
„Oma und Paps würden es nicht mögen, daß du so fluchst."
„Nein, darauf kannst du wetten. Tina – um ehrlich zu sein – ich bin total aufgeregt, weil dein Vater und Liz am Sonntag kommen."
„Du bist nervös? Oh, du hast gesagt, du und Paps, ihr seid nicht besonders gut miteinander ausgekommen."
„Stimmt, und nicht nur wegen des Fluchens. Liz hört sich allerdings sehr nett an."
„Liz ist toll. Aber – glaubst du, daß sie mich über all dies hier ausfragen werden? Ich möchte mit Paps nicht darüber reden – ich will nicht, ehrlich nicht, wenn er jedesmal so schaut, wenn ..." Sie spürte, wie Tränen ihre Wangen hinunterliefen und dachte verwundert, daß sie in den letzten Tagen wohl mehr geweint hatte als in ihrem ganzen bisherigem Leben zusammengenommen.
„Wenn sie ankommen", sagte Louise, „werde ich ihnen die Türe öffnen und ihnen als allererstes – bevor sie heraufkommen – erklären, daß Drüsenfieber die Gefühle der Patientin

durcheinanderbringt und du also in keiner Weise beunruhigt werden oder dich aufregen darfst. Ich werde das Schlachtroß Schwester Hodnet sein, wart's nur ab. Meine Patientin *steht unter meinem Schutz!* Jetzt aber noch ein paar praktische Dinge. Welche Klamotten, Bücher, Zahnbürsten und all solche Sachen sollen sie dir mitbringen, wenn sie kommen?"

Elftes Kapitel

Paps und Liz kamen am Sonntag, brachten einen riesigen quadratischen Schokoladenkuchen und eine Seite voller Gekritzel – Georgies Besserungswünsche – mit, und Liz drückte Louise den Kuchen in die Hand und schloß Tina fest in die Arme. Paps küßte sie auf die Wange; Louise schien ihn sehr nervös zu machen. Anfangs tat es gut, sie zu sehen; Liz war mit Tinas neuem Pulli fertiggeworden. Sie probierte ihn an und fühlte sich wohl darin. Ihr war, als kämen Paps und Liz von einem anderen Erdteil, aber nachdem sie eine Weile verlegen dagesessen und über dies und das geredet hatten, während Louise Tee hereinbrachte und den Schokoladenkuchen aufschnitt (auf den niemand so recht Lust hatte), begann die verschwommene Welt der Sutton Road für Tina langsam wieder eine zufriedenstellende Sicherheit anzunehmen. Liz wollte genau wissen, was der Arzt gesagt hatte, und ob er ein guter Arzt sei. Ihr Hausarzt Doktor Porter war etwas jung und „technik-orientiert", aber sein Herz saß am rechten Fleck, und als sie ihn angerufen hatte, um zu fragen, was es mit Drüsenfieber auf sich hatte, hatte er vier Minuten von seiner Praxiszeit geopfert und ihr alles bis in die Einzelheiten erklärt. Paps erzählte ihr, daß es zu Hause etwas geschneit hatte, er aber im Wetterbericht gesehen hätte, daß der Schnee noch nicht bis nach London gelangt sei; er fürchtete die schrecklichen Frosteinbrüche, die den River Dee einfroren; und die Leute tollten darauf herum, bis das Eis brach und sie ertranken. Liz' Informationen über das Drüsenfieber deckten sich weitgehend mit Louises. Demgemäß war Tina offensichtlich eine ganze Zeit lang nicht reisefähig, und Liz sagte, sie wäre dankbar, daß sich Louise so viel Mühe machte. Dann, innerhalb von Sekunden, war alles ein einziger Scherbenhaufen. Paps sagte nur: „Ja, natürlich sind wir sehr dankbar, natürlich sind wir das, aber es bedeutet eine Menge Arbeit für dich – oder? – also habe ich ein paar Decken ins Auto gelegt, nur für den Fall – „ und Liz sagte: „Stan! Das hast du nicht! Ich hab dir doch gesagt –“ und Tina sah, wie Paps’ Mund sich wie ein Schraubstock schloß, auf eine Weise, die sie immer erschreckt hatte, und plötzlich fürchtete sie sich. Sie begann zu schwitzen, und bevor sie recht wußte, was sie tat, stand sie auf, stolperte die Tür hinaus und murmelte: „Ich glaube, ich lege mich besser hin.“

Liz und Louise folgten ihr beide, aber sie sagte: „Nein, es ist alles in Ordnung“, so heftig, daß beide sofort ins Wohnzimmer zurückkehrten.

Sie lag da, atmete schwer und spürte, wie Hitzewellen sie durchfluteten. Ihr Kopf dröhnte. Paps und Liz – im Wohnzimmer – sprachen mit Louise... Worüber sprachen sie ? Über sie? Wie krank sie war, wie dumm sie war, wie undankbar sie war, wie...? Oder Janet, Janet krank, verrückt...

Verrückt, das wirst du, wenn du Chorea Huntington hast. Das ist der Unterschied zu anderen Krankheiten. *Chorea* konnte Parkinson sein oder Sydenham, hatte Louise gesagt, ebenso wie Huntington: Sie zeigten alle die gleichen bezeichnenden Symptome, das „Zittern“. Aber Huntington ist anders, denn du wirst verrückt und ins nächste Irrenhaus gesperrt. Oh, natürlich sprach das niemand aus – Louise redete von „Gehirndegenerierung“, und im Faltblatt wurde andauernd von „Persönlichkeitsveränderungen“ und einer „Tendenz zur Desorientiertheit“ geschrieben – aber was es wirklich bedeutete, war, daß du verrückt wirst, durchgeknallt, durch den Wind, ballaballa, wahnsinnig.

Zwei oder drei Tage lang hatte Tina gedacht, sie könne sogar glücklich sein. Sie hatte geweint und geweint und ein wenig gelacht und viel geschlafen und wild drauflosgeplappert – oh, wie sie unaufhörlich geplappert hatte! Und jedesmal, wenn sie gesagt hatte: „Ich sollte nicht so viel reden“, war Louises Antwort gewesen: „Nein, das ist wunderbar“, und das war für sie Ansporn genug gewesen, weiterzuplappern. Es war, als ob sie die Titelrolle in einer megaerfolgreichen Tragikomödie spielte und unablässig vortrat, um den Beifall des Publikums entgegenzunehmen. Sie war aufgenommen, nicht toleriert oder akzeptiert – einfach aufgenommen.

Aber jetzt lag sie wieder schwitzend da, und sie wußte, daß

Louise sie wie eine ihrer Patientinnen behandelte. „Der Pflegedienst in einer Sterbeklinik“, hatte Louise erklärt, „unterscheidet sich von den Vorstellungen, die die Leute üblicherweise von Pflege haben. Das Ziel ist, daß der Patient sich nicht nur körperlich, sondern auch seelisch wohlfühlt. Das bedeutet, sich längere Zeit zu ihnen zu setzen, ihren Ängsten zuzuhören und ihnen zu helfen, damit fertigzuwerden, daß der Tod immer näherrückt.“ Also das war es, was Louise mit ihr tat: ihr helfen, sich mit ihrem baldigen Tod abzufinden, sich *abzufinden*? Zu welchen Bedingungen das wohl möglich war? Wie wirst du mit ihm handelseinig – wie kannst du mit dem Tod eine Abmachung treffen? Eine Abmachung wie: „Ich werde mich jetzt umbringen, wenn du mir Jahre des Wahnsinns ersparst.“

Undeutlich vernahm sie das Gemurmel von Stimmen aus dem Wohnzimmer. Sie redeten über sie, verplanten ihr Leben, schätzten ihren Krankheitsverlauf ab, fragten sich, welche altmodische Irrenanstalt sich überreden ließe, sie aufzunehmen, wenn sie schließlich durchdrehte. Würden sie das? Würden sie den Deckel eines jener für Menschen gemachten Abfallbehälter öffnen und sie hineinwerfen? Aber Louise war ihre Freundin – und Liz auch, Liz liebte sie –, Paps war ihr Vater, er würde nie... Aber er hatte sie auch die ganze Zeit ihren Großeltern überlassen. „Liebt er dich etwa nicht, oder was?“ Jedenfalls konnte niemand ertragen, eine Verrückte im Haus zu haben. Es wäre ihnen gegenüber nicht fair, nicht fair gegenüber Georgie. Georgie! Könnte Georgie es bekommen? Nein, er war nicht Teil der Erbfolge, war nicht Janets Sohn, das war in Ordnung. Aber Louise würde es bekommen, *könnte* es bekommen, ihre Chance stand ebenfalls 50 zu 50. Sie wußte also, wie Tina sich fühlte, sie würde sie nicht zum Abfall werfen... Aber Louise konnte auch wahnsinnig werden, sterben, und dann gäbe es niemanden mehr, dann würde niemand übrig bleiben, um sie zu retten.

Es war ein unerwarteter Trost, endlich wieder eines ihrer eigenen Nachthemden anzuhaben und ihre eigenen Sachen um sich zu haben: Sie streckte ihren Nacken und blickte zur Kommode hinüber, von der die afrikanischen Figuren entfernt

worden waren, und auf der nun ihre Sachen herumlagen: ihre Bleistifte, der Wasserfarbkasten und der Zeichenblock; ihre Plastikschachtel mit dem Lidschatten und ihr Deodorant, ein paar Bücher und eine Auswahl von Kassetten. Daneben lag ein kleines, in fröhliches Geschenkpapier eingewickeltes Päckchen, ein Geschenk von Theresa, hatte Liz gesagt: Was hatte sie ausgesucht, und ob wohl ein Brief dabei war?
Sie lehnte sich zurück – seltsamerweise ohne jede Neugier. Dann wurde sie doch neugierig, fühlte sie sich aber zu schlaff, um aufzustehen, das Päckchen zu holen und es zu öffnen. Worüber redeten die drei da unten miteinander? Die Stimmen wurden lauter, immer noch unverständlich, dann wieder leiser. Wurden wieder lauter, dann ein Augenblick Stille, dann ging die Tür zum Flur, schloß sich wieder, und im Flur waren Schritte zu hören, dann klopfte es an die Zimmertür.
„Wer ist da?"
„Ich bin's, Liebling, Liz."
„Oh, komm rein." Sie bemühte sich, sich aufzurichten, ließ sich aber wieder auf die Kissen zurückfallen, als Liz hereinkam, ihr über die Schulter strich und sich auf das Bett setzte.
Liz sah sie einen Augenblick wie verwirrt an und sagte dann: „Sie stehen auf Kriegsfuß miteinander, dein Vater und Louise, oder?" Sie ließ das Thema fallen und fuhr fort: „Fühlst du dich etwas besser, nachdem du dich hingelegt hast?"
„Ein bißchen. Ich habe gedacht, es ginge mir besser, und jetzt werde ich einfach wieder krank."
„Armes Schäfchen. Ich würde mich so gern um dich kümmern."
„Aber ich darf doch noch nicht wegfahren."
„Ich weiß. Ich habe es deinem Vater gesagt, aber hört er jemals zu? Louise macht das bestimmt einwandfrei, da bin ich mir sicher. Und ihre Freundin Diana, ist sie nett?"
„Oh ja, du würdest sie mögen. Sie strickt und webt ganz wunderbar, lauter solche Sachen."
„Tischdecken und so?"
„Nein, eher – nun, sie hat gesagt, ihre Arbeiten wären auch schon ausgestellt worden."
„Oh! Kunst meinst du. Es ist schön für Louise, eine Freundin

zu haben, nachdem sie sich entschieden hat, nicht zu heiraten."
„Hat sie das? Ich meine, war das nicht einfach... Oh, du meinst, daß sie keine Kinder möchte."
Liz spielte nervös mit der Goldkette an ihrem Hals. „Ich habe Stan immer gesagt, du müßtest Bescheid wissen, weißt du."
Tina wünschte sich, sie würde still sein. „Ich glaube, ich habe einmal gehört, wie ihr darüber gesprochen habt."
„Wirklich? Erst vor ein paar Wochen, als er die Grippe hatte? Ich *wußte*, daß du es gehört hattest. Ich habe es dir am Gesicht angesehen. Aber er wollte nicht. Er wollte einfach nicht."
„Vielleicht hatte er recht."
„Was?" Liz' Hände fielen herab.
„Vielleicht sollte niemand darüber reden. Dann wüßte ich es jetzt nicht." Die Tränen liefen ihr erst heiß, dann kalt die Wange hinab auf das Kissen.
„Oh, Tina Liebling, nicht. Ich weiß, es ist furchtbar, aber wir können doch..."
Sie zögerte, und Tina hätte fast gesagt: Wir können uns damit noch ein paar Jahrzehnte verderben, bevor es entweder passiert oder nicht passiert, aber Liz fuhr fort: „... kein Geheimnis daraus machen. Ich habe das gehaßt."
Ohne es wirklich zu wollen, antwortete Tina: „Ich auch."
„Es wäre doch möglich", sagte Liz schnell, „daß sie ein Heilverfahren entdecken, und wenn du nicht auf ihrer Liste stehst, werden wir nie davon erfahren. Und ich wußte, daß Janet Verwandte hatte – er hat es mir gesagt –, wieso solltest du sie nicht kennenlernen, hab ich gefragt. Er hatte kein Recht, dich daran zu hindern. Aber er hat gesagt, daß sie alle... Nun, sie hätten es wahrscheinlich alle inzwischen bekommen und würden dich verstören. Du hättest ihn in jener Nacht sehen sollen, letzten Samstag, als Louise angerufen hat."
„Was hat er gesagt? Wie hat er ausgesehen?"
„Oh, er war völlig aus der Fassung. Ich habe in meinem ganzen Leben noch nie so etwas gesehen. Er war höllisch wütend auf mich, weil ich gefragt habe, ob sie es bekommen hätte; nun, ich habe nicht wirklich gefragt, ich habe mir nur Gedanken gemacht, ob alles o.k. ist mit ihr und so. Aber ich habe

ihm geantwortet: ‚Nach allem, was du mir über sie gesagt hast, Stan Pearson, steht es dir gut an, so zu reden. Ich wollte nur wissen, ob sie fit genug ist, um sich um Tina zu kümmern, das war alles.‘ Und da ist sie nun, in voller Lebensgröße – nicht unser Typ vielleicht, aber eigentlich ziemlich in Ordnung –, ich will sagen, nichts, wogegen etwas einzuwenden wäre, wirklich nicht. Sie und diese Diana sind sehr eng befreundet, oder?“

„Ich weiß nicht – eigentlich schon, glaube ich“, murmelte Tina. Sie dachte, zum TEUFEL! Immer wieder ist IRGEND ETWAS! Du bist eben erst in das eine Fettnäpfchen getreten, Mutter/Janet, dann ist da das nächste – was war das, Himmel nochmal –, und sie fing an, genauso zu fluchen, wie Louise, nun, nicht ganz so doll – es hatte etwas mit Louise und Diana zu tun, damit, daß sie ‚eng befreundet‘ waren, nun, warum sollten sie nicht eng befreundet sein? War vielleicht etwas falsch daran, daß sie und Theresa eng befreundet waren?

Dann, sie wußte nicht, wie lange es still gewesen war, seit sie zuletzt gesprochen hatte, sagte sie abwehrend: „Vielleicht bekommt sie es überhaupt nicht, weißt du, Louise.“

„Wer bekommt es denn? Weißt du das, Tina? Ich meine, du bekommst es nicht auf jeden Fall, wenn deine Mutter es hatte?“

Liz’ Ausbruch gestammelter Fragen glich ihren eigenen an Louise.

„Die Wahrscheinlichkeit ist eins von zwei, 50 zu 50.“

„Also bekommst du es oder eben nicht. Und sie können das nicht voraussagen?“

„Nein, aber vielleicht sind sie dazu bald in der Lage.“

„Verstehst du, was ich sagen wollte! Du mußt mit diesen Leuten in Verbindung bleiben, mitbekommen, was sich tut. Es wird alles gut werden, Liebling, ehrlich.“

„Liz ...“

„Was ist, Liebling?“

„Du wirst dich um mich kümmern, ja? Ich meine, vielleicht kriegst du noch mehr Kinder und hast dann zu viel zu tun und ...“

Liz stand auf, und für den Bruchteil einer Sekunde dachte Tina, sie würde weglaufen. Aber sie lief nicht weg, sondern kniete sich neben das Bett, schob ihre Hände etwas unbeholfen unter Tinas Kopf, neigte sich vor und küßte sie. „Du bist ja ganz verweint. Natürlich werden wir uns um dich kümmern. Ich weiß, dein Paps ist ein bißchen komisch, aber er meint es gut, und er liebt dich, wirklich, das tut er. Er möchte nur dein Bestes, er hatte nur Angst, du würdest Angst haben, das ist alles."
„Liz –"
„Und du *hast* Angst, das ist nur normal, aber wir werden uns schon zurechtfinden, und es wird nicht dazu kommen, wahrscheinlich wird es sowieso nicht passieren, und du wirst erwachsen und so alt wie ich und dann alt und... Was ist?" Tina hatte an ihrem freien Arm gezogen. „Bin ich im Weg?" Sie nahm ihren Arm unter Tinas Kopf weg.
„Liz, warum mußte ich so lange bei Oma und Opa bleiben, weißt du das?" Ihr wurde plötzlich bewußt, daß die Antwort lauten konnte: „Weil ich dich nicht wollte, du wärst mir und deinem Vater im Weg gewesen", aber jetzt hatte sie davon angefangen, und ihr blieb nur noch die Flucht nach vorne. „Theresa hat gesagt, daß Oma und Opa mich vielleicht behalten wollten, aber sie werden doch älter und..."
„Oh, Himmel!" – Das war Liz' Äußerung, die einer Blasphemie am nächsten kam, auch wenn sie manchmal „Sch... Schade" sagte, wenn beim Backen etwas schief lief. „Was meinst du, worüber reden die beiden, dein Paps und Louise?" Sie lauschte, und Tina lauschte, und sie wußten beide, daß, während sie sich so aufmerksam miteinander unterhalten hatten, aus dem Wohnzimmer Wut, ja Schreie gedrungen waren.
„Nein, es hatte nichts mit ihnen zu tun, es war nur – nun, dein Vater wollte eine Pause, sagte er. Du warst bei deiner Oma gut untergebracht, sie würde dich mit der nötigen Strenge erziehen, sagte er. Du würdest dich langsam zum Teenager entwickeln, und darauf könnten wir verzichten, da wir gerade frisch verheiratet waren, und... ich wußte nicht genau, was er damit meinte, als er es sagte, aber er hat gesagt, daß du ohne

eine feste Hand wie die Schwester deiner Mutter werden würdest – wie Louise."

* * *

LOUISE Nachdem sie gegangen waren, wünschte ich mir, daß Di so schnell wie möglich heimkommen würde. Ich warf einen Blick in Tinas Zimmer und fand sie fest schlafend vor, also nahm ich das Telefon mit ins Wohnzimmer und rief Red an. Er fragte mich sanft, was geschehen sei. „Was war mit Liz – was für einen Standpunkt hat sie bei der ganzen Sache eingenommen? Sie hat darauf bestanden, daß Tina blieb? Nun, das sagt einiges über ihr Selbstvertrauen als Mutter, oder?"
Irgend etwas in mir zuckte getroffen. Red, der Mistkerl, merkte das sofort und fragte: „Lou? Liegt da das Problem? Es ist Feindschaft angesagt, und da paßt Liz nicht ins Konzept? Oh Lou – paß auf. Hör mal, ich muß weg – sollen wir morgen vorbeikommen?"
„Die verrückten Mortimers". So hatten die Leute die Familie meiner Mutter genannt, und das hatte Stan Pearson hervorgewürgt, neben einigen anderen Dingen. Jesus, ich glaube er verstand selbst jetzt noch nicht, was es mit CH auf sich hatte!
Ich überprüfte, ob ich meinen Schlüssel eingesteckt hatte, schnappte mir meine Jacke und rannte hinunter, auf die finster werdende Straße hinaus. Dichtester Nebel – oh, laß es schneien und die Sonne hell hervorbrechen! Ich zog meine Schultern hoch, stieß meine nackten Hände in meine Taschen und stapfte die Straße entlang. Hätte ich Tina eine Notiz hinterlassen sollen? Zur Hölle, sie würde sich zurechtfinden müssen.
Stan hatte mir Vorwürfe gemacht. Ja, er hatte mir vorgeworfen, es sei alles meine Schuld. Mit Janet wäre alles in Ordnung gewesen, bis ich mich eingemischt hätte. „In Ordnung!" rief ich. „Es ist wohl auch in Ordnung, wenn du denkst, du wärst verrückt, wenn du in Wirklichkeit eine ganz bestimmte, leicht diagnostizierbare Krankheit hast!" Vielleicht war sie ja nur... geistig krank, sagte er. Sie wäre so gewesen, seit das Baby auf die Welt gekommen war; manche Leute verhielten sich dann

einfach so. „Aber es war offensichtlich“, sagte ich. „Sie wurde unbeholfen, sie hat Sachen vergessen, sie – verdammt, Stan, du hast ihre Handschrift gesehen, oder etwa nicht?“
Und er explodierte.
Am Ende der Straße bog ich links ab; ich dachte, ich würde die Whipper Dross Road überqueren und den Pfad hinunter zum Hollow Pond nehmen und wieder zurück. Langsam spürte ich den Frost auf meinen Wangen.
Ich würde Tina verderben, sagte er. Er benutzte das Wort ‚pervers‘ nicht, aber ich spürte, wie es ihm auf den Lippen lag. Was wäre ihm denn lieber? Daß ich das ganze verdrängen und wie Janet heiraten und ein halbes Dutzend süße kleine CH-kranke Bambinos in die Welt setzen würde? Aber, hätte er gesagt, du hast doch die Wahl, oder? Ist es nicht praktisch, eine Lesbe zu sein? Verdammt nochmal, ich habe es mit Männern versucht, mit einer ganzen Menge, ich bin dabei fast verrückt geworden, und dann habe ich Di getroffen, und das war's dann, bis jetzt jedenfalls. ‚Verderben‘, mein Gott, bei manchen Menschen ist wirklich Hopfen und Malz verloren...
Bis ich halb um den Hollow Pond herum war, hatten sich Wut und Schuldgefühle etwas gelegt, und ich versuchte zumindest, Stan zu verstehen. Die alten Pearsons wollten den Lauf der Welt aufhalten, weil sie deren Bewegung irritierte, also war es kaum verwunderlich, daß Stan sich nur wenig von ihnen unterschied. Janet war ähnlich gewesen – in einem unerträglichen Maße allerdings –, jedenfalls für eine 21jährige wie mich, die auf das Leben einstürmte wie ein Stier auf ein rotes Tuch. Sie hatte Stan um der Sicherheit willen geheiratet. Ich sehe immer noch ihr kleines, schnuckeliges Vorstadthäuschen in Ilford vor mir, in dem die Sammelstücke auf dem Kaminsims täglich abgestaubt wurden und die Nachbarn „Pyjama-Partys“ feierten. Oh Gott. Und worüber hatte Stan heute nachmittag geredet, nachdem sich der Sturm gelegt hatte? *Doppelglasfenster.* Und er wohnte gerade mal auf der anderen Seite des Flusses bei Liverpool. Waren ihm die Probleme der restlichen Welt egal? Stan Pearsons Hobby, fiel mir ein, war Angeln – die Zuflucht der verängstigten Männer vor ihren Beziehungen.

Ich wollte eben den Weg am Teich verlassen, als ich bemerkte, daß ich ganz herumgelaufen war, ohne nachzusehen, ob er zugefroren war. Das Orange der Straßenlampen sickerte durch die kahlen Eichen hindurch; es erleuchtete den frostigen Nebel, und es glich einem düsteren bernsteinfarbenen Schleier, der über dem Teich schwebte.

Das gefrorene Gras knirschte unter meinen Füßen – es schien keine Substanz zu besitzen, und als ich mich umwandte, um den Teich zu betrachten, war er nur eine undurchdringliche, finstere Fläche. Dann mußte ich blinzeln: Ich sah, wie jemand auf das Wasser hinausschritt.

Es war ein einsamer, dünner, dürftig gekleideter Junge. Er bewegte sich, hielt inne, machte einen Schritt und verlagerte sein Gewicht; bewegte sich weiter, hielt inne, machte einen Schritt, verlagerte sein Gewicht.

Er stand auf dem Eis, und bisher hielt es.

Ich beobachtete ihn, in seine Kühnheit versunken. Eine Hälfte meines Gehirns drängte ihn weiter, verachtete seine Vorsicht und schob seine zögernde Gestalt vorwärts; die andere Hälfte wollte ihm zurufen: „Paß auf! Geh nicht!" Seine grünschwarze Silhouette bewegte sich rhythmisch durch die verschleierte, grau-orangene Luft. Jeder Bewegungsablauf glich aufs Haar dem letzten und dem nächsten – Bewegung, Pause, Schritt und Gewichtsverlagerung – Bewegung, Pause, Schritt, Gewichtsverlagerung.

In der bernsteinfarbenen Dunkelheit konnte ich nicht beurteilen, wie weit draußen er sich befand oder wo die Mitte des Teichs sein mochte, wo es am verräterischsten war. Jetzt wandte er sich langsam nach links. Er bewegte sich entlang einer Kurve – nein, jetzt war es ein Kreis – stets in dem gleichen, unveränderten Rhythmus. Er kehrte zurück, landeinwärts.

Als seine Füße über den Kiesel scharrten, stieß ich eine Wolke der Erleichterung in die Luft und ließ meine angespannten Schultern herabsinken.

Aber er ging nicht davon. Er setzte seinen gleichmäßigen Kreislauf auf dem knirschenden Gras fort, erreichte erneut seinen Ausgangspunkt und schritt wieder auf das Eis hinaus.

Oh Gott! Menschen! Männer! Ich fluchte und wandte mich wieder der Straße zu.
Es war nur noch eine kurze Strecke bis nach Hause, wenn ich den Pfad an der alten Kirche vorbeigegangen war, die jetzt einen Hindutempel beherbergte. Es waren nur wenige Leute unterwegs, und meine Schritte hallten rauh auf dem Pflaster. Was war, wenn Stan recht hatte und ich Schuld an allem war? Es war stets eine Erleichterung, mir diese Frage zu stellen. Aber ich würde nie wissen, wen die Schuld traf, was am Schluß in Janets Kopf vorgegangen war. Ich hatte mir zahllose Male vorgenommen, es dabei zu belassen. Es war zu einfach, mich damit zu kreuzigen – es war um einiges schwieriger, damit zu leben.
Es lag jetzt an mir, Tina daran zu hindern, den gleichen Weg einzuschlagen. Sie war mir erstaunlich wichtig geworden. Ja, erstaunlich: Hier war ich, ohne Vorwarnung mit meinem eigenen Fleisch und Blut konfrontiert, meiner einzigen Verwandten, und egal wie sehr sie sich von mir unterschied, ich liebte sie. Ich vergaß den Jungen, der auf dem Eis das Schicksal herausforderte, und legte die letzten paar Meter bis zu unserem Gartentor fast tanzend zurück.
Ich nahm meine Brille ab, damit sie nicht beschlug, sobald ich drinnen war, zog meinen Schlüsselbund aus der Hosentasche, stieg die Treppe hinauf und öffnete die Haustür. Als ich sie geöffnet hatte, hörte ich einen kurzen Schrei, und ich trat ein, um, ganz verschwommen, Tina zu entdecken, in ihrem Nachthemd, zitternd und durcheinander.
„Louise!“ Not und Furcht ließen ihre Stimme innerhalb von zwei Silben von einem Knurren zu einem Quieken ansteigen. „Es war niemand da – ich wußte nicht, wo du hingegangen warst – Ich dachte, du wärst vielleicht... Und was hätte ich dann tun sollen?“
Ich nahm sie in die Arme, führte sie zurück zum Bett und sagte mir, ich würde mich um sie kümmern. Es gab wirklich überhaupt keinen Grund, weshalb sie zu Stan und Liz zurückgehen, weshalb sie nicht in Leyton eine Schule finden und hier bei mir und Di bleiben sollte.

Zwölftes Kapitel

Endlich schneite es. Tina telefonierte mit Theresa und erfuhr, daß es auch zu Hause stark geschneit hatte, und so versprach ihr Theresa, in die Sutton Road hinüberzugehen und den Nachmittag damit zu verbringen, Tinker zu spielen und Georgie seinen ersten Schneemann zu bauen.

Theresas Briefe waren ein Segen. Jeden zweiten Tag kam einer: „Du glaubst es nicht – Smethurst ist schwanger! Stell dir Smetty mit einem Mann vor. Jedenfalls bedeutet das, daß sie ausziehen wird. Oder sie schleppt uns irgend so einen jämmerlichen Hilfslehrer an und taucht dann wieder auf, um uns mit ihren Schuldgefühlen zu quälen, weil sie ihren Engel im Stich gelassen hat. Bei der Versammlung heute morgen bestand Blakestaffs Predigt aus: ‚Die Zukunft ist trübe, betet ihr mit Mut entgegen!‘ Maggie neben mir murmelte: ‚Niemand liebt mich. Niemand mag mich. Ich glaube, ich werde WÜRMER essen‘, und der alte Blakestaff hielt sofort inne und sagte: ‚Wer schwatzt da bei den Neuntklässlern?‘ und sie dachte, er würde sie nach vorne zitieren und sie zwingen, es vor versammelter Mannschaft zu wiederholen. Aber er ist ein Angsthase, er hat sie hinterher nur ganz normal ermahnt. Kevin hat Bronchitis und hält Mama rund um die Uhr auf Trab mit seinem Keuchen. Hockey fällt wegen des Wetters ganz aus. Kevin geht es besser, aber er geht noch nicht wieder in den Kindergarten, und sein Herumgewinsel macht Mama wahnsinnig. Paps ist nach der Kirche noch bei Mrs. Jones vorbeigegangen – Mrs. Margery Jones, nicht Mrs. Alma Jones, Mrs. Alma war diejenige, deren Tochter bei dieser Spülmittelfirma zwei Wochen Miami gewonnen hat, Mrs. Margery ist die, die immer Strickröcke mit Laufmaschen trägt, ich hab sie dir einmal gezeigt, als wir über die Eisenbahnbrücke gelaufen sind, erinnerst Du Dich? Egal, jedenfalls hatte sie einen Schlaganfall und ist eben aus der Klinik entlassen worden, ihr Mann hat eine harte Zeit vor sich, er wird sie pflegen müssen, und Mama hat einen Kuchen gebacken, und Paps bringt ihn vorbei. Wow, ich bin beim zwölften Blatt Papier, was bin ich doch für ein Wundergirl!“ Und sie schickte ein Poster von Morton Harket mit und zwei 10-Pence-Gutscheine für eine Sorte Margarine, die Mama und Paps nicht mehr mochten, und vielleicht konnte Tinas Tante sie gebrauchen, wenn sie das nächste Mal einkaufen ginge.

Theresa fragte nicht direkt danach, wie es Tina auf ihrer großartigen Suche nach ihrer Mutter ergangen war. Sie schrieb nur: „Und, wie ist sie, Deine Tante? Rechthaberisch, wie meine Tante May, oder eher weich, wie Tante Lizzie?“ Tina schrieb kurz gefaßt zurück, ihre Tante sei nett, anders als sie erwartet hätte, aber nett, und es habe den Anschein, als sei ihre Mutter an einer ziemlich schrecklichen Krankheit gestorben, und sie werde ihr mehr darüber erzählen, wenn sie nach Hause käme. „Waren Deine Eltern wütend auf Dich, als Du zurückkamst? Du hast nichts erwähnt.“ Es war schwierig, sich klar zu werden, was sie noch schreiben sollte, also setzte sie sehr bald ihre Unterschrift darunter.

Da sie einige ihrer eigenen Kleider hatte, zog sie sich jetzt tagsüber fast immer an. Sie bemerkte, daß Louise und Diana ihre Dienstschichten um ihre Bedürfnisse herum organisiert hatten, denn eines Tages sagte Diana zu Louise: „Ich glaube, wir können sie jetzt manchmal alleine lassen, Lou.“ Sie schlief immer noch viel und verbrachte einen großen Teil ihrer wachen Zeit in einer stumpfen Geistesverfassung, mit einem Kopf voller Nebel – nichts schien zu passieren, aber sie wußte, daß es, sollte doch etwas passieren, unangenehm sein würde. Es war in Ordnung, zu weinen – sie gewöhnte sich an ihr Weinen; aber diese Verdrießlichkeit, dieses Gejammer und Trübsalblasen – das war neu. Erst als Louise ihr versicherte, daß das normale Symptome des Drüsenfiebers seien, hörte sie auf, sich vorzustellen, daß sie als ein Mensch wie Debra Haliburton in die Schule zurückkehren würde, als ein Mensch, der die ganze Zeit herumstöhnte, eine Aussätzige, die niemand mochte.

Es gab Zeiten, in denen sie etwas Interesse an der Welt aufbringen konnte, und sie fing an, Bilder zu zeichnen: anfangs kleine Skizzen ihres Zimmers, dann eine Schneelandschaft, die sie zeichnete, als sie auf dem hohen Küchenstuhl am Wohnzimmerfenster saß. Darauf waren im Vordergrund die Sträucher am Ende des winzigen Rasens zu sehen (der Garten gehörte den Evanses unter ihnen, erklärte ihr Louise, und sie und Diana durften im Sommer dort ihre Wäsche aufhängen) und im Hintergrund die schneebedeckten Dächer und die Eichen des Gemeindeparks. Dann versuchte sie, ein paar von Dianas Webbildern abzuzeichnen und aus jedem einzelnen so etwas wie ein erkennbares Bild zu machen. Schließlich ertappte Diana sie dabei und interessierte sich sofort dafür, aber Tina bat sie, damit allein bleiben zu dürfen. Sie hatte Louise nicht weiter nach Janet und CH gefragt. Sie behielt das grünweiße Faltblatt unter ihrem Kopfkissen – es zerknitterte immer mehr –, und manchmal las sie es für sich durch. Meistens hatte es kaum eine Bedeutung, und sie las es, wie sie die Poster an der Wand in Doktor Porters Wartezimmer lesen würde, die darüber informierten, daß Ärzte nicht mit einer simplen Grippe belästigt werden wollten und was du tun mußt, wenn du glaubst, eine Spezialbehandlung nötig oder Aids zu haben. Sie sagte sich: „Das bin ich – das könnte ich sein." Aber es schien nicht wirklich.

Wirklich dagegen war Janets Tod, der Tod ihrer Mutter. Sie stellte überrascht fest, daß eine tote Mutter zwar ein Teil ihres ganzen Lebens gewesen war, sie jedoch immer halb damit gerechnet hatte, daß Janet doch wieder auftauchen würde. Diese Erwartung hatte sich immer am Rande ihres Bewußtseins befunden, vergleichbar mit der Eintragung einer Freundin unter eine leere Seite eines Poesiealbums. „Dies ist das Bild einer Concorde, die eben über dem Horizont verschwunden ist."

Jede Erwartung, Janet zu sehen, hatte sich jetzt verloren. Sie war weg, sie war tot, sie existierte nicht. Selbst in ihren schwärzesten Augenblicken, wenn alles Gefühl bis auf eine allumfassende Mißmutigkeit aus ihr gewichen war, konnte sie stets eine Reaktion auf die Gewißheit des Todes ihrer Mutter spüren, und das war Erleichterung. Sie war erleichtert, all diese unlogischen Phantasien los zu sein, wie: „Was ist, wenn sie zurückkommt – wer würde mit Paps verheiratet sein, Janet oder Liz?" Und: „Was würde ich zu ihr sagen? Ich wüßte nicht, was ich fühlen sollte! Ich wäre so wütend auf sie, weil sie mich verlassen hat..." Dann fühlte sie sich schuldig, weil sie keinen Verlust empfand, weil sie nicht weinte über den Verlust dieser einzigen Person auf der Welt, die ihr gehörte und nur ihr. Aber sie hatte Liz, und jetzt hatte sie Louise, und selbst Paps war so etwas wie ein Gehsteig mit Schlaglöchern, auf dem sie lief, ohne zu denken, gelegentlich stolperte, aber wußte, daß er immer da war.

Manchmal, wenn sie alleine war, schlenderte sie durch die Wohnung und schaute sich um. Sie war klein, nur zwei Schlafzimmer – warum nutzten weder Diana noch Louise das Gästeschlafzimmer für sich? Und kein Eßzimmer. Überall an den Wänden hingen Dianas Arbeiten und Poster – Befreit Mandela jetzt! – Menschen brauchen Wasser, keine Waffen. Ausgaben des „Pflegespiegels" und die Infozeitung der „Freunde des Epping Forest Hospice" lagen herum, und es gab zwei große Bücherschränke voller Bücher, Broschüren und Zeitschriften, die meisten in unordentlichen Stapeln aufeinander gepackt. Tina warf einen Blick darauf, um zu sehen, ob sie sich das eine oder andere ausleihen könnte, aber es gab keine Unterhaltungsliteratur oder Science Fiction, nur ein paar Taschenbücher mit dem Aufdruck „Penguin Africa Library". Es gab keine dieser schweren Sachbücher wie „Die berühmtesten Reisenden der Welt" oder „Dein Körper: Nutzen und Mißbrauch", wie sie Paps und Liz auf den unteren Regalen stehen hatten.

Aber – ah, es gab Kunstbücher, große rechteckige Bände mit vielen Illustrationen: Degas, Leonardo, Hieronymus Bosch, Renoir. Die gehörten sicher Diana. – Diana trug schließlich auch kunstvolle Kleider, lange, gemusterte Röcke, einen Schal um den Kopf, Perlenketten, manchmal vier oder fünf gleichzeitig. Tina nahm den Band über Degas. Tanzende Frauen, badende Frauen, Frauen, die sich das Haar kämmten, nachdenkliche Frauen. Die Frauen waren nicht schön, aber die Bilder waren irgendwie hübsch.

Sie stellte den Band an seinen Platz zurück und beschloß, sich das andere Schlafzimmer anzusehen. Sie wollte nicht herumspionieren oder so, sie war nur neugierig. Louise und Diana

hätten sicher nichts dagegen, sie hatten nichts zu verbergen. Sie öffnete die Tür ein Stück, sah ein hohes Regal und einen Boden, auf dem überall Kleidungsstücke herumlagen. Sie schob die Tür ganz auf. Da stand ein Doppelbett mit zwei zerknautschten Steppdecken, eine Kommode unter dem Fenster, und überall Kleider und Bücher und Papiere.
Sie schloß die Tür wieder und ging schnell in ihr eigenes Zimmer. Ein Doppelbett. Das war's: Sie waren lesbisch. In der Schule gebrauchten sie das Wort als Schimpfwort – Lesbe – Wespe! Wie mochten sie es nur tun, wo doch keine von ihnen einen ...? Sie mußte Theresa fragen. Wenn Theresa es nicht wußte, würde sie in eine Buchhandlung gehen und nachlesen: „Freude an lesbischer Liebe" oder dergleichen.
Ja, Louise und Diana berührten einander mehr, als Menschen das sonst tun. Obwohl Red und Jess sie auch in die Arme nahmen ...? Wie dumm – sie hatte sich überlegt, daß Red Louise heiraten sollte: Louise hörte zu, wenn Red mit ihr sprach; und sie tat es mehr als bei allen anderen. Nun – wenn sie alle Homosexuelle oder Schwuchteln waren – sie hatte gehört, wie Paps sie Schwuchtel nannte – bekämen sie keine Kinder, was in Louises Fall wahrscheinlich sein Gutes hatte. Hatte Louise, vor Jahren, zu Stan und Janet gesagt, sie sollten keine Kinder bekommen? Hat es deswegen den Familienkrach gegeben? War Louise der Meinung, daß Leute mit CH nie Kinder bekommen sollten? Daß sie, Tina, nie mit einem Mann zusammensein und Kinder bekommen sollte?
Ihr Kopf füllte sich langsam wieder mit dickem Nebel. Sie zog ihre Jeans aus, schlüpfte unter die Steppdecke, lag einfach da und ließ die Tränen ihre Wangen hinunter aufs Kissen laufen, bis sie irgendwann zu fließen aufhörten und sie einschlief.
Sie schlief tief, und als sie aufwachte, fühlte sie sich besser. Sie sah auf ihre Armbanduhr. Es war viertel vor drei: nachmittags. Ob irgend jemand zu Hause war? Sie lauschte: Es war jemand da, sogar mehrere Leute. Sie stand auf und öffnete ihre Tür einen Spaltbreit. Männer- und Frauenstimmen kamen aus dem Wohnzimmer. Wer war das? Sie wollte nicht in eines dieser Südafrika-Dinger hineinplatzen. Sie lauschte aufmerksam: Dianas leichtes Belfaster Schnarren, Louises stärkerer Tonfall

und ein Mann – jetzt ein anderer – mit eindeutig amerikanischem Einschlag. Die Vier waren unter sich: Sie konnte sich anziehen und hineingehen.

Louise und Diana saßen auf dem Sofa und rutschten sogleich auseinander, so daß Tina sich zwischen sie setzen konnte. Red räkelte sich in dem großen Sessel, und Jess saß zu Reds Füßen, seine langen Beine fast bis zum Sofa ausgestreckt.

„Hey, du siehst schon viel fröhlicher aus“, sagte Jess. „Haben die Viren den Abflug gemacht?“

„Willst du einen Keks?“ fragte Louise und reichte Tina eine halbvolle Tüte Vollkornkekse. Tina bedankte sich und nahm sich einen, in der Hoffnung, daß ihr bald etwas Gehaltvolleres angeboten würde.

„Schau mal, Red“, sagte Diana, und setzte die Unterhaltung fort, die sie geführt hatten, bevor Tina hereingekommen war, „nenn mir nur einen guten Grund – gut in ihrem Sinne, meine ich –, weshalb sie Mandela zu diesem Zeitpunkt gehen lassen sollten. Ich bin überzeugt, daß sie einfach –“

„Hör auf, Di“, unterbrach Jess. „Wir langweilen Tina zu Tode. Lassen wir die Politik bis später.“

„Heiliger Jess“, bemerkte Louise und stand auf. „Tina, du hast noch gar nicht zu Mittag gegessen, wie wäre es mit gebackenen Bohnen auf Toast?“

Sie stand auf und ging in die Küche, und Red sagte: „Wir haben noch nicht viel über dein Zuhause erfahren, Tina, was du zu Abend ißt, was in deiner Schule so läuft, auf was du so abfährst.“

„Ich?“ Tina wurde rot. „Mein Leben ist völlig normal. Ein normales Haus, eine normale Schule... Du meinst, was ich in der Schule zu Mittag esse? Würstchen und Fritten normalerweise oder Beefburgers und Fritten und ein Becher Schulcola, das widerlich ist, und ein Stück Kuchen oder Pudding, wenn er gut ist. Oh, ihr eßt kein Fleisch, oder? Ich weiß nicht, was ihr mit dem Schulessen anfangen würdet, wenn ihr Vegetarier seid. Ein Sandwich mitnehmen, oder heimgehen, nehme ich an.“

Diana sagte: „Liz ist sicher eine gute Köchin, wenn sie mit Kuchenbacken Geld verdient.“

„Oh, das ist sie, ihr solltet ihre Steaks probieren, mit Nierenpast –“ Sie hielt beschämt inne, aber alle lachten. Um ihre Verlegenheit zu übergehen, sagte sie schnell: „Kann ich euch etwas fragen – über euch?“
„Schieß los. Halt nicht hinterm Berg.“
„Warum interessiert ihr euch alle so für Afrika?“
„Nun, hauptsächlich Südafrika“, antwortete Diana. „Ich nehme an, daß das die allergrößte Ungerechtigkeit ist – nicht wählen zu dürfen, zu einem viertklassigen Bürger gemacht zu werden, nur wegen der Hautfarbe, mit der du geboren worden bist. Aber wahrscheinlich sind das meine nordirisch-protestantischen Schuldgefühle ...“
Tinas Gedanken schweiften ab: Sie wußte um die Apartheid, sie hatte von all den Aufständen gelesen, aber was hatte das damit zu tun, daß Diana eine Protestantin aus Nordirland war?
„... ein schißhasiger Kriegsdienstverweigerer, das bist du doch, oder, Jess? – Du nimmst dich jeder Sache an, wenn sie nur dein Exil rechtfertigt. Zum Glück für Red; er ist der einzig echte Held unter uns, und das auch nur, weil ...“
„Ich glaube nicht, daß es das war, was du gemeint hast, Tina, oder?“ fragte Jess.
„Nein“, antwortete Tina und hoffte, er würde nicht fragen, *was* sie gemeint hatte.
Louise kam mit den Baked Beans zurück, reichte sie Tina und setzte sich. Sie fragte: „Worum geht es denn?“
„Ich wollte nur wissen, warum ihr euch so über Südafrika aufregt.“ Sobald sie „aufregt“ gesagt hatte, wußte sie, daß sie einen Fehler gemacht hatte – sie würden sie auslachen, sie würden denken, sie würde nur Paps nachplappern, die Zeitung, die er las. Sie starrte auf ihre Hände, die sich in ihrem Schoß zu Fäusten ballten.
Die anderen drei waren still, aber Red sagte: „Ich denke, das ist eine begründete Frage. Mischen wir uns nicht in etwas ein, das uns nichts angeht?“
„Ich wollte euch nicht kritisieren ...“
„Nein, nein, du hast recht“, sagte Louise, als ob Tina mit ihnen diskutieren würde und nicht nur herumstottern, ohne zu wis-

sen, was sie sagte. „Mit welchem Recht sagen wir, was für Südafrika gut ist? Wir sind Tausende von Meilen weit weg, wir wissen nicht, wie es ist – nein, nicht einmal ihr schwarzen Amerikaner wißt, wie es ist ..."
Tina verlor erneut den Faden. Wenn sie nur aufhören würden. Unbeholfen fuhr sie dazwischen, unterbrach Louises Redefluß: „Ich bin mir sicher, daß Liz und Paps viele gute Dinge tun würden ... Aber sie sind damit beschäftigt, sich um mich und Georgie zu kümmern. Und Oma und Opa würden es ausgesprochen eigenartig finden, wenn sie auf Demonstrationen gehen und Petitionen schreiben würden, und all die anderen Sachen, die ihr macht."
Oma und Opa – wie weit weg sie doch waren! Sie fing innerlich zu zittern an.
„Ich glaube, das ist der Knackpunkt", sagte Diana. „Wenn du keine Familie hast, hast du Zeit und Energie, dir die Welt um dich herum anzusehen, und du brauchst dich nicht darum zu kümmern, was die Leute denken."
„Aber – was ist so falsch daran, eine Familie zu haben? Ich meine – die meisten Leute haben eine –, sie heiraten ... naja, meistens – und sie bekommen Kinder – Menschen wollen doch Kinder, oder? Und sie sind normal und glücklich und ...?" Sie hielt inne, für einen Augenblick bewegungsunfähig, dann brach sie in Tränen aus und stürmte aus dem Zimmer.

* * *

LOUISE Ich lief ihr sofort hinterher und dachte: „Da haben wir Mist gebaut, totalen Mist, sie ist sich dumm vorgekommen, ausgeschlosssen." Ich wollte – wie sie – sagen: „Es tut mir leid, es tut mir leid."
Ich fand sie auf dem Bett liegend, sie schluchzte und schluchzte und schluchzte, und ich setzte mich und streichelte ihre Haare und wartete, bis es besser wurde. Nach einer Weile versuchte sie zu reden, und ich sagte: „Das ist nicht nötig", aber ich hatte mich erneut geirrt, denn es sprudelte aus ihr heraus, wie Lava aus einem Vulkan. Sie redete und holte immer wie-

der Luft: „Nein, ich muß – laß mich – Louise – ich bin nicht wie ihr. Ich weiß, daß du glücklich bist mit Diana und so – ich weiß, daß es Paps und Liz nicht paßt –, aber das ist es nicht, sondern ich – ich bin nicht – ich ... An der Schule gibt es einen Jungen, nun, es gab ihn jedenfalls mal, er ist weggegangen, sein Vater war bei der Armee, aber er war wirklich nett und – er hat mich nicht einmal geküßt oder so, ich bin noch nie mit jemand ausgegangen, ich weiß, wie das ist, und ich war auch irgendwie schon, nun, in der Gruppe jedenfalls, aber jedesmal, wenn ich ihn gesehen habe, habe ich ... Und manchmal, nachts, wenn ich – ich – ich – ich will mit einem *Mann* zusammensein! Ich will keine Frau, ich will einen *Mann*! Ich will ihn lieben und Kinder kriegen und leben wie ein norm ..." Sie wandte ihren ganzen Körper wieder ab und warf sich schluchzend hin und her.

Jess reckte seinen Kopf durch die Tür; ich wußte nicht, ob ich ihm sagen sollte, er solle bleiben oder gehen, ich kniff meine Augen zusammen, und er kam und setzte sich zu meinen Füßen auf den Boden, seinen Rücken an die Tür gelehnt, so daß Tina ihn nicht sehen konnte.

Ich fuhr fort: „Ich weiß, Tina, ich weiß." Langsam beruhigte sie sich und fing wieder zu reden an, immer noch von mir abgewandt. „Es ist Georgie, ich hätte gern ein Baby wie Georgie, oder – eine von Theresas Tanten hatte ein kleines Mädchen namens Kathie, und die war so wunderbar, so winzig und warm, und ich habe sie auf die Wange geküßt, und ihre Haut war so weich, ich habe noch nie so etwas Weiches gespürt. Und ich will einen Mann, nicht einen wie Paps, jemand, mit dem ich reden kann, jemand, zu dem ich sagen kann: ‚Ich habe meine Periode', und nicht nur: ‚Es ist mal wieder so weit', wie Liz. Ich will ein Haus und einen Garten und ..." Sie warf sich abrupt herum und starrte mich an. „Außer ich bin tot. Außer ich bekomme CH und werde verrückt und sterbe."

Jess hob seinen Fuß ein klein wenig und schob ihn zu mir herüber, so daß er meinen Fuß mitfühlend berührte. Ich sagte: „Die Menschen bekommen CH in der Regel im mittleren Alter."

„Aber bei meiner Mutter – bei Janet – war das anders!"

„Stimmt, manche bekommen es, wenn sie noch jung sind, und manche, wenn sie schon alt sind. Aber die meisten sind zwischen dreißig und vierzig. Und sie sterben auch nicht gleich."
„Aber Mama ist gleich gestorben! Fast jedenfalls! Stimmt doch, Louise? Warum ist sie so schnell gestorben? Es muß einen Grund gegeben haben! Werde ich genauso schnell – kann es sein, daß ich genauso schnell sterbe?"
Jess saß ganz still da. Ich schluckte schwer, stellte fest, daß mein Mund ganz trocken war, und schluckte erneut. „Ich werde dir sagen, was mit Janet passiert ist, Tina. Nachdem du zur Welt kamst, war sie ziemlich depressiv, wie viele frischgebackene Mütter. Sie nahm Tabletten dagegen und ging eine kurze Zeit ins Krankenhaus. Bald wurde es besser, und sie war eine Weile sehr glücklich. Sie hat dich geliebt, sie hat sich mit viel Liebe um dich gekümmert. Ich habe damals wenig von meiner Familie mitbekommen, denn ich hatte mir Gedanken darüber gemacht, woran meine Mutter gestorben war. Ich bin zu ihrem Arzt gegangen, und er hat mich über CH aufgeklärt. Das warf mich ziemlich aus der Bahn, und ich fuhr weg, reiste eine Weile herum und lebte ein recht stürmisches Leben, machte einen Haufen Sachen, die Stan und Janet nicht gutgeheißen hätten. Doch dann erfuhr ich, als du ungefähr zwei warst, daß Janet wieder im Krankenhaus lag. Ich ging zu Stan, und er erzählte mir, sie hätte psychische Probleme, wie das letzte Mal auch. Ich fragte ihn nach ihren Symptomen, und sie waren alle vorhanden – Schwerfälligkeit, Reizbarkeit, der Hang, einfach verrückte Dinge zu tun, wie zum Beispiel den Bus nach Schottland zu nehmen, ohne das Geld für die Rückfahrt eingesteckt zu haben. Ich ging sie besuchen ..."
„Wer hat sich um mich gekümmert?"
„Eine Nachbarin, glaube ich. Ich ging Janet im Krankenhaus besuchen, und es ging ihr schlecht. Sie sagte, sie würden es mit ECT versuchen – eine abgeschwächte Form von Elektroschocks. Manchmal wenden sie das bei einfachen Depressionen an. Aber ich wollte das bei ihr nicht zulassen, denn ich wußte, daß bei ihr nichts einfach war, sie hatte CH. Ich erzählte ihr alles, was ich herausgefunden hatte, und sie wollte mir nicht glauben. Sie regte sich ziemlich auf, und die Schwestern

sagten zu mir, ich solle gehen. Ich wollte mit einem Arzt darüber reden, aber die Schwestern waren sehr wütend und ließen nicht zu, daß ich mit jemandem sprach."
„Hast du es Paps erzählt?"
„Ja, ich bin direkt zu Stan gelaufen und habe mit ihm gesprochen. Er wurde wütend, und auch er hat mir nicht geglaubt. Ich hab zu ihm gesagt, er solle zu unserem Hausarzt gehen und mit ihm reden. Ich bin zum Hausarzt gegangen und habe ihn aufgefordert, es Stan zu erklären und auch den Leuten im Krankenhaus. Aber er antwortete mir, es wäre Stans Sache, zu ihm zu kommen, und er könne sich nicht in die Diagnose der Ärzte im Krankenhaus einmischen."
Tina richtete sich ruckartig auf. „Warum nicht, wenn er doch Bescheid wußte?"
„Er sagte, das hätte mit medizinischer Ethik zu tun. Ich glaube nicht, daß ein wirklich guter Arzt so reagiert hätte. Aber es war einfach der Lauf der Dinge."
Sie lehnte sich wieder zurück und hörte aufmerksam zu. „Also ging ich ins Krankenhaus zurück, und als ich dort ankam, teilten sie mir mit, Janet hätte gegen ärztlichen Rat das Krankenhaus verlassen. Ich erklärte ihnen – ich war jetzt etwas ruhiger –, daß in unserer Familie CH vorgekommen wäre, und sie sagten: ‚Warum haben Sie das nicht früher gesagt?' Jedenfalls habe ich dann Janet zu Hause besucht. Zuerst wollte sie mich nicht sehen und schob mich hinaus, aber als ich eben durch das Gartentor trat, kam sie hinter mir her und zog mich zurück. Sie nahm mich mit hinein und verlangte von mir, ihr zu erklären, daß es nicht wahr wäre. Sie konnte sich besser als ich an unsere Mutter erinnern ... Was ist?"
Tina hatte ihren Mund geöffnet, als wolle sie reden.
„Ist es schlimm – CH? Ist es wirklich furchtbar?"
„Es ist wirklich schlimm. Viel Verständnis und viel gute Pflege können helfen, aber es ist ziemlich schlimm."
„Erzähl weiter."
„Hast du nicht genug fürs erste?"
„Nein, ich will zuhören." Sie drehte den Kopf. „Jess! Ich dachte doch, ich hätte jemanden gehört."
Sie schien sich nicht an ihm zu stören, also fuhr ich fort: „Ich

erklärte ihr, daß es stimmte und daß sie besser gepflegt werden könnte, wenn sie jetzt ins Krankenhaus zurückkehren würde, nachdem ich ihnen alles erzählt hatte. Auf jeden Fall würde sie nicht die ganze Zeit im Krankenhaus bleiben müssen, wahrscheinlich könnte sie – zumindest anfangs – für längere Zeit nach Hause zurück. Ich war jung, ich erzählte es ihr einfach. Ich dachte, sie müsse die Wahrheit wissen."

„War ich damals dort? In Ilford? Hast du mich gesehen?"

„Nein, Janet sagte, du wärst bei einer Nachbarin um die Ecke. Ich hätte sie darum gebeten, dich zu sehen, aber es kam anders. Sie verlor völlig die Fassung und schrie mich an, sie würde Stan holen, und der würde es mir schon zeigen. Ich wußte, daß da ihre Krankheit aus ihr sprach, aber auch ich regte mich immer mehr auf. Ich schrie sie an, so in etwa: ‚Du mußt der Wahrheit in die Augen sehen, Jan', und dann bin ich gegangen. Als nächstes rief mich die Polizei an, um mir mitzuteilen, sie wäre draußen im Wald gefunden worden, nachdem sie eine Überdosis genommen hatte. Die Polizei! *Stan* hätte mich anrufen sollen – er mußte der Polizei gesagt haben, daß er das nicht tun würde. Ich nehme an, sie hatte einen Haufen Tabletten übrig, von ihren ersten Depressionen her. Sie war wirklich fest entschlossen gewesen, sie war kein Risiko eingegangen."

„Sie hat sich umgebracht."

„Ja."

„Nun, das ist doch verständlich, oder?"

Ich hatte erwartet, daß sie toben würde und schreien, aber das tat sie nicht, sie lag einfach da. Jesus, dachte ich. Ich hätte ihr nichts sagen sollen. Nicht jetzt, während sie krank ist und aufgeregt, und weit weg von Zuhause, und – Jesus, dachte ich. Sie wird sich auch umbringen. Wir müssen auf sie aufpassen. Aber das können wir nicht. Sie ist nicht wie Janet. Aber vielleicht. Aber nein.

Jess stand auf und bedeutete mir, ich solle mit ihm die Plätze tauschen, also tat ich das. Er setzte sich aufs Bett, nahm Tinas Hand und sagte ruhig: „Tina, ich werde jetzt ein paar ausgesprochen altbackene Sachen sagen, aber es ist tatsächlich was dran, also möchte ich, daß du mir zuhörst. Laß uns alleine, Lou, das wird amerikanischer Scheißdreck pur. Mach uns eine

Tasse Tee. Guten, starken, englischen, nicht deinen üblichen Kamillenmist."
Ich ging hinaus und hörte noch: „Es verhält sich folgendermaßen, Tina", und schloß die Türe. – Der Tod ereilt uns alle einmal. Die Liebe ist das Wichtigste. Du bist ein wundervoller Mensch, und was auch immer passieren wird, wird an dieser Tatsache nichts ändern ...
Jesus Christus, es *war* Scheißdreck – aber, oh Himmel, es war eben auch wahr, und es gab Zeiten, da hielt ich alles für wahr, und es gab Zeiten, da hielt ich alles für ausgemachten Scheißdreck, und manchmal dachte ich, es sei gleichzeitig die Wahrheit *und* ein Riesenscheißdreck.
Ich stieß mit dem Wasserkessel an den Hahn, als ich ihn füllte und dachte: ‚Ich werde immer trotteliger, soll ich mich jetzt umbringen?' wie ich es zuvor bereits millionenfach gedacht hatte. Aber ich machte guten und starken Tee, ohne so recht zu wissen, warum ich mich bemühte, und als ich den Deckel ordentlich auf die Teekanne tat, dachte ich: „Es gibt Menschen, die machen weiter, und es gibt Menschen, die hören einfach auf. Es hat nichts mit Scheißdreck oder Mut zu tun, es kommt einfach darauf an, wie du gebaut bist. Janet gehörte zu denen, die aufhören, und ich bin eine, die weitermacht, und ich glaube, Tina ist so wie ich, eine Weitermacherin. Aber natürlich kannst du dir nie sicher sein."
Ich rief „Tee ist fertig!" zu Red und Diana hinüber und sagte ihnen, daß *sie* die Tassen zu Tina und Jess hinauftragen müßten, denn inzwischen zitterten meine Knie so stark, daß ich kaum noch stehen konnte.

Dreizehntes Kapitel

Die nächsten paar Wochen glichen einer auf und ab schaukelnden Wippe. An manchen Tagen fühlte sie sich wach, recht gesund und ein bißchen betriebsam. Dann saß sie mit Louise zusammen, wenn diese keinen Dienst hatte, und stellte ihr weitere Fragen über CH. Sie stellte ihr keine mehr nach Janet. Es war, als ob die Information über die Überdosis in ihrem Gehirn die Tür mit der Aufschrift „Janet" geschlossen hätte.

Louise versorgte sie zurückhaltend mit Informationen über CH: Sie gab ihr eine Broschüre mit dem Titel „Handbuch für Familie und Freunde" und einen Informationsrundbrief von einem Verein, der sich „Vereinigung zur Bekämpfung von CH" nannte. Tina war noch nicht auf den Gedanken gekommen, daß es Hunderte von Familien im ganzen Land geben könnte, vom Rest der Welt ganz zu schweigen, die sich in genau der gleichen Situation befanden, wie sie und Louise. Sie las einen Abschnitt, in dem stand: „Es kann für einen Jugendlichen einen großen Schock bedeuten, plötzlich über die Krankheit aufgeklärt zu werden; im ersten Augenblick scheint es alle Pläne für eine Karriere, Heirat und den gesamten weiteren Lebensverlauf in Frage zu stellen." Ja, ja, ja! Genauso kam es ihr vor – und anderen Leuten war es genauso ergangen, und sie wußten darüber Bescheid.

Dann fand sie einen Abschnitt mit dem Titel „Der Verlauf der Krankheit", und plötzlich schloß sie die Augen und wollte nicht mehr weiterlesen. Louise rief in diesem Augenblick: „Willst du eine Tasse Kaffee?" deshalb nahm sie die Broschüre mit in die Küche und sagte: „Ja, bitte, und kannst du das zusammen mit mir durchlesen?"

Es drang nicht durch. Sie hörte Louise zu, wie sie vorlas und erklärte, aber ihre Gedanken drifteten ab. Sie kamen zu dem Abschnitt „Die späteren Stadien", und Tina rutschte unruhig auf dem Sofa hin und her. Louise stand auf und sagte: „Hast du schon einmal etwas von Woodie Guthrie gehört?" Hatte sie noch nie – was hatte er damit zutun? „Das war ein nordamerikanischer Folksänger, der CH hatte. Jess und Red haben uns ein paar seiner Platten und Kassetten aus den Staaten besorgt – ich lege dir etwas auf."

* * *

LOUISE Es gab Tage, da dachte ich, wir kämen zurecht. Aber es gab genügend andere Tage, da schlich sie nur in der Wohnung herum, mit einem Gesicht wie drei Tage Regenwetter, und wollte mir nicht erzählen, was in ihrem Kopf vorging. Sie bekam ein paar Pickel um ihren Mund herum, als sie ihre Periode hatte, und ich mußte ihr ein widerliches chemisches Make-up kaufen, das sie auf die Pickel schmierte, die dadurch sichtlich auffälliger wurden als vorher. Sie fragte, ob sie die Kassette mit Popmusik spielen dürfe, die ihr Theresa geschickt hatte, und natürlich sagte ich ja, ohne zu ahnen, daß sie sie stundenlang in voller Lautstärke hören würde. Einmal hat sie sogar ein Woodie-Guthrie-Band abgeschaltet, um diesen Krach zu spielen. Es würden sich ein paar Sachen ändern müssen, sollte sie bei mir bleiben – bei uns, meine ich. Ich war ehrlich gesagt noch nicht dazu gekommen, Diana nach ihrer Meinung zu fragen. Ich wollte erst ein Gefühl dafür bekommen, wie Tina darüber dachte.
Ich überlegte mir, sie auf einen Ausflug in die Londoner Innenstadt mitzunehmen, wenn wir einen halben Tag fänden, an dem ich keinen Dienst hatte und sie sich wohlfühlte. Vor allem wollte ich Zeit haben, mit ihr zu reden, jetzt, nachdem Stan angerufen und uns mitgeteilt hatte, daß er am Samstag nach London kommen würde, um sie zurückzuholen.

* * *

Louise hatte sie gewarnt: „London ist scheußlich bei diesem Matschwetter", aber Tina war begeistert. Jeder Ausflug kam einer Entlassung aus dem Gefängnis gleich. Seit ihrer Ankunft in Leytonstone war sie erst einmal draußen im Garten gewesen, um mit Schneebällen nach Di zu werfen („Unter der Bedingung, daß du nicht zurückwirfst", hatte Louise befohlen), mit Genehmigung der Evanses, die sich als Schwarze entpuppten und aus Westindien kamen, obwohl Tina erwartet hatte, daß sie aus Wales kommen würden, wie die Evanses, die in Chester um die Ecke wohnten – und einmal kurz drüben im Park, aber nicht lange, denn ein eisiger Wind war aufgekommen. Und jetzt London – London aus einer sicheren Position heraus betrachtet, London mit einer Londonerin als Begleitung: Nelson's Column, die Houses of Parliament, Buckingham Palace, der Piccadilly Circus, Soho ... allein der Gedanke, daß sie das alles aus der Nähe sehen würde, daß das alles tatsächlich existierte! Sie wußte, daß ihre Begeisterung naiv war, aber dieses eine Mal war es ihr egal. Red und Jess kamen in ihrem altertümlichen Vauxhall angetuckert und brachten sie zur U-Bahnstation Leytonstone. Louise sagte, daß sie auf dem Rückweg, wenn Tina noch genügend Energie übrig hätte, in Leyton aussteigen und ihre fieberhaften Schritte von vor vier Wochen nachlaufen könnten; vielleicht würden sie sogar Ann Glover besuchen gehen, um sich bei ihr zu bedanken und möglicherweise würde wieder eine Fahrt nach Hause dabei herausspringen.

„Es ist wie in Georgies „Kleinem Buch über die Stadt London" – überall gibt es rote Doppeldeckerbusse!" sagte Tina. „Georgie wäre begeistert."

Sie verabschiedeten sich von Red und Jess und gingen zur U-Bahn; bis zur Tottenham Court Road fuhren sie mit der Central Line. Tina glaubte, den Abschnitt des schwarzen Tunnels zwischen Benthal Green und Liverpool Street, der an jenem Tag ihren blau-weißen Anorak widergespiegelt hatte, ganz sicher wiederzuerkennen, und auch jenen Fleck, auf dem Theresa wie gelähmt gestanden hatte, als der Zug Tina mit sich ins Unbekannte hinwegriß, obwohl Louise einwandte, daß sie in die entgegengesetzte Richtung und an anderen Tunnelmauern und Bahnsteigen vorbei fuhren.

Louise wollte bis an die Themse laufen, aber die langen Wege durch die Unterführungen während des Umsteigens hatten Tina etwas ermüdet. Also schlug Louise vor, am Charing Cross eine Pause einzulegen und im Bahnhofscafé einen Kaffee und eine Coke zu trinken.

„Ich bin völlig schwächlich, stimmt's?“ sagte Tina, als sie sich hinsetzten.
„Eigentlich hältst du dich recht gut – für eine Drüsenfieberpatientin.“ Louise holte einen Stadtplan hervor und zeigte ihr, wo sie sich befanden.
„Wo ist der Buckingham Palace? Liegt er in der Nähe von Big Ben?“
„Nicht direkt – es ist etwas umständlich, dorthin zu gelangen. Du machst dir doch nicht etwa Hoffnungen, ein Mitglied der königlichen Familie zu sehen?“
Der Zauber verschwand, und sie kam sich kindisch und dumm vor. Louise verurteilte die Monarchie wahrscheinlich. „Ich glaube nicht, daß du die Queen magst, stimmt's?“
„Nein...“ Louise lachte. „Was denkst du, was ich denke? Wir könnten ein Taxi zum Buckingham Palace nehmen, wenn du Lust hast.“
„Aber *du* findest es langweilig.“ Sie standen auf.
„Nein – es ist dein Tag.“
„Meinst du das wirklich? Ein Londoner Taxi, mit Sitzen, die nach hinten gewandt sind und wieder hochklappen, wenn man aufsteht?“ Warum klang sie die ganze Zeit wie eine Fünfjährige?
„In Ordnung, als erstes Big Ben, dann ein Bummel über die Westminster Bridge, um sich die Houses of Parliament über den Fluß hinweg anzusehen, und dann nehmen wir ein Taxi zum Buckingham Palace.“
Züge fuhren über sie hinweg, als sie unter der Hungerford Bridge hindurchgingen, und dann konnten sie über die Brüstung hinweg die breite braune Themse sehen, und County Hall auf der anderen Seite. Hier waren die Straßen und Bürgersteige vom Matsch befreit worden und fast trocken.
„Dort ist Big Ben!“
„Ja.“ Sie blieben einen Augenblick stehen, damit Tina alles auf sich wirken lassen konnte. „Zwanzig nach elf. Das dauert noch ewig, bevor es die volle Stunde schlägt.“
„Im Sommer“, erzählte Louise, während sie weitergingen, „kannst du mit einem Vergnügungsboot den Fluß hinunter bis nach Greenwich fahren. Vielleicht machen wir das einmal.“

„Wirklich? Das wäre toll. Oh, schau – dort ist ein Lastkahn! Sie haben Wäsche draußen hängen – und einen Hund! Leben die Menschen da drauf?"
Sie blieben stehen und lehnten sich gegen die Brüstung. Der haarige schwarze Hund rannte auf dem Vorderdeck des Kahns auf und ab und bellte heiser ein Polizeiboot an, das nah vorbeifuhr. „Können wir uns einfach ein bißchen auf eine Bank setzen und alles anschauen?"
Sie setzten sich. „Wahrscheinlich findest du London ziemlich gewöhnlich, wenn du immer hier gelebt hast", bemerkte Tina.
„Fast immer, bis auf die Zeit, in der ich auf Reisen war. Nein, die Stadt langweilt mich überhaupt nicht – ich liebe sie."
„Wo bist du auf deinen Reisen hingefahren?"
„Oh – durch ganz Europa – Frankreich, Deutschland, Schweiz, Italien, dann nach Griechenland hinüber, bis in die Türkei. Ich habe gedacht, ich schaffe es bis nach Indien, aber dazu hat es nicht gereicht."
„War es schön?"
„Nicht wirklich, ich war fast am Verzweifeln. Wenn ich ehrlich bin, war ich sogar *ziemlich* verzweifelt. Ich wollte vor etwas weglaufen, und ich stellte fest, daß ich es doch nur mit mir herumschleppte."
„Den Gedanken, krank zu werden. CH."
„Ja."
Sie war auf der Suche nach einer Möglichkeit gewesen, Louise zu trösten, und jetzt wußte sie, wie. „Louise, ich habe in letzter Zeit ziemlich viel nachgedacht, und ich habe das Gefühl, daß ich es nicht bekommen werde, und ich glaube auch nicht, daß du es bekommst."
„Oh. Woher weißt du das?"
„Ich glaube einfach nicht, daß du der Typ dafür bist, irgendwie. Und ich habe mich in den letzten paar Tagen selbst beobachtet, und ich bin zu dem Schluß gekommen, daß ich auch nicht der Typ bin."
„Was meinst du damit, *der Typ*?"
„Das kann ich nicht erklären." Sie wünschte, Louise würde den dargebotenen Trost einfach hinnehmen – und sie nicht so in die Enge treiben. „Es ist einfach ein Gefühl."

„Das ist ok, das fühlst du jetzt. Aber genauso wirst du vielleicht manchmal das Gefühl haben – daß du es ganz sicher bekommst."
Tina zog den Kopf fast bis in den Kragen ihres Anoraks zurück, verschloß sich der frischen Luft und verbarrikadierte sich hinter einem heftigen Wutanfall. „Wie kannst du das sagen? Du mußt daran glauben, daß du es nicht bekommst! Wie könntest du sonst leben!" Sie blieb stehen und sagte hitzig: „Und erzähl mir bloß nicht, ich sollte damit ‚zurechtkommen'." Sie hatte alle Geräusche Londons ausgeblendet und konnte gerade noch Louises Atem neben sich hören.
„Ich weiß, daß es schwer ist, Liebes. Nein, es ist nicht nur schwer, es ist eine verdammte Qual."
„Es ist mir egal, was du sagst. Ich weiß, ich werde es nicht bekommen." Sie stand auf, ging zur Brüstung und stützte ihr Kinn in ihre Handschuhe. Der Wind blies sanft über ihr Gesicht. Einen Augenblick lang blieb sie alleine, dann trat Louise neben sie.
„Louise, weißt du ..."
„Was?"
„Ich habe mich gerade gefragt, gibt es irgend jemand – gewissermaßen Leute, die uns helfen?"
„Ja, die Organisation, von der ich dir erzählt habe, die die Broschüre herausgibt, macht Beratungen. Und sie können dich auch genetisch beraten, wenn du Kinder haben möchtest. Sie erklären dir die Wahrscheinlichkeiten und so weiter, und sie wissen, ob es bei den Vorabtests irgendwelche Fortschritte gegeben hat."
Verfluchtes, verfluchtes CH. Sie wollte nichts mehr hören. Sie platzte heraus: „Ich habe noch nie ... homosexuelle Menschen getroffen, weißt du."
Louise lachte. „Wahrscheinlich schon, du hast es nur nicht gemerkt."
„Nein, ehrlich, ich bin mir sicher." Urplötzlich wollte sie wirklich ekelhaft zu Louise sein, sie wirklich verletzen.
„Diana – nun, sie ist ja ganz nett und alles, aber – nun, sie macht mir ein bißchen Angst." Wie zahm! Warum konnte sie nicht bissiger sein? „Ich weiß nie, was sie denkt."

„Findest du? Ich glaube, ich weiß, was du meinst."
Tina wollte sagen: wie kann sie nur? Wie kannst du nur? Du *mußt* doch einen Mann wollen! Aber sie wartete zu lange, und Louise fuhr fort: „Ich weiß, daß sie sehr ausgeglichen wirkt, aber in Wirklichkeit hat sie auch furchtbare Angst, weit unten, auf einer tieferen Ebene."
„Angst? Diana? Vor was?"
„Am meisten davor, daß ihre Eltern aus Belfast herüberkommen könnten und sie mit sich zurückschleppen und zwingen könnten, einen netten Jungen zu heiraten."
Ihr wurde schwindlig, und County Hall verschwamm mit den braunen Wirbeln des Flusses. „Es tut mir leid, aber können wir weiterlaufen und bald ein Taxi rufen?"

* * *

LOUISE Also riefen wir nach einem Taxi und wurden stilvoll den Birdcage Walk hinauf und um das Victoria Memorial herumkutschiert und spähten zum Buckingham Palace hinüber, auf der Suche nach bekannten Gesichtern.
Ich versuchte, mich ebenso in allem zu verlieren, wie sie das tat, und es gelang mir sogar einige Augenblicke, während wir den Constitution Hill in Richtung Hyde Park entlangrollten und ich einen Vortrag über Redefreiheit und Demokratie hielt. Den Piccadilly hinauf, dann im Schneckentempo durch den Verkehr bis zum Trafalgar Square. Ging es Tina gut? Sie war etwas schwermütig gewesen, aber jetzt schien sie fröhlich und gefesselt. Vielleicht würde ich das Thema bald ansprechen können. Ich ließ den Taxifahrer vor der National Gallery anhalten, so daß wir zum Café hinuntergehen und etwas zu Mittag essen konnten. Aber zuerst wollte ich ihr meinen Monet zeigen. Wir schritten die Stufen hinauf. „Hast du Hunger? Wir essen gleich, aber zuerst mußt du dir mein absolutes Lieblingsbild ansehen." Wir blieben stehen und warfen einen kurzen Blick auf Nelson und die Tauben, dann folgte sie mir ergeben durch die Galerie, bis wir vor Monets „Wasserlilien" saßen. Ein Kunststudent hockte zu unserer Linken und kopierte den Renoir an der rechten Wand, und

Amerikaner mit riesigen Teleobjektiven lungerten im Saal herum.
„Dort", flüsterte ich. „Hast du jemals etwas so Schönes gesehen?"
Sie runzelte die Stirn und flüsterte zurück: „Ich dachte, Di ist die Kunstliebhaberin?" Alle Beklemmung war von ihr gewichen; sie lehnte sich an mich, neugierig.
„Di liebt es, Kunst zu machen, ich liebe es, sie mir anzusehen. Für mich befindet sich der Himmel mitten in diesem Wasserlilienteich."
Sie lehnte sich zurück und betrachtete das Bild. Auch ich sah es mir an, versank aber nicht so darin, wie ich es kann, wenn ich allein bin. Ich war zu sehr mit der Frage beschäftigt, ob es ihr auch so gefiel. Ich starrte auf die Einzelheiten, die roten Tupfer auf den Lilien zur Linken, das stimmige, blasse graugelb-Grün des Nebels, der in der Mitte umherwirbelte.
Wir saßen still da. Ich dachte: „Wenn wir zum Restaurant hinuntergehen, werde ich sie fragen, ob sie bei mir bleiben möchte."
Schließlich atmete sie tief durch und wandte sich mir zu. „Können wir uns alles hier ansehen, wenn wir gegessen haben?" Sie lächelte.
„Vielleicht nicht alles, aber einen Teil davon sicher. Soviel Energie du eben aufbringst." Wir standen auf und gingen langsam hinaus.
„Constable war ein großartiger Maler, oder? In Theresas Wohnzimmer hängt sein Haywain. Das gefällt mir sehr."
„Ja, Constable ist gut. Und Turner – du hast von Turner gehört? Die schönsten Turners hängen im Tate. Irgendwann gehen wir da zusammen hin."
„Oh, Louise, es gibt so viel zu tun!"
Wir holten uns beide einen Salat, ich nahm mir ein Joghurt und Tina ein Blätterteigteilchen. Wir erspähten einen freien Tisch und setzten uns. Sie schwatzte, wie schön London sei, aber ich war abgelenkt und nervös. Wie sollte ich es angehen?

* * *

Während Tina ihren Salat mit Sahne abschmeckte, fragte sie: „Was habt ihr während der königlichen Hochzeit getrieben? Wahrscheinlich wart ihr auf einer Protestveranstaltung, oder so“, und ihr wurde bewußt, daß sie Louise foppte. Foppte!
Louise grinste. „Nein, genaugenommen waren Di und ich im Urlaub, zelten in Wales, also – „
„Wales? Oh, wir wohnen nur ein paar Meilen von Wales entfernt! Wir fahren öfters weg – wir könnten an euch vorbeigefahren sein – stell dir das vor – wir hätten uns nicht gekannt!“
„Tina, ich habe mir überlegt... ob du vielleicht für eine längere Zeit von Chester weggehen willst. Hierherkommen und in London bleiben, bei mir?“
„Hierbleiben? Das wäre toll – meinst du das wirklich ernst? Ich könnte im Sommer für eine Woche herkommen, vielleicht für zwei oder sogar drei Wochen. Was meinst du, was würde Paps dazu sagen? Fragst du ihn? Nein, das muß ich machen. Es ist schon komisch mit mir, Louise – manchmal kann ich Paps die Stirn bieten, aber ich weiß nie, bevor ich meinen Mund aufgemacht habe, ob ich mich trauen werde, oder nicht. Willst du das Butterbrötchen noch? Ich verhungere.“
Louise reichte es ihr hinüber und lehnte sich zurück, entspannt. „Erzähl mir von deinem Vater, Tina. Was ihn betrifft, sehe ich nicht so recht klar.“
„Nein, nun, wohl kaum, wirklich.“ Sie versuchte, Paps mit Louises Augen zu sehen. „Er ist nicht leicht zu verstehen, weil er nicht viel spricht. Aber er ist lieb, auf eine altmodische Art und Weise. Er hat auch so traurige Anwandlungen. Manchmal denke ich, er wird Janet nie vergessen.“
„Di hat erzählt, du hättest ihn nachgemacht, wie er singt. Ich kann ihn mir nicht so recht singend vorstellen.“
„Oh, nur wenn er im Urlaub ist – dann wird er richtig fröhlich.“
„Trinkt er? Geht er mit seinen Freunden auf ein Bier weg?“
„Nein, er mag keine Kneipen. Liz geht manchmal ganz gerne, und ein- oder zweimal hat sie ihn mitgeschleppt. Sie kann das ziemlich gut, ihn zu Sachen verführen, die Oma nicht gutheißen würde.“

„Ich frage mich, ob er die Kurve kriegen wird, wenn deine Oma gestorben ist.“
„Das würde mir gefallen, wirklich. He, Louise, du hast mich gefragt, warum ich nicht gleich zu Paps und Liz gezogen bin, nachdem sie geheiratet hatten? Also, als sie in London waren und ich panikartig aus dem Zimmer geflüchtet bin und Liz mit mir geredet hat... da habe ich sie gefragt. Und weißt du, was sie gesagt hat?“
„Nein – was?“
„Sie hat etwas gesagt, von wegen, daß Paps der Meinung gewesen wäre, ich könnte Omas harte Hand gebrauchen, und weißt du, warum? Weil...“ Sie hielt einen Augenblick inne, und ein breites Grinsen zog sich über ihr Gesicht.
„Weil...?“
„Weil ich sonst zu sehr *dir* nachschlagen würde.“
„Mir?“
Tina fing zu lachen an. „Ja. Was hat er wohl damit gemeint, frag ich mich?“
Louise lachte mit, doch ihrer Stimme hörte man auch das Erstaunen an. „Aber – aber weißt du, was das bedeutet, Tina? Es bedeutet, daß er Liz alles über Janet erzählt hat, daß sie eine Schwester hatte, und so weiter.“
„Aber er hatte schreckliche Angst, daß ich irgend etwas über CH erfahre – wahrscheinlich wollte er mich beschützen –, und er befürchtete, ich würde ebenso widerspenstig und rebellisch werden wie du. Das ist schon komisch, denn bisher habe ich mich eher für still und gehorsam gehalten.“
Sie lachte erneut. Es stimmte, sie war stets still und gehorsam gewesen, aber gleichzeitig hatte ihr eine innere Stimme gesagt: „Sie sagen nicht die ganze Wahrheit. Dort draußen wartet noch viel mehr auf dich, wenn du nur den Mut hast, danach zu suchen.“ Es schien, als ob dieser andere Teil von ihr genau der Teil war, der sich soeben bis hin zu Louises Butterbrötchen durchgefuttert hatte.
Louise sagte: „Du bist auf der Suche nach mir hierher gekommen und hast dich selbst neu gefunden. Wenn du jetzt nach Hause zurückgehst, was wird dann mit dir passieren?“
„Verflixt, ich habe keine Ahnung. Was meinst du? Ich kann es

nicht wieder rückgängig machen... Aber du weißt, wie es ist, wenn du jemanden nicht verletzen willst.“ Sie spürte, wie ihr früheres Ich zurückkehrte und ihrem neuen Ich ins Gesicht starrte. „Dieses Blätterteigteil sieht riesig aus – naja, ich denke, ich werde es schaffen. Glaubst du, ich werde immer einen so riesigen Hunger haben? Ich werde noch zunehmen.“ Sie nahm einen Bissen und beobachtete Louise, die mit einem Stückchen Chedderkäse spielte. „Aber du wirst verhungern, Louise. Willst du ein Drittel hiervon?“ Sie nahm ihr Messer in die Hand.

Louise antwortete nicht: Sie halbierte ihr Stück Käse, obwohl es für einen Bissen bereits winzig genug war, und sagte dann: „Tina, ich habe mir überlegt, ob du vielleicht gar nicht nach Hause zurück möchtest, sondern die nächsten Jahre hier bleiben willst.“

Tina dachte, sie würde wieder über die Ferien sprechen, und hörte das Wort ‚Jahre‘ nicht richtig, bis sie ein oder zwei Minuten lang fortgefahren war. „Ich glaube, es wäre möglich, daß du hier in der Nähe zur Schule gehst und bei mir wohnen bleibst. Obwohl wir das natürlich erst mit Diana besprechen müßten.“

Tina legte ihr Messer auf den Tisch und starrte auf das klebrige Blätterteigteil, das vor ihr lag. „Was meinst du mit *hierbleiben?* Die nächsten *Jahre?* Hier zur *Schule* gehen? Ich bin doch schon halb mit meiner... Nicht zurück...? Theresa würde...“

Louise sagte schnell: „Ich weiß, daß es da sehr viel zu bedenken gibt. Du brauchst dich nicht jetzt zu entscheiden. Natürlich wäre Stan dagegen. Aber prinzipiell ist es deine Sache.“

Was wollte sie damit sagen? Es war unmöglich. Louise wollte, wollte wirklich, daß sie... Aber sie konnte doch nicht, Paps wäre... Sie blickte auf ihren Teller herab, und das Blätterteigteil verschwamm vor ihren Augen.

„Mach dir jetzt nicht zuviel Gedanken darüber“, sagte Louise. „Es ist erst Dienstag und Stan kommt nicht vor Sonntag.“

Dienstag bis Sonntag – sie mußte sich bis Sonntag entscheiden!

„Wir können darüber reden – bis Sonntag habe ich Nachtschicht, also haben wir eine Menge Zeit. Wir müssen abwarten, was Di davon hält." Louise griff nach ihrem Joghurt und dem weißen Plastiklöffel. „Pfirsich Melba – Scheiße, ich wollte Haselnuß." Sie legte den Löffel aus der Hand, stand auf und ging zur Anrichte hinüber.

Tina war es schlecht. Wenn Louise nur nicht so fluchen würde, sie klang wie Gary in der Schule, der immer nachsitzen mußte. Ihr Körper fühlte sich an, als würde sein Gewicht sie unter den Tisch zerren. Sie sehnte sich danach, im Bett zu liegen und zu schlafen, ohne daß etwas passierte, ohne daß jemand von ihr verlangte, etwas zu tun, ohne daß sie irgendwelche Entscheidungen fällen mußte, nie wieder.

Vierzehntes Kapitel

Louise „Willst du damit sagen, daß sie seither kein Wort mehr gesprochen hat?“ Di spielte nicht die Klugscheißerin, sie wollte nicht einmal wissen, warum ich nicht erst mit ihr darüber geredet hatte – sie wußte, daß ich wußte, was sie dachte.

„Es ist, als sei sie verschwunden. Sie hat plötzlich angefangen, sich wie ein Zombie zu bewegen, saß da, wie ein Sack Kartoffeln. Ich hab ihr vorgeschlagen, eines dieser kleinen Schneesturmdinger zu kaufen – du weißt schon, vor der National Gallery gibt es einen Stand – mit dem Buckingham Palace drauf, als Geschenk für Georgie, habe ich gesagt. Bestechung, ich wußte, daß es Bestechung war. Aber sie hat nur den Kopf geschüttelt.“

„Ihr seid nicht zu Wright & Glover gegangen?“

„Wir sind am Bahnhof Leyton vorbeigefahren, ohne daß sie es auch nur erwähnt hätte. Ich weiß nicht, was los ist, Di. Ich weiß nicht, ob sie entsetzliche Angst hat oder ob sie sich überlegt, wie sie es Stan sagen soll, oder ob sie mich haßt oder... Jesus, ich wünschte, sie würde mich nicht so sehr an Janet erinnern.“

„Aber du hast gesagt ...“

„Du hättest sie sehen sollen, Di! Sie ist aufgelebt – sie hatte den ganzen Stan-Kram abgestreift, den Oma-Kram –, zeige nie deine Gefühle, sage nie die Wahrheit, sei nie du selbst – sie hat sich wie eine Blume geöffnet –“

„Sie wurde ganz wie ich, fröhlich, ausgeglichen, offen, herzlich ...“

„Verdammte Scheiße, Di, *laß das*! Ich ertrag es nicht!“ Sie nahm mich in die Arme.

„Pssst, sie hört dich sonst. Was ist passiert, als ihr zurückgekommen seid?“

„Ich hab uns ein Taxi an den Bahnhof gerufen. Ich könnte mich wirklich an Taxen gewöhnen. Nein danke, sie wollte keine Tasse Tee. Ja danke, sie würde in ihr Zimmer gehen und

sich hinlegen. Wenn ich nichts dagegen hätte, sie wäre sehr müde. ‚Nichts dagegen hätte' – Jesus!"
„Lou, ich glaube eigentlich nicht, daß sie Janet so ähnlich ist. Sie ist nicht der Typ, der alles abstreitet."
„Oh, nicht? Sie hat CH den ganzen Weg zum Buckingham Palace abgestritten."

* * *

Sie nahm ihren Zeichenblock und schrieb: „Liebe Therry, ich weiß nicht, was ich tun soll. Ich weiß nicht, was ich schreiben soll. Wahrscheinlich zerreiß ich das sowieso, nachdem ich es geschrieben habe. Oder verbrenne es, für den Fall, daß sie es finden könnte. Oh, nein, sie haben Zentralheizung. Therry, ich habe niemand mit dem ich reden kann. Nicht einmal dich, du bist Hunderte von Meilen weit weg, und wahrscheinlich würdest du mich sowieso nicht verstehen. Niemand kann es verstehen, der es nicht hat, oder der es nicht bekommen kann, und selbst die können es nicht immer verstehen. Ich werde krank werden, Therry. Nur daß es nicht wie krank aussehen wird, sondern wie schlecht gelaunt und vergeßlich und unverantwortlich und – nun, ich habe etwas über Woody Guthrie gelesen, wahrscheinlich hast du noch nie etwas von Woody Guthrie gehört, ich ebensowenig, aber Louise (das ist meine Tante) hat eine Biographie über ihn, und darin steht, wie er getrunken hat, und wieviele Frauen er gehabt hat und wie er sich nicht gewaschen hat, und dauernd Benzin über sich geschüttet und sich angezündet hat, und wie sie ihn schließlich eingesperrt haben, nun, nicht wirklich eingesperrt, eine Menge Freunde kamen ihn besuchen, bis sie schließlich aufgehört haben, ihn zu besuchen. Er war vierzehn Jahre im Krankenhaus, bis zu seinem Tod. Vierzehn Jahre. Und die letzten zwei Jahre konnte er nicht einmal mehr sprechen, sondern nur noch mit einem Arm unkontrolliert auf eine JA- oder NEIN-Karte deuten – und er wußte, Therry, er *wußte*, was mit ihm passierte. Er war verrückt, und er lag im Sterben, und er wußte es die ganze Zeit.
Deshalb hat sich meine Mutter umgebracht. Ich habe dir das

noch nicht erzählt, oder? Ich habe dir scheinbar noch rein gar nichts erzählt. Sie hat sich umgebracht. Paps hat gedacht, sie wäre einfach nur verrückt, aber Louise wußte, daß das von ihrer besonderen Krankheit kam und hat ihr das auch gesagt, und da ist sie bei Epping in den Wald gelaufen und hat eine Menge Tabletten genommen und sich umgebracht. Du erinnerst dich an ‚Grüße aus Epping Forest'? Nun, das ist mein Epping Forest.
Ich denke, vielleicht ist es das beste, auch zu sterben. Ich weiß es nicht. Ich bin nicht mutig genug, es zu tun. Erinnerst du dich an Jonathan Bibbys Mutter, die hingegangen ist und sich aufgehängt hat? Ich hab mir oft überlegt, woher eine weiß, wie das geht. Wahrscheinlich denkst du die ganze Zeit darüber nach und liest in Büchern, wie du dich aufhängst. Aber ich habe auch nicht genügend Mut, damit zu leben. Wenn ich anfange, mir zu wünschen, daß ich nochmal den Weg zurückgehen und *nichts* über die Verrücktheitskrankheit wissen könnte, gebe ich mir einen Tritt, denn da war ich auch nicht glücklich. Ich war es nicht, oder? Denn ich wußte, daß da etwas war, und ich wollte wissen was. Nichts ist sicher, nirgends bist du sicher, nicht einmal das Sterben ist sicher, denn du weißt auch nicht, was dann passiert, ob die Hölle auf dich wartet, wie Oma sagt, oder nichts, wie Mr. Millet sagt. Er ist ein Atheist, Mr. Millet, warum gibt er dann diesen Scheiß Reliunterricht.
Louise hat gefragt, ob ich nicht bei ihr wohnen bleiben will, Therry, und ich weiß nicht, was ich tun soll. Ich sitze hier und schreibe dir auf meinem besten Zeichenpapier, weil ich nicht weiß, was ich tun soll. Ich kann nicht das eine tun, und ich kann nicht das andere tun, und ich kann nicht nichts tun, und ich kann nicht beides tun. Was würde Paps sagen – und Oma –, wenn ich ja sagen würde, ich bleibe hier? Aber inzwischen ist es mir egal, was Oma sagt. Und ich würde ihm weh tun, und ich würde Liz weh tun, und ich würde Georgie vermissen, und ich würde dich vermissen. Und ich würde sogar die Schule vermissen (ich weiß, es klingt bescheuert, aber es stimmt), und ich hätte Angst, hier unten auf eine Schule zu gehen, ich würde hier niemand kennen, und sie hätten alle be-

reits ihre Freunde, und sie würden mich ausschließen. Aber wenn ich nach Hause gehe, wird Paps die Jalousien runterlassen und mich ersticken, so wie er es mit meiner Mama gemacht hat, weil er nicht über CH sprechen will (CH ist die Krankheit), und ich kann nicht *nicht* darüber sprechen – nun, manchmal kann ich überhaupt nicht darüber sprechen, aber manchmal will ich die ganze Zeit darüber sprechen, unablässig. Ich könnte mit Liz reden, aber nach einiger Zeit würde sie sich langweilen, es ist so langweilig, glaub mir. Vielleicht kriegst du es, vielleicht kriegst du es nicht – na und? Jedenfalls ist es nicht fair, sich mit Liz gegen Paps zu verbünden, schließlich hat *er* sie geheiratet, nicht ich.
Vielleicht könnte ich zu dir ziehen, Therry – deine Eltern würden ein weiteres Kind nicht bemerken, oder? Aber irgendwann hättest auch du von mir die Nase voll, und wer würde für mich aufkommen und alles? Das ist dumm. Wenn ich hier bleibe, kann ich immer reden, wann ich will, und wenn Louise und Diana genug von mir haben, könnte ich mit Red und Jess sprechen – die sind klasse, wirklich, du würdest sie mögen, sie kommen aus Amerika, und Red ist schwarz, und du kannst sagen, was du denkst, wenn ... Nur manchmal denke ich, ich sollte nicht so werden, vielleicht mögen mich die Menschen dann nicht mehr, wenn ich nach Hause komme, sie werden sagen, ich sei ungehobelt und würde mich schlecht benehmen und ...
Vielleicht sage ich ja: Louise, vielen Dank, ich bleibe hier. Paps kommt mich allerdings am Samstag holen – und ich muß mich entscheiden, und *ich möchte mit dir reden, Therry!* Du wirst mich nicht umbringen, weil ich Therry zu dir sage, oder? Glaubst du, ich könnte mich auf den Flur schleichen und mir das Telefon schnappen, es mit ins Zimmer nehmen und die Tür zumachen – nein, die Tür würde wegen des Kabels nicht richtig schließen.
Ich hab ganz vergessen, dir zu erzählen, daß Louise und Diana lesbisch sind. Nicht daß es wichtig wäre, aber du kannst dir Paps' Gesicht vorstellen.
Ich weiß nicht, was ich mit diesem Brief machen soll. Ich habe nicht mal einen Umschlag oder eine Briefmarke.
Mein Anorak hängt über dem Stuhl. Louise und Diana sind

im Wohnzimmer. Sie denken, ich schlafe. Ich habe gehört, wie Diana von der Arbeit heimgekommen ist, und Louise hat zu ihr gesagt, sie soll leise ins Wohnzimmer kommen. Ich höre immer wieder, wie ihre Stimmen lauter werden, wie Paps und Louise bei ihrem letzten Besuch. Ob Lesben sich streiten? Ich werde meinen Anorak anziehen und mich hinausschleichen. Ich halte es hier drinnen nicht mehr aus. Ich will raus, irgendwo anders hin, egal wo. Ich will, daß alles anders wird. Ich will diese Krankheit nicht. Ich will mir keine Gedanken darüber machen müssen, ob ich die Krankheit habe. Ich will normal sein. Ich möchte in einem kleinen Haus leben und normal sein, normal normal normal, und – ich halt es nicht aus, Therry, ich halt es nicht aus. Ich hau ab."

* * *

LOUISE Di legte eine Platte auf – leichter Jazz. Die Evanses hatten auch Musik laufen, etwas Hartes mit viel Beat. Ich fühlte mich erschöpft, ich glaube, ich bin sogar eingeschlafen; ich hatte mich nur für ein paar Stunden hingehauen, bevor wir morgens losgefahren waren. Ich hatte um acht Uhr Dienst, aber ich hatte bereits meinen Wecker gestellt, um mich daran zu erinnern. Das hatte ich mir in den vergangenen Wochen angewöhnt. Bisher hatte ich es nie nötig gehabt, an die Arbeit erinnert zu werden.

Ich wurde ganz plötzlich wach. Die Platte war zu Ende; Di saß da und versuchte, den Brief unseres zuständigen Parlamentariers über die Realisierung von Anlagekapital in Südafrika zu beantworten. „Wieviel Uhr? Wo ist Tina?" Di hatte die Vorhänge zugezogen. Von draußen hörte ich, daß es in Strömen regnete.

„Halb sieben. Sie ist nicht wieder aufgetaucht. Hast du Hunger? Du hast nicht viel zu Mittag gegessen, wenn ich das richtig verstanden habe. Von gestern abend sind noch ein paar Fettucini übrig." Sie wollte aufstehen.

„Nein, ich gehe schon. Ich muß mich sowieso bewegen, bevor ich zur Arbeit gehe. Ich stecke mal meine Nase in Tinas Zimmer und schau, ob sie wach ist."

Ich ging hinüber und klopfte an ihre Schlafzimmertür. Keine Reaktion: Ich klopfte erneut, lauschte und schlich hinein.
Es war niemand da. Ich marschierte geradewegs hinein, stand da und glotzte – als ob das Glotzen sie aus dem Nichts herbeizaubern könnte.
Das Klo – sie war im Badezimmer. Ein paar Stufen, und ich stand im leeren Badezimmer. Wieder raus in den Flur, und ich starrte durch eine offene Tür in die leere Küche. Leere Küche, leeres Badezimmer, leeres Schlafzimmer. Sie war weg.
„Di!"
Mein Tonfall ließ sie augenblicklich aufspringen.
Sie rannte in die leeren Räume.
„Der Garten. Die Straße", sagte sie. Ich war halb die Treppe runter, und sie warf mir eine Regenjacke zu. Ich hob sie auf und hielt sie krampfhaft fest.
Der Regen fiel in rhythmischen, vom Wind geformten Flächen. Der Garten glich einem glänzenden, schwarzen, leeren Quadrat. Die Straße war leer, bis auf einen Mann, der sie gegen den Regen gebeugt mit einem dahintrottenden Windhund entlanglief. Wir rannten zurück und blieben nach Luft schnappend im Eingang stehen. Ich war patschnaß, die Regenjacke in meiner Hand triefte. Di sagte: „Komm rauf, wir müssen nachdenken."
Ich rannte hinter ihr her. „Wir müssen Jess und Red anrufen. Ihr Auto."
„Sie arbeiten."
„Quint wird sie sicher gehen lassen."
„Einen Scheißdreck wird er. Zieh dich um."
„Dafür ist keine Zeit ..."
„Ich hab gesagt, du sollst dich umziehen. Ich werde bei Quint anrufen."
Ich zog an der nassen, glitschigen Jeans und brüllte: „Der Dienst! Kann ich schon wieder verlangen, daß sie ohne mich zurechtkommen?"
Di sprach ins Telefon: „Ist Red da, bitte? Oder Jess? Danke", und legte ihre Hand über die Muschel. „Wir haben eine Stunde Zeit. Bis dahin haben wir sie gefunden."
„Di ..." Es war die reine Panik.

„Wir drei gehen los, wenn du nicht fit bist, Lou. Du kannst dich krank melden, ein paar Schlaftabletten nehmen und schlafen gehen.“ Sie nahm ihre Hand von der Muschel. „Jess? Habt ihr viel zu tun? Tina ist weg. Weiß nicht. Ja. Ja. Könnt ihr? Gott sei Dank.“ Sie legte auf. „Quint kann sie mal, hat er gesagt. Sie sind unterwegs.“
Sie zwang mich, auf dem Sofa ein paar Fettucini zu essen. Ich zitterte am ganzen Körper. „Sie ist spazieren gegangen, Lou. Es wurde ihr hier zu eng, mit all dem, was ihr im Augenblick im Kopf herumschwirrt. Sie ist nicht depressiv. Wir haben beide genug depressive Menschen gesehen.“
„Ich habe es wieder geschafft. Ich setze die Menschen zu sehr unter Druck. ‚Jeder Mann tötet die Dinge, die er liebt.‘ Oscar Wilde war ein sexistisches Schwein. Frauen tun das öfters als Männer.“
„Halt den Mund. Wir müssen uns einen Plan zurechtlegen. Jess und ich gehen rüber in den Park, und du und Red –“
„Die Tabletten!“ Ich schob den Teller beiseite, sprang auf und rannte ins Badezimmer. Wir hielten Schlaftabletten bereit, für schlechte Tage vor dem Nachtdienst. Ich öffnete die Tür des Medizinschränkchens. Die Glasflasche mit den Schlaftabletten war da, fast voll. Die Schmerztabletten – alle da. Ansonsten gab es nur noch Pflaster und Jod. Ich ging zurück ins Zimmer, und wir hörten die Türklingel schellen.
Ich mußte zugeben, der Plan von Di war in Ordnung: Sie und Jess kümmerten sich um den Park, Red und ich fuhren langsam mit dem Auto umher.
„Sollen wir die Polizei alarmieren?“
„Lou, Liebes“, sagte Jess sanft, „es ist zehn vor sieben, und sie ist fünfzehn.“
Hinaus in den strömenden Regen, Di und Jess wandten sich nach rechts, und Red und ich kletterten ins Auto. Der Motor wollte nicht anspringen – keine von Reds fahrzeugähnlichen Ruinen springt jemals an.
„Wohin könnte sie gegangen sein? Was ist mit unserer Wohnung?“ Er versuchte es erneut, nachdem er das Licht und die Scheibenwischer ausgeschaltet hatte, um mehr Saft zu bekommen.

„Sie weiß nicht, wo ihr wohnt."
„Sie kennt die Adresse. Einen Versuch wert. Ah, das hätten wir." Der Motor sprang an, das Auto ruckelte. Red beruhigte es wie ein Pferd, schaltete Licht und Scheibenwischer wieder an, und es ging los.

* * *

Sie fühlte sich so wie damals, als sie Fieber hatte, aber jetzt war es keine heiße, sondern kalte Panik. Es kam ihr vor, als befände sich überhaupt kein Gehirn in ihrem Kopf: Statt dessen hörte sie dort das Geräusch ihres schnellen, flachen Atems und den Rhythmus eines Pulses, der, einer Trommel gleich, hinter ihren Ohren hämmerte.
Sie ging vornübergebeugt, ohne zu sehen, wohin sie lief. Alle Straßen glichen einander – und überhaupt, wo sollte sie hin? Alle Straßen führten wahrscheinlich in den Wald von Epping. Alles endet damit, daß du in die finstere, nasse, einsame Nacht hinausgehst und nie zurückkehren wirst, nie zurückkehren wirst, denn alles alles alles ist besser, als zu Menschen zurückzukehren, die dir entweder erzählen, daß du sterben wirst, oder es dir verschweigen, und du willst keinen von ihnen sehen, keinen, nie wieder.
Ihr gefütterter Anorak glich einem Schwamm. Innerhalb von Minuten spürte sie, wie die Nässe ihren Rücken hinunterkroch, sich in ihr Sweatshirt hineinsog, den Kanal zwischen ihren Brüsten entlangtröpfelte und ihre Jeans bis zu ihrem Höschen durchweichte. Ihr Brief an Theresa in ihrer Tasche hatte sich in einen dicken, gefalteten, durchnäßten Klumpen verwandelt.
Wenn sie schnell ging, würde sie die Nässe warm halten können, aber sie wurde langsamer und langsamer, und die Nässe wurde kälter und kälter. Wie war es, wenn man erfror? Sie hatte bisher nur gehört, daß das in verschneiten Bergen passierte, nicht auf regnerischen Straßen. Und sie war außerdem auch noch krank – war sie noch krank? Würde sie wegen des Drüsenfiebers schneller sterben? Sie war krank und naß, und sie würde erfrieren – sie würde sterben, es würde wirklich pas-

sieren, wenn sie einfach weiterlief und lief und es weiter und weiter regnete, es gab nichts anderes zu tun, als zu sterben, sie würde im Wald von Epping ankommen, und sie würde sich hinlegen und sterben.

* * *

LOUISE Nicht in der Wohnung. Der Himmel flutete, die Straßen fluteten, die Bürgersteige fluteten.
„Wo kann sie nur hingegangen sein? Was kennt sie denn, wo sie hin könnte? Sie ist doch noch nirgendwo gewesen!"
„Wo war sie, bevor sie bei dir angekommen ist?" fragte Red.
„Am Bahnhof in Leyton! Oder Leytonstone – vielleicht versucht sie, nach Hause zu kommen. Red, vielleicht ist sie schon unterwegs!"
Der Bahnhof in Leytonstone. Red parkte im absoluten Halteverbot. Wir zogen unsere Jacken über die Köpfe und rannten hinein.
Weder der Fahrkartenverkäufer noch der Mann am Drehkreuz hatten eine junge Frau gesehen, auf die Tinas Beschreibung paßte. „Mit ihrem Freund durchgebrannt, was?" fragte ein Mann, der am Schalter anstand, während er mich beobachtete, wie ich versuchte, meine Brillengläser an meinem Pulli abzutrocknen, und zwinkerte.
Wir pflatschten zurück zum Auto, dann fuhren wir die Grove Green Road hinunter in die Leyton High Road hinein. Reds Scheibenwischer gaben den Geist auf, aber er drosch mit einem Karateschlag auf das Armaturenbrett, und sie ruckelten sich wieder in Bewegung.
Das gleiche in Leyton. Kein einziges Mädchen, das versucht hatte, nach London reinzukommen.
Als wir zum Auto zurückrannten, rutschte ich in einer Pfütze aus und knallte auf die Knie. Ich hockte da, verschmutzt und zitternd, das Wasser sog sich in meine Hosen und sickerte langsam durch meine Finger. Ich wollte nicht mehr weitermachen. Ich wollte sie nicht mehr finden. Wenigstens hatte ich Janet nicht gefunden. Die Polizei hatte Janet gefunden. Nein, es war eine Frau mit einem Hund gewesen. Wenn ich Janets

bewegungslosen Körper gefunden hätte, weißgesichtig und in den Wald starrend, wäre ich auch gestorben.
Red hatte das Auto erreicht, wandte sich um, sah mich und rannte zurück. „Lou, bist du verletzt?“
„Ich kann nicht mehr.“
„Komm. Auf.“
Er hielt mich fest, als ich zum Auto zurückhinkte. Er knallte die Tür hinter mir zu, und ich saß da und zitterte unkontrolliert. Er stieg auf der anderen Seite ein, schloß die Tür und legte den Arm um mich.
Ich weinte nicht: Keine Tränen strömten hervor, nur Worte durch meine klappernden Zähne. „Ich liebe sie – ich habe sie nur geliebt – ich wollte doch nur – aber ich habe wieder – ich habe an ihr gezerrt – ich habe sie gezogen – weg von Zuhause – von allem, was sie kannte – verlangt – ‚Lieb mich!‘ hab ich geschrien. ‚Lieb mich! Bleib bei mir! Gehör zu mir!‘ Oh Gott, ich wollte doch nur – ich wollte doch nur ein Kind! Red, ich wollte doch nur ein Kind – und ich werde nie eines haben können, nie, nie –, aber ich will, ich will, ich will ein Kind!“
Ich hörte, wie die Wahrheit aus mir heraussprudelte, und es klang wie ein kleines Kind, das nach einem Eis schreit. Die Worte gingen, und der Schmerz kam, der Seelenschmerz, der die Wahrheit kennt und weiß, daß nichts sie ändern kann. Mein Körper glänzte vor Schmerz, riß auf, bog sich vornüber – Der Schmerz öffnete seinen Schlund und fraß mich auf.
Bis Red sagte, und ich wußte, daß er recht hatte: „Wir müssen weiter, Lou. Weitersuchen.“

* * *

Es schien keinen Wald zu geben. Nur Häuser, Häuser, Häuser. Sie suchte auch nicht mehr nach dem Wald. Sie wollte sich nur noch hinlegen und schlafen.
In allen Häusern brannte Licht. Drinnen befanden sich Menschen, die zueinander sagten: „Wenn du nach oben gehst, mach den Boiler an, in einer Nacht wie dieser ist mir nach einem heißen Bad zumute.“ Außer ihr war niemand unterwegs. Von Zeit zu Zeit fuhr ein Auto an ihr vorbei und spritzte einen

WUSCH! grauen Wassers aus dem Straßengraben über ihre Beine. Theresa und sie wurden immer furchtbar wütend auf die Autos, die neben ihnen durch die Pfützen fuhren, wenn sie gemeinsam die Straße entlanggingen, und dies war eine ganz normale Nacht, wie wenn sie beispielsweise auf dem Rückweg von der Jugendgruppe waren, auch wenn Paps sie normalerweise abholte, besonders wenn das Wetter so schlecht war. Sie wäre jetzt gerne wütend gewesen, aber sie spürte nichts. Sie fühlte sich nur müde, müde, müde. Bald würde sie hinfallen, und dann wäre alles vorbei. Wenn sie nur gleich hinfallen könnte. Wenn sie nur nicht weiter und weiter laufen müßte.
Die Straße, die sie hinunterging, endete, und Tina bog um die Ecke. Dort waren die Lichter heller, sie leuchteten aus Schaufenstern heraus und von größeren Straßenlaternen herunter. Das grelle Licht tat ihren Augen weh. Hatte sie geweint? Sie wußte es nicht, aber ihre Augen fühlten sich so geschwollen und wund an, als ob sie geweint hätte.
Wenn sie sich hier hinlegen würde, vor diesen großen Laden, würde sie ein Polizist finden und irgendwohin mitnehmen. Sie konnte sich hier nicht fallen lassen. Sie stand da und starrte auf die glänzende, nasse Straße, bis ihr schwindelig wurde. Sie drehte sich um und blinzelte. Die Beleuchtung drinnen war an, aber das Licht war durch große Plakate im Fenster gedämpft, die 5p billiger, 10p billiger, 20p billiger ankündeten.
„Hast du dich verlaufen, Liebes?"
Sie fuhr herum. Wer hatte da gesprochen?
Es war niemand da. Ein Tankwagen donnerte die Straße hinunter.
„Ich wohn mein ganzes Leben schon hier, von klein auf, ich find dir jede Straße." Die Frau mit der blaßblauen Dauerwelle vor Suzanne's Hair Care. Suzanne's Hair Care! Das war es! Neben ... genau, KWIKSTORE, Der-Laden-in-dem-Sie-SPAREN-SPAREN-SPAREN.
Die Stimme der blauhaarigen Frau erklang in ihrem Kopf. Zwei Minuten die Hauptstraße hinunter und dann rechts.
Sie wandte sich um und schleifte ihre Füße über den Asphalt. Sie würde es bis zu Wright & Glover schaffen und dort umfallen. Dort würde sie niemand finden, das Geschäft lag in einer

kleinen Seitenstraße, niemand würde dort nach ihr suchen. Oder vielleicht würde sie jemand finden und nach Hause mitnehmen, nach Hause, nach Hause. Vielleicht käme jemand – Paps? Louise? Liz? – und würde sie in ein heißes Bad stecken und dann ins Bett. Ins Bett. Ins Bett.
Im Schaufenster von Wright & Glover brannte kein Licht. Aber im Schein der Straßenlaternen konnte sie den Schriftbogen erkennen und die schattenhaften, zweidimensionalen Abbilder von Menschen, die gerade heirateten, auf Fotografien dahinter. Ihre Augen schienen sich aus ihrem Kopf zu lösen. Sie lehnte sich gegen das Fenster, ihre Knie gaben nach, und sie ließ sich hinabsinken.
Sie wußte nicht, wie kurz oder lange sie dort halb gesessen, halb gelegen hatte, als sich Reds verschrammter alter Wagen um die Kurve quälte und beim Bremsen eine Wasserfontäne in die Höhe katapultierte. Louise öffnete die Autotür und rannte zu ihr.
„Oh... oh..." Tina wuchtete sich hoch und wankte auf sie zu. „Es tut mir leid... es tut mir leid..."
Red stieg aus und öffnete die Arme. „Macht nichts", sagte er. „Alles in Ordnung, alles in Ordnung."
„Ich habe es nicht böse gemeint. Ich will nur nach Hause – ich will nach Hause."

Fünfzehntes Kapitel

„Aber woher wußtest du“, fragte Tina Louise, „daß ich ‚ich will heim zu Paps und Liz’ meinte und nicht ‚heim zu Louise‘?“
„Oh, das wußte ich, das wußte ich“, antwortete Louise. „Das hast du innerlich geschrien seit dem Augenblick, als du in der National Gallery den Teller weggeschoben hast.“
Sie sprachen nur einmal darüber – genauso wie Louise einfach mit ihr hinten in Reds Auto eingestiegen war und geradeheraus zu ihr gesagt hatte: „Ich denke seit heute morgen darüber nach, Tina, und ich glaube, es ist wahrscheinlich das beste, wenn du am Sonntag mit Stan nach Hause gehst, oder?“
Sobald sie zu Hause angekommen waren, hatte Louise ihr ein Bad eingelassen und war zur Arbeit gehetzt, und Diana und Jess waren aus dem Nichts aufgetaucht. Tina hatte gebadet und war dann mit einer heißen Bettflasche, die ihr Diana sanft in die Hände gedrückt hatte, ins Bett gekrochen und sofort eingeschlafen.
Im Verlauf der nächsten paar Tage sprach oder dachte Tina nicht viel, nur an alltägliche Dinge. Sie hatte ihre Fühler wie eine Schnecke eingezogen. Sie hatte sich in ihr Gehäuse zurückgezogen, und die anderen konnten so fest dagegenklopfen, wie sie nur wollten, sie kam nicht heraus. Nicht, weil sie noch furchtbare Angst hatte – nicht einmal, weil sie sich wieder in ein braves, folgsames Mädchen verwandelt hatte, das sich schuldig fühlte, weil es soviel Aufregung verursacht hatte. Sie hatte sich einfach in viele Einzelteile aufgelöst und war voll und ganz damit beschäftigt, diese wieder zusammenzufügen.
Sie war soweit ganz glücklich, wirklich. Louise und Diana kamen und gingen, desgleichen manchmal Red und Jess, und wenn einer ihrer Freunde aus dem Hospiz oder der Gruppe auf einen Besuch vorbeikam, steckten sie den Kopf durch die Wohnzimmertür und sagten: „Hallo, ich hab gehört, du bist Louises Nichte. Ich bin Sam, oder Paulette, oder Jane.“ Es

war, als ob sie gerade erst angekommen wäre, und ihr wurde bewußt, daß all diese Freunde weggeblieben waren, weil sie krank gewesen war.
Diana unterhielt sich mit ihr über ihre künstlerische Arbeit, über empfehlenswerte Unis und Kunstkurse. Tina bezweifelte, ob sie auch wirklich gut genug war, aber Diana meinte, es könne nichts schaden, es einfach auszuprobieren. Sie zeigte ihr die unterschiedlichen Materialien, die sie verwendete – Tina hatte immer geglaubt, es sei das beste, immer nur Wasserfarben oder Stoffe oder Pastell einzeln zu gebrauchen, aber Diana verwendete alles auf einmal, und so erzielte sie diese erstaunlichen und wunderschönen Effekte. Sie riet Tina, ihr Kunstschaffen mit Kunsthandwerk und Design zu verbinden.
„Ich hatte nur Bildende Kunst belegt, ausschließlich höchst anspruchsvolles Zeug. Ich könnte nicht einmal eine Klobürste entwerfen. Für eine gute Designerin gibt es immer Möglichkeiten."
Es brachte wirklich Klarheit in Tinas Gedanken, und sie nahm sich vor, mit Liz und auch mit Leuten in der Schule darüber zu sprechen.
Wenn sie und Louise sich unterhielten, ließen sie alle ernsthaften Sachen beiseite. Tina wußte, daß Louise gedacht hatte, sie würde sich wie Janet im Wald von Epping umbringen; aber sie wollte nicht darüber reden, ob es ihr jemals in den Sinn gekommen war. Das war jetzt alles vorüber, zumindest für den Augenblick.
Louise fragte, ob sie sich wohl bei dem Gedanken fühle, daß Paps am Samstag käme. Sie glaubte schon, aber sie wollte erst in Ruhe mit ihm reden, bevor er sie mit nach Hause nahm. Sie hatte sich eine Rede nach der anderen im Kopf zurechtgelegt, und jede begann mit: „Schau Paps, ich möchte dir ein paar Sachen sagen, und ich möchte nicht, daß du den Mund aufmachst, bevor ich damit fertig bin." Vielleicht sollte sie vorab alles aufschreiben und ihm vorlesen, wenn er kam. Nein, das würde unecht klingen, und er würde denken, Louise hätte ihr alles diktiert.
Abgesehen davon schaute sie massenhaft fern: Wenn Diana weg war, ließ Louise sie „Denver Clan" sehen und wenn Lou-

ise nicht zu Hause war, konnte sie Diana sogar zu MTV überreden. War sie zäher geworden, oder fiel es ihr einfach leichter, nach den Dingen zu fragen, die sie wollte, weil sie wußte, daß sie sowieso gehen würde? Nachts träumte sie immer wieder von Paps.
Am Samstagmorgen wachte sie auf und war etwas aufgeregt. Also dachte sie, es wäre vielleicht besser, zu Hause anzurufen, um herauszufinden, in welcher Stimmung Paps war. Louise hatte gesagt, sie könne telefonieren, wann immer sie wolle. Sie wartete ab, bis Diana arbeiten und Louise einkaufen gegangen war und wählte mit zitternden Fingern. Gott sei Dank, Liz war am Apparat.
„Hallo Tina, Liebling! Oh, es tut gut, deine Stimme zu hören. Wie geht es dir? Fühlst du dich besser? Ich wußte nicht, was ich tun sollte. Ich wollte dich die ganze Zeit anrufen, aber ich glaube nicht, daß Louise das in Ordnung gefunden hätte, und außerdem sagte sie, daß es dir langsam besser ginge, und du hättest ja auch im Bett sein und schlafen können und... Wie geht es dir?"
„Viel besser, wirklich. Wie geht es dir und Georgie? Er hat sich keine Grippe geholt – oder? – wie Theresas Kevin? Nein, das war Bronchitis!"
„Nein, uns geht's gut. Er ist jetzt natürlich ganz traurig, weil der Schnee weg ist. Er versteht nicht, was mit seinem Schneemann passiert ist. Er denkt, vielleicht fängt er jetzt selbst auch an zu schmelzen. Deine Theresa war fünfmal hier, um mit ihm zu spielen, hat sie dir das erzählt? Sie sagt, er wäre eine Erholung im Vergleich zu ihrem Haufen, und ich glaube ihr."
„Ja... Liz, ist Paps da? Ich möchte mit ihm reden, bevor er morgen kommt. Er kommt doch, oder?"
„Ja, darum ist er jetzt auch nicht hier, er ist heute nach Sycamore Gardens gegangen, anstatt wie sonst üblich morgen dort zu Mittag zu essen. Oh, Schatz, ich freu mich so darauf, dich wieder zu haben – es war alles so komisch ohne dich..."
Sie hätte losheulen können, weil Liz bei dem Gedanken, sie wieder zu Hause zu haben, so glücklich klang. Sie rutschte herunter, so daß sie an der Wand neben der Badezimmertür sitzen konnte, und machte es sich für eine Unterhaltung

gemütlich. „Liz, hast du eine Minute Zeit? Alles o.k. mit Georgie, ich meine, spielt er, und hast du Zeit?“
„Ja, er sitzt im vorderen Zimmer, ich höre ihn herumklappern, und er singt, nun, er summt, du weißt schon, also ist alles in Ordnung. Ich wollte so sehr mit dir reden, Schatz, ich wußte nur nicht, wie, wo du jetzt bei Louise bist und über die Krankheit Bescheid weißt und alles ...“
„Darüber wollte ich mit dir sprechen, um mir darüber klar zu werden. Paps weiß genau, nicht wahr, daß sie – daß Mama Chorea Huntington hatte? Er sagt nicht: ‚Oh nein, sie war halt etwas depressiv‘, oder etwa doch?“
„Nein, nein – er ist ins Krankenhaus gegangen, weißt du, nachdem sie gestorben war und hat ihnen gesagt, daß er die Wahrheit wissen müsse, wegen der Zukunft, wegen seines Kindes.“
„Das hat er getan? Er ist in das Krankenhaus gegangen, wo Janet – wo Louise sie besucht hat?“
Sie war verwundert und wütend. Also war Paps wie sie, plötzlich brachte er den Mut auf, etwas zu tun, und plötzlich verlor er ihn wieder, aber wie konnte er um ihretwillen die Wahrheit herausfinden und sie dann nichts wissen lassen?
„Ja, er hat es mir erzählt. Er hat sie gefragt, und sie haben, wie heißt es doch, eine Obduktion durchgeführt. Nichtsdestotrotz, du mußt ihm auf die Füße treten. An schlechten Tagen behauptet er immer noch, sie hätte zwei Nervenzusammenbrüche gehabt. Aber er weiß es genau. Ich habe ihn gefragt – warum er dich so gern hat, habe ich ihn gefragt, und trotzdem gleichzeitig eine so verquere Einstellung dir gegenüber hat? Ob er dir irgendwie die Schuld gebe? Denn ich wußte, daß sie nach deiner Geburt Depressionen bekam, und dann ist sie hingegangen und – nun, du weißt es jetzt, oder?“
„Sie hat Selbstmord begangen.“ Das war nicht die Zeit für Ausflüchte.
„Ja. Also habe ich ihn gefragt, war es die Schuld des Kindes, Tinas – dein Fehler? Denn obwohl das natürlich unmöglich ist, kommen Menschen manchmal auf die verrücktesten Gedanken. Aber er hat gesagt, das sei es nicht. Er mache sich Gedanken, was dir passieren könnte. Er sei sich sicher, daß es

dir nicht passieren würde, aber es gäbe immerhin die Möglichkeit. Er wußte, was deiner Großmutter zugestoßen war. Und es nahm ihn mit, daran zu denken. Also dachte er, es wäre besser für dich, wenn du nichts darüber wüßtest und ihn nicht so oft sehen würdest, weil dich das sonst ebenfalls so mitnehmen würde. Es hat Jahre gedauert, bis ich ihn überzeugen konnte, daß das riesengroßer Unsinn war und daß du dort sein solltest, wo du hingehörst, nämlich bei deiner Familie."

„Und..." Fast war es ihr egal, was Liz auf ihre nächste Frage antworten würde, nachdem sie jetzt gesagt hatte, daß sie zur Familie gehöre. „... ist er jetzt erleichtert, oder tut es ihm leid? Wünscht er sich manchmal, ich wäre wieder bei Oma und Opa?"

„Überhaupt nicht. Deshalb habe ich ihn auch damit konfrontiert – weißt du noch, der Tag, an dem du zur Tür hereinkamst und uns streiten sahst. Ich habe ihm gesagt, was für eine Hilfe du mir mit Georgie und den Kuchen seist, und daß ich nicht wüßte, was ich ohne dich täte, verstehst du, und wie sehr ich dich liebe und all das. Und er hat gesagt, er hätte dich wirklich vermißt, die ganze Zeit, während der du in Sycamore Gardens warst, und dann hat er wieder losgelegt, wie immer, von wegen, daß er dir nicht weh tun wolle. Ich habe ihm gesagt: ‚Sie weiß Bescheid, Stan – ich sehe es in ihren Augen, sie weiß, daß mit Janet etwas nicht in Ordnung war. Ich meine, warum sprechen wir nie über sie? Warum stehen nirgends Fotos von ihr, warum bekommen wir nicht mal eine Weihnachtspostkarte von ihrer Familie? Es wäre besser, ihr die Wahrheit zu sagen und die Sache endlich hinter sich zu bringen.'"

„Als ich an dem Samstag mit Theresa losgezogen bin – was hast du da gedacht?" Sie wollte wissen, ob Liz das Gleiche gedacht hatte, wie Louise, daß sie wie Janet in den Wald gehen würde.

„Ich dachte – nun, ich habe zu Stan gesagt –, sie will herausfinden, was los ist. Ich weiß nicht, wie, aber sie will es herausfinden. Als das Telefon klingelte und ich sein Gesicht beobachtete, als er den Anruf entgegennahm, wußte ich, wer es war. Es ist diese Schwester, dachte ich, die er nicht ausstehen kann. Und dann ist er auf sie losgegangen an jenem Tag, als wir euch besucht haben. ‚Es geht dich nichts an!‘ habe ich ihm gesagt. ‚Sie hat das Recht, ihr Leben so zu führen, wie sie es will, genau wie du!‘ Ich war so wütend, du hättest mich sehen sollen. Oh, er hat mich gebeten, dir nichts davon zu erzählen, aber du hast es erraten, stimmt's, das über Louise und ihre Freundin?“

„Ja – ja. Aber, Liz, wie ist er jetzt? Wegen Louise? Ich will nicht, daß das alles noch mal passiert. Ich will Louise ab und zu besuchen und bei ihr bleiben – sagst du ihm das von mir? Und er soll höflich sein und sie und Diana in Ruhe lassen. Ich meine, ich werde ihm das am Sonntag sagen. Und ich habe alle Informationen über CH, und ich will – „

„Über was? Oh, Chorea Huntington.“

„Ja – ich hab all dieses Zeug, und ich will, daß er es liest und darüber nachdenkt und mit mir darüber redet – nun, auf jeden Fall soll er aufhören, so zu tun, als ob alles in Ordnung wäre. Vielleicht ist auch alles in Ordnung, und in ein paar Jahren werden sie einen Test gefunden haben, der feststellt, ob ich zu diesen Leuten gehöre oder nicht. Und wenn nicht, dann werde ich Kinder haben können und normal sein, wie jede andere auch. Wirst du ihm das sagen? Ich will ihm das auch alles am Sonntag erzählen, und wahrscheinlich werde ich das auch, aber wenn du ihm einfach sagst, daß ich angerufen habe und... wenn er von Oma zurück ist. Und was um Himmels willen hat Oma gesagt, Liz?“

Sie konnte fast hören, wie Liz das Gesicht verzog. „Oh, mach dir keine Gedanken, was *sie* sagt. Der alte Herr Pearson war nett, weißt du, dein Großvater. Er ist eines Tages vorbeigekommen und hat mir ein Päckchen in die Hand gedrückt, das ich dir geben soll, wenn du wieder zu Hause bist. Ich bin mir nicht sicher, aber ich habe daran gerochen, und ich denke, es ist etwas Nettes, Duftendes fürs Bad. Und er hat gesagt, ‚Sie ist ein gutes Mädchen, die Tina. Sie hat eine schwere Zeit vor sich, und ich möchte, daß sie glücklich wird.‘ Du kannst ihn dir vorstellen, oder, mit seiner rauhen Stimme, und nachher war es ihm ganz peinlich. Er hätte das nie in Gegenwart deiner Großmutter gesagt, aber so ist es eben. Du kannst nicht alles haben.“

Sie plauderten noch eine Weile – Liz erzählte, Paps habe beschlossen, die Doppelglasfenster selber einzubauen, denn sie hätten elf Kostenvoranschläge eingeholt, oder waren es zwölf, und sie konnten sich keinen davon leisten –, und dann kam Louise mit dem Einkauf, und Liz sagte: „Du mußt sie daran erinnern, daß sie von uns etwas dafür bekommt, daß sie dich aufgenommen hat. Du mußt ein Vermögen gekostet haben.“ Tina dachte an die Telefonrechnung, verabschiedete sich von Liz und ging hinaus, um Louise zu helfen, die Einkaufstaschen auszupacken.

Am Sonntag sagte Louise, sie habe ihre Schicht getauscht, so daß sie am Nachmittag in der Nähe sein könne; es sei jedoch besser, wenn sie nicht direkt anwesend wäre, wenn Paps ankam.

Red und Jess kamen nach einem frühen Mittagessen von Bushwood vorbei, um Louise und Diana abzuholen. Tina wußte nicht, warum, es waren nur zehn Minuten zu Fuß, aber es stellte sich heraus, daß sie sich richtig von ihr verabschieden wollten. Sie und Diana nahmen sie fest in die Arme und sagten: „Wir sehen uns bald wieder.“ Das war nett, besonders da sie wußte, daß sie es ernst meinten, obwohl sie gleichzeitig schon gedanklich auf dem Nachhauseweg war und überlegte, was Paps von all dieser wilden Umarmerei halten würde. Dann machten sie sich alle auf den Weg und ließen sie zurück, um auf Paps zu warten.

Sie lief auf und ab und fühlte sich krank und dachte, er würde ganz sicher zu spät kommen, aber er kam wie angekündigt um Punkt zwei Uhr und gab ihr seinen gewohnten Kuß auf die Wange. Eines Tages werde ich ihm einfach um den Hals fallen, dachte sie, und er wird vor Schreck einen Herzinfarkt bekommen.

„Ist deine Tante denn nicht da?“ fragte er und klang erleichtert. „Hast du gepackt?“

Sie deutete auf ihren Koffer: „Louise ist weg, aber sie wird um drei wieder zurück sein, um ‚Hallo‘ zu sagen und sich von mir zu verabschieden.“

„Drei? Ich weiß nicht... Ich habe Liz gesagt, daß wir so bald wie möglich wieder daheim sein werden, und ich habe deiner

Oma versprochen, daß wir bei ihr vorbeischauen würden, bevor du ins Bett gehst, wenn wir Zeit haben."
„Nein, Paps, ich kann nicht zu Oma, ich darf noch nicht soviel herumlaufen. Louise hat gestern den Arzt angerufen, und er hat gesagt, ich darf die nächsten vierzehn Tage noch nicht zur Schule gehen und sogar später noch nicht, wenn ich noch nicht richtig fit bin. Schau, Paps..."
Er sagte: „Kann ich in diesem Fall hereinkommen und mich hinsetzen?"
„Ja, ja, natürlich. Geh ins Wohnzimmer. Soll ich dir eine Tasse Tee machen?"
Als seine Gastgeberin befand sie sich auf vertrautem Gebiet; sie mußte dafür sorgen, daß er sich wohl fühlte. Sie machte seinen Tee gut und stark, wie er ihn mochte, und brachte einen Teller Kekse mit hinein. Sie stellte fest, daß sie ziemlich hungrig war: Sie hatte kaum etwas vom Mittagessen hinunterbekommen.
„Danke", sagte er, nahm die Tasse und lehnte sich tief in den Sessel zurück. „Oh!" Er beäugte die Kekse. „Sie backen ihre Kekse selbst, stimmt's? Er biß hinein. „Schmecken gut."
Tina saß auf dem Boden, den Rücken gegen das Sofa gelehnt – so fühlte sie sich sicherer. Sie hatte keinen Nerv für eine oberflächliche Unterhaltung – sie mußte gleich loslegen.
„Paps, ich will mit dir reden –"
„Ich weiß, ich weiß, Tina. Liz hat mir erzählt, was du gesagt hast. Ich nehme an, ich hätte mit dir darüber reden sollen, aber ich wußte nicht, wie." Er hatte sich wahrscheinlich auch ein paar Sätze zurechtgelegt. „Es fällt mir nicht leicht. Als deine Mutter starb, hab ich... Nun, deine Großmutter ist nicht besonders gut damit zurechtgekommen. Die Familie deiner Großmutter, sie haben gemeint, es sei eine Sünde, sich das Leben zu nehmen. Ich dachte, deine Großmutter hätte wissen müssen, daß deine Mutter nichts dafür konnte, aber du kennst sie, sie läßt sich nichts sagen. Und ich dachte..." Er wußte nicht weiter und nippte an seinem Tee, der zu heiß war. „Ich dachte, ich würde nie wieder jemanden finden, den ich so mögen würde wie deine Mutter. Sie war eine – eine ganz besondere Frau, alle sagten das, bevor sie Chorea bekam. Ich möch-

te, daß du das weißt – daß sie eine außergewöhnliche Frau war. Nun, dann habe ich Liz getroffen, und sie hat uns wieder ein Zuhause geschaffen. Ich habe sehr viel Glück gehabt, alles in allem."

Tina sagte, und sie wußte, daß sie nicht ehrlich klang: „Ich weiß, daß du nur mein Bestes wolltest."

„Aber wie hast du es aufgenommen? Das ist es, was ich wissen will. Wie hast *du* es aufgenommen?" Er sah sie mit ehrlicher Neugierde an.

Was konnte sie antworten, das nicht matt klang? Manchmal ist es mir egal, manchmal mach ich mir vor, daß es gar nicht wahr ist, und manchmal möchte ich eine Überdosis nehmen wie Janet? „Ich bin ziemlich durcheinander, wirklich. Es dauert seine Zeit, bis du dich an den Gedanken gewöhnt hast, meint Louise. Und du kannst dich nicht einmal richtig daran gewöhnen, wie bei Krebs, wenn du nur noch ein paar Monate zu leben hast, denn bei CH kann ebensogut nichts passieren."

Er seufzte und sagte eine Weile lang gar nichts. Schließlich: „Ich hätte nicht geglaubt, was für eine Erleichterung es ist, zu wissen, daß du es weißt."

Er war froh? Daß sie es selbst in die Hand genommen hatte, alles herauszufinden? „Paps", sagte sie und fühlte, wie sie langsam in Hochstimmung kam, „wirst du das Louise erzählen? Sagst du ihr, daß du froh bist, daß sie mit mir darüber gesprochen hat?"

Er war entsetzt. „Was? Du meinst ...? Das könnte ich nicht – ich kann mich nicht hinstellen und einen Idioten aus mir machen."

„Ich möchte das aber, Paps. Ich will, daß sie weiß, daß du weißt –", sie mußte innehalten, sie wäre fast in nervöses Gekicher ausgebrochen – „ich will, daß du Louise sagst, du wüßtest, daß ich Bescheid weiß. Über meine Mutter und über Chorea Huntington. Ich will, daß du ihr das sagst, bevor wir heute gehen. Mein Tee ist zu heiß, ich hole mir etwas Milch, um ihn abzukühlen."

Er rief hinter ihr her: „Bring mir auch welche mit, ja?" Als sie mit der Milch zurückkam, wollte sie nicht mehr über Chorea

Huntington reden, also sagte sie: „Ich habe einiges an Bildern gezeichnet, seit ich hier bin, und Diana hat mir geholfen, sie ist selbst so etwas wie eine Künstlerin. Ich würde noch gerne ein paar mehr zeichnen, bevor ich zurück in die Schule muß. Obwohl Louise gesagt hat, daß ich mich jeden Nachmittag ins Bett legen soll, so wie ich es hier getan habe, und ich soll mir keine Gedanken machen, wenn mir manchmal zum Heulen zumute ist, und ihr ebensowenig. Das käme von dem Drüsenfieber." Sie setzte sich, auf das Sofa dieses Mal, und plapperte weiter, um die Zeit rumzubringen und hoffte, Louise würde bald zurücksein.
Nach einer Ewigkeit – Tina nahm ihn sogar mit hinunter, um ihm den Garten zu zeigen, und erzählte ihm, der Gemeindepark sei direkt hinter jenen Häusern, und dann mußte sie die Bemerkung herunterschlucken, das sei der Anfang des Waldes von Epping und fuhr schnell fort, wie der Teich vor über zwei Wochen zugefroren gewesen sei – tauchte Louise auf. Tina sagte sofort: „Ich geh nach oben und pack meine Sachen fertig", obwohl sie und Paps beide wußten, daß ihr Koffer bereits gerichtet war. Sie kam fünf Minuten später zurück, und Louise sagte gerade: „Das ist nicht nötig, das ist absolut nicht nötig", zu Paps, der ihr einen Umschlag geben wollte.
„Nein, Liz und ich möchten, daß du es nimmst." Louise nahm den Umschlag. „Nun, das ist sehr großzügig von euch, vielen Dank. Aber wenn sie wieder einmal bei uns bleibt, möchten wir uns alleine um sie kümmern." Sie klang langsam wie eine richtige Tante. „Ich gebe dir recht, daß diesmal alles etwas unerwartet kam. Tina, dein Vater hat gesagt", fuhr sie fort, „daß er dich auf die Adressenliste zur Bekämpfung von Chorea Huntington setzen wird, so daß du über die neuesten Forschungen auf dem laufenden bleibst."
Hatte er gesagt, „Danke, Louise, daß du mit ihr gesprochen hast" oder „Ich bin froh, daß jetzt alles auf dem Tisch ist"? Sie wußte es nicht.
„Nun, ich glaube, wir sollten jetzt gehen", sagte Paps etwas heftig. „Hast du alles beisammen, Tina? Wie Frauen nur soviel Zeit damit zubringen können, sich zurechtzumachen, wird mir immer ein Rätsel bleiben ..."

Tina vermied es, Louise in die Augen zu sehen, und ging in den Flur hinaus, wo sie ihre Tasche abgestellt hatte.
Louise verabschiedete sich schnell, fast abrupt. „Wir sehen uns bald wieder“, sagte sie nach einer kurzen Umarmung. „Melde dich, und paß auf dich auf. Kein Hockey für den Rest des Schuljahres, denk daran. Geh zu deinem Hausarzt, er wird dir das gleiche sagen wie ich.“ Schwester Hodnet war wieder in Aktion.
Auf dem Heimweg im Zug zeichnete sie. Louise hatte ihr von dem Jungen erzählt, der in jener eiskalten, nebligen Nacht auf den Teich hinausgegangen war, und davon zeichnete sie ein Bild. Der Zug ruckelte, und sie hatte nicht die richtigen Stifte dabei, um den Nebel zu schattieren, aber das Motiv fesselte sie, so daß sie es zu Hause noch einmal gründlicher zeichnete.

* * *

LOUISE Nach zehn Tagen schickte sie mir die Zeichnung. Ich habe sie gerahmt und an die Wohnzimmerwand direkt neben den tiefen Armlehnenstuhl gehängt. Sie hat die Bewegung des Jungen genau eingefangen und sie ein wenig coloriert, so daß die Szene wirklich so aussieht, wie ich sie in Erinnerung habe. Ich habe sie gefragt, wann der Doktor sie wieder in die Schule lassen würde, und sie gebeten, mir nochmal die Namen von Theresas Schwestern und Brüdern aufzuzählen, weil ich sie immer durcheinanderbringe und so weiter. Klatsch, halt. Wir haben einander im letzten halben Jahr ungefähr alle zwei Wochen geschrieben. Wir erwähnen Janet und Chorea Huntington ziemlich häufig, aber nicht ständig. Manchmal machen wir uns lustig über Stans schräge Art, und sie stöhnt über die gute, alte Oma. Aber sie hat den Übergang zum Landleben gut geschafft. Jetzt sei ehrlich, Lou: Es gab keine richtige „Übergangsphase“. Sutton Road ist ihr Zuhause. Der Sommer kommt allmählich, und Tina hat versprochen, zwei Wochen mit uns zu verbringen. Wir werden uns für ein paar Tage Londons Sehenswürdigkeiten anschauen und dann nach Norfolk verschwinden und um die Broads herumbummeln.
Ich habe bisher noch nie einen „Familien-Urlaub“ gemacht –

und bin gespannt, ob wir uns gegenseitig wahnsinnig machen und aneinander hochgehen werden. In der letzten Zeit war ich oft ziemlich unbeholfen; es ist wahrscheinlich nur Einbildung, aber Di ist es auch aufgefallen. Sie sagt, daß sie bei mir bleiben wird, was immer auch passiert. Oh Gott, was auch immer; mach, daß es Tina und mir bitte nie passiert.

Nachwort

Liest da jemand das Nachwort vor der eigentlichen Geschichte? Das würde ich nicht tun, denn darin stehen ein paar Informationen, die dem Buch einiges an Spannung rauben würden. Also: Zurück an den Anfang ...

Schon besser! Eigentlich sollte eine Erzählung wie diese für sich stehen. Das wäre auch kein Problem, wenn nicht zwischen dem Erscheinen des englischen Originals und der deutschen Ausgabe einige Zeit vergangen wäre. Der medizinischen Forschung ist inzwischen gelungen, worauf Louise und – vor allem – Tina gehofft haben: Ein genetischer Test kann nun Klarheit darüber schaffen, ob die Kinder von Choreatikern zu den fünfzig Prozent der selbst Betroffenen gehören oder nicht.

Die Praxis in der Beratungsstelle der Ruhr-Universität in Bochum zeigt jedoch auch die Schwierigkeiten, die dieser Test mit sich bringt. Bevor die Mediziner den Test durchführen, weisen sie in einer Reihe von Beratungsgesprächen auf die möglichen Folgen des Ergebnisses hin. Nicht alle Hilfesuchenden sind bereit, sich auf die Wahrheit einzulassen; manche ziehen es vor, weiterhin im ungewissen zu bleiben. Die meisten entscheiden sich jedoch für den Test, sei es, weil sie Kinder möchten, oder weil sie die bis zum Ausbruch noch verbleibenden Jahre bewußt genießen wollen.

„Tinas Verdacht" ist ein Buch mit einer klaren Aussage: Die Wahrheit muß ans Licht. Zwar nicht um jeden Preis, aber die Entscheidung muß eindeutig bei dem oder der Betroffenen liegen. Das Argument von Tinas Vater, er wolle Tina Zweifel und Angst ersparen, geht jetzt endgültig an der Realität vorbei.

Der Chorea-Huntington-Test ist äußerst problematisch, denn er bietet eine Diagnose, aber keine Aussicht auf eine Heilung. Auf jeden Fall hilft er dem bzw. der einzelnen: Eine Untersuchungsreihe eines kanadischen Forschers mit Testkandidaten zeigte unzweideutig, daß die Gewißheit über Gesundheit *oder* Krankheit den meisten Betroffenen einen wesentlich selbstsichereren Blick in die Zukunft ermöglicht. Und vielleicht räumt der Test auch endgültig mit den Tabus auf, mit denen nicht nur diese schwere Krankheit belegt wird.

Hannes Riffel
April 1994